VON WÖLFEN BEANSPRUCHT

ASH WÖLFE REIHE

MILA YOUNG

Von Wölfen Beansprucht © Urheberrecht 2020 Mila Young

Einbandkunst von TakeCover Designs

Übersetzer:

Valora Kendra Roucek

Britt Tóth from Author´s Assistant

Julia Heudorf

Alle Rechte unter dem internationalen und panamerikanischen Urheberrechtsübereinkommen vorbehalten. Keine Teile dieses Buches dürfen in jeglicher Form oder Art reproduziert werden, weder elektronisch noch mechanisch übertragen werden, durch Fotokopien, Aufnahmen oder auf jeglichen Informationsaufbewahrungs- oder Wiederbeschaffungssystemen ohne schriftliche Erlaubnis des Verlegers/Autors vervielfältigt werden.

Dies ist ein Werk der Fiktion. Namen, Orte, Charaktere oder Vorfälle sind entweder ein Produkt der Vorstellung des Autors oder werden als Erfindung genutzt und mögliche Ähnlichkeiten zu einer Person, lebendig oder tot, Organisationen, Veranstaltungen oder Schauplätzen sind absolut zufällig.

Warnung: die unautorisierte Vervielfältigung oder Verteilung dieses urheberrechtlich geschützten Werks ist illegal. Kriminelle Urheberrechtsverletzung, die Verletzung ohne finanziellen Nutzen beinhaltend, wird vom FBI verfolgt und ist mit bis zu fünf Jahren Gefängnisstrafe und einer Geldstrafe von $250,000 belegt.

INHALT

Danke vii
Von Wölfen Beansprucht xi

Kapitel 1   1
Kapitel 2   10
Kapitel 3   25
Kapitel 4   43
Kapitel 5   54
Kapitel 6   66
Kapitel 7   87
Kapitel 8   107
Kapitel 9   124
Kapitel 10   138
Kapitel 11   163
Kapitel 12   174
Kapitel 13   190
Kapitel 14   203
Kapitel 15   220
Kapitel 16   232
Kapitel 17   253
Kapitel 18   273

Über Mila Young   295

DANKE

Danke, dass Du einen Mila Young Roman gekauft hast. **Wenn Du benachrichtigt werden möchtest, wann Mila Youngs nächster Roman veröffentlicht wird,** melde Dich bitte für ihre **Mailing Liste** an indem Du **hier klickst.**

Deine Emailadresse wird keinen Dritten zugänglich gemacht und Du kannst Dich jederzeit abmelden.

Trete der **Mila Young Wicked Readers Gruppe** bei um direkt mit Mila Young und anderen Lesern über ihre Bücher zu chatten, an Verlosungen teilzunehmen und einfach eine Menge Spaß zu haben.
Der Wicked Readers Gruppe beitreten!

ASH WÖLFE SERIE

Von Wölfen Verführt
Von Wölfen Beansprucht
Von Wölfen Besessen

VON WÖLFEN BEANSPRUCHT

Es ist nur eine Frage der Zeit, bis ich sie alle vernichte ...

Ein wütender, blutdürstiger Wolf ist nicht das einzige tödliche Ding in mir. Also muss ich das tun, was ich immer am besten konnte. Weglaufen.

Meine Alphas und den ersten Geschmack von Liebe zu verlassen, den ich je kannte, ist jetzt die einzige Antwort.

Und selbst als das Schicksal eingreift und uns alle wieder zusammenbringt, einschließlich eines sexy neuen Alphas mit eigenen Problemen, kann ich nicht bleiben. Auch wenn es mich umbringt, zu gehen.

Der Schmerz, von ihnen getrennt zu sein, wird mich buchstäblich umbringen, aber egal, was mit mir passiert, ich kann sie nicht für meine Schwäche bezahlen lassen.

Ich kann mich nicht selbst retten, aber ich kann sie retten.

Ich kann sie davor bewahren, zu sehen, was aus mir
werden wird ...

Aber meine dominanten Alphas sind bessere Jäger, als ich
Beute bin, und sie sind entschlossen, mich zu behalten ...
koste es, was es wolle.

1

MEIRA

"Nicht weinen. Wag es nicht, zu weinen!", murmele ich leise, aber ein Schluchzen bleibt in meinem Hals stecken, während mein Inneres vor Herzschmerz in Stücke zerspringt.

Ich renne um mein Leben durch den Wald, springe über tote Baumstämme, ducke mich unter niedrigen Ästen, halte nicht an. Das Knurren und Schreien dringt durch den Wald hinter mir, und ich kann nicht aufhören zu zittern.

Alles, woran ich denken kann, sind meine Alphas. Die beiden Männer, an die ich mich selbst gegeben hatte, die mich beschützt hatten, die mich markiert hatten. Und jetzt fliehe ich vor ihnen. Aber ich habe keine Wahl ... weil sie die Wahrheit kennen.

Ich versuche, die Bilder des Blutvergießens zwischen den Ash-Wölfen und Schattenmonstern auszulöschen, aber sie beschmutzen meinen

Verstand. Ich erinnere mich daran, dass ich immun gegen die Infizierten bin, die diese Welt plagen, und dass ich den verbleibenden Ash-Wölfen nur Krieg vor die Haustür bringen werde. Jeder Wolfswandler wird darum kämpfen, einen Teil von mir für sich selbst zu beanspruchen, wenn er glaubt, dass ich ihn irgendwie gegen das Virus resistent machen könnte. Ich weiß nicht einmal, ob das stimmt, aber es wird die Wölfe nicht davon abhalten, es zu versuchen. Verzweiflung treibt jeden in den Wahnsinn.

Ich erinnere mich zurück, wie Lucien sagte: *„Wenn es ein solches Elixier gäbe, würde es in Blutvergießen enden."* Er hat recht ... und ich werde nicht für den Beginn eines Krieges unter den Wölfen verantwortlich sein. Es hilft nicht, dass ich halb Mensch, halb Wölfin bin und immer noch nicht meine erste verdammte Wandlung hinter mir habe. Nicht einmal nachdem zwei Alphas mich markiert und genommen haben.

Das macht mich zu einer Belastung. Wenn meine Wölfin beschließt, sich zu zeigen, wird sie sich aus mir rausreißen, mich töten, und dann wird sie alle in Sichtweite abschlachten. Aus diesen beiden Gründen renne ich, um allen die Gräueltaten zu ersparen, die ich mitbringen würde. Meine Flucht bietet ihnen die Möglichkeit, mich zu vergessen, egal wie sehr mir die Angst, meine Alphas nie wiederzusehen, die Kehle zuschnürt.

Meine Augen werden feucht und mein Inneres erzittert.

Ich tue das Richtige.

Ich fühle mich innerlich beschissen dabei, wegzulaufen, aber ich erkenne auch eine Gelegenheit, Leben zu retten, wenn ich sie sehe. Ich gehöre nicht in dieses Rudel. So sehr mein Herz aus Protest auch zersplittert, muss ich clever sein und über die Konsequenzen nachdenken, die mein Handeln haben wird. Der Knoten in meiner Brust wächst weiter und ich wische über die kullernden Tränen, meine Atemzüge werden zu erstickten Schreien.

Es gibt ein Meer von Untoten, die in Dušans Festung strömen. Es gab einen Bruch in der Mauer, und jetzt überfluten die Monster seine Anlage. Mein Herz sinkt bei dem Gedanken an die Unschuldigen, die sterben werden, aber die Ash-Wölfe sind die knallhärtesten Bastarde, die ich je getroffen habe. Wenn jemand einen solchen Ansturm überleben kann, dann sind sie es.

Wildes Knurren läuft durch die normalerweise stillen Wälder.

Meine Brust fühlt sich weit aufgerissen an und blutet vor der Qual, weil ich mich von ihnen wegschleiche. Ein plötzlicher Blitz des Schmerzes durchdringt meinen Körper und vertieft sich mit jedem Atemzug. Außer, dass ich nicht wieder krank sein kann, nicht hier und nicht jetzt, also kämpfe ich mich durch den schreienden Schmerz hindurch.

Ich sauge jeden unregelmäßigen Atemzug ein und renne weiter, obwohl ich mich wie zerbrochenes Glas fühle.

Schlaksige, infizierte Kreaturen stoßen im Rausch gegen mich, um das Wolfsrudel zu erreichen. Ich drängle mich an ihnen vorbei, schiebe sie zur Seite, dann hebe ich einen dicken Ast hoch und zucke bei dem Brennen, das in meiner Seite hochschießt. Aber ich verschwende keinen Moment. Ich benutze ihn, um ein paar Kreaturen auszuschalten, indem ich ihnen die Waffe ins Gesicht schlage und sie auf den Rücken werfe. Ich stoße den Ast in breiige, weiche Gehirne, das schmatzende Geräusch macht mich ganz krank. Ich zerstöre ein halbes Dutzend, bevor die Horde, die zum Rudel unterwegs ist, hinter mir verblasst. Ich lasse meinen Zweig, der mit Blut und Innereien verschmiert ist, fallen und laufe weiter.

Schreie und Kriegsbrüllen erfüllt die Luft, aber ich blicke nicht mehr zurück. Die Ash-Wölfe sind meine Vergangenheit und ich kann nur nach vorne schauen. Es ist der einzige Weg, wie ich überleben werde, selbst wenn es mir das Herz bricht. Dies ist nicht die Zeit für Emotionen. Ich muss bei jeder Maßnahme, die ich ergreife, stark und rational bleiben.

Meine Lungen schmerzen und schreien nach Sauerstoff, als ich die dunklen Wälder erreiche. Ich ruhe mich in der Nähe einer übergroßen Eiche aus, lege meine Hände auf meine Knie und beuge mich vor, während ich tiefe Atemzüge einsauge. Ich keuche, der Schweiß umhüllt mich und jeder meiner Muskeln zittert. Ich drücke meine Augen fest zu, die Tränen weigern sich, zurückzubleiben, und ich umarme mich selbst, während ich rückwärts gegen einen Baum torkle.

Meine Zeit mit den Alphas spielt sich in meinem Verstand ab, und die Erinnerungen wollen einfach nicht verschwinden. Ich öffne meine Augen und sehe die Bäume und Büsche, die mich umgeben, die Geräusche des Krieges sind ersetzt durch völlige Stille und den gelegentlichen Ruf eines Vogels. Kein Geruch der Wölfe oder der Infizierten. Dennoch liegt die Schuld, ihnen nicht mehr geholfen zu haben, auf mir schwer wie ein Berg.

„Anderen zu helfen, ist eine Schwäche", sagte eine der Frauen, mit denen ich einmal eine Höhle geteilt habe. *„Wenn Gefahr kommt, rennst du. Pass auf dich auf, denn niemand sonst wird es für dich tun."*

Ich lege meine Arme um meine Mitte und erinnere mich an den Blick in Luciens Augen, als er mir über seine Vergangenheit erzählte, als er mich so nah an sich drückte und ich vor Verlangen nicht atmen konnte. Dušan ließ mich Dinge fühlen, die ich sonst bei niemandem je sonst gefühlt habe, und er versprach, mich zu beschützen.

Ich habe mich daran glauben lassen, aber ich habe mir selbst etwas vorgemacht. Mama hat immer

gesagt, Versprechen seien nur Enttäuschungen, die
darauf warteten zu passieren.

Ich atme tief ein und bleibe lange genug dort, um
meine Lungen zu füllen. Ich bin erschöpft von
diesen Gedanken und kann nicht weiter auf sie
eingehen, also richte ich meine Schultern auf und
verspreche mir, alles zu vergessen. So wie ich es mit
allem anderen in meinem Leben getan habe.

Außer, dass sich in meinem Hals wieder ein Kloß
bildet und Tränen in meinen Augen brennen. Ich
blinzle sie weg und starre auf eine Felswand vor mir,
die unter dem Schein der Sonne strahlt. Ich sehe
alles, jeden dünnen Riss … jede krabbelnde Ameise.
Ich reibe meine Arme, erinnere mich daran, wie
nahe ich an die Wandlung gekommen war … wie ich
immer noch spüre, wie sich meine Wölfin in mir
bewegt. Sie dazu zu bringen, hervorzukommen,
scheint unmöglich, selbst mit der Hilfe der Alphas -
sie weigert sich einfach.

Ich brauche niemanden. Ich wiederhole das in
meinem Kopf wie ein Mantra und hoffe, dass es
einsinken wird. Ich schiebe mich vom Baum weg
und jogge, damit ich mehr Abstand zwischen mich
und sie bringe … *Schnell und leise.*

Den Rest des Tages ziehe ich weiter und weiß
nicht, wo ich landen werde. Aber das spielt keine
Rolle, solange es so weit wie möglich von den
Wölfen entfernt ist. Ich habe so lange ohne sie
gelebt, und ich werde es auch weiterhin tun.

Mein Herz pocht heftig bei dem Gedanken.

Zu der Zeit, als sich der Himmel mit der bevorstehenden Nacht verdunkelt, schwanke ich und kann kaum aufrecht stehen und halte in der Nähe eines Flusses an. Ich erkenne den Ort nicht und weiß nicht einmal, wie nah ich der Gegend bin, in der ich vorher gelebt habe. Der Ort, den ich markiert hatte, wo ich wusste, dass ich vor einsamen Wölfen sicher sein würde. Aber hier draußen bin ich ein offenes Ziel.

Ich sinke am Flussufer auf die Knie und bespritze mein Gesicht, dann trinke ich.

Ein Zweig bricht am gegenüberliegenden Ufer und ich zucke meinen Kopf hoch, wie festgefroren. Aber es ist nur eine Infizierte, die herumtaumelt. Ein junges Mädchen, vielleicht dreizehn, es trägt verschlissene Kleidung und nur einen Schuh. Ihre Zöpfe sind unordentlich und mit dunklen Flecken bedeckt. Mit leblosen Augen bleibt sie an Ort und Stelle, als ob sie versuchen würde zu spüren, wo sie ihre nächste Mahlzeit finden kann. Ein Tier, ein Mensch, einen Wolfswandler. Für sie ist es alles dasselbe. Aber nur der Ruf eines Vogels erklingt in diesen Wäldern.

Sie sieht durch mich hindurch, als wäre ich eine ihrer Art, nicht nachweisbar und nicht existent. Ich stehe auf und staube den Schmutz von den Knien meiner schwarzen Leggings ab, während Wasserflecken mein blaues Wickeloberteil bespritzen.

Ich suche die Bäume nach dem besten Schlafort ab. Dort oben bin ich sicher vor einsamen Wölfen und anderen Kreaturen, die nachts herauskommen, um den Wald zu durchforsten. Ich habe keine Waffen, um mich zu verteidigen, also bewege ich mich schnell, denn ich habe keine Zeit zu verschwenden. Ich kraxle nach oben und benutze die rauen Kanten und unteren Äste eines Baumes, um den Stamm zu erklimmen, bis ich eine natürliche Plattform aus drei Zweigen erreiche. Mindestens sieben Meter über dem Boden sitze ich mit dem Rücken zum Stamm und überschlage meine Beine vor mir. Nicht der beste Ort, aber es wird reichen. Ich habe fünf Jahre lang allein überlebt und kann es wieder tun.

Tief durchatmen, erinnere ich mich selbst und denke an das letzte Mal, als ich einen Baum zum Schutz hochgeklettert bin ... Es war das erste Mal, dass Dušan mich im Wald fand, als ich wegrennen und ihn nie in mein Leben hätte lassen sollen. Meine Knochen scheinen bei der Erinnerung an ihn in meiner Nähe zu zittern, seine Anwesenheit und sein Geruch verschlangen und beanspruchten mich, bevor er mich jemals markiert hatte.

Ich greife in meinen Nacken, wo er mich gebissen hat. Die Haut ist jetzt glatt, aber das Fleisch fühlt sich unter meinen Fingerspitzen empfindlich an.

Nach allem, was ich durchgemacht hatte—zu

sehen, wie meine Mama von den Infizierten gefressen wurde, gegen einsame Wölfe zu kämpfen, und gefangen genommen zu werden—hatte ich mich geirrt, zu denken, dass ich meinen Schicksalsgefährten gefunden hätte.

Weil es für mich keine solchen Dinge gibt.

2

DUŠAN

Du verdammter Hurensohn ... ich knurre, das Geräusch donnert über die Anlage und tut nichts, um den Ansturm der Infizierten zu stoppen. Tote, dreckige Dinger, die nicht in der Lage sind, zu denken, aber immer nach Fleisch und Blut hungern, strömen durch die zerstörte Mauer in den Hof meines Rudels.

Ich stürze mich in meiner Wolfsform auf zwei der Bastarde, meine Gedanken verschwimmen. Auf allen Vieren stürme ich kopfüber auf sie zu und knalle gegen einen Oberkörper, werfe sie beiseite, schnappe dann herum, meine Zähne gegen den anderen Eindringling entblößt. Ich beiße in sein Bein und reiße es ab, das Schmatzen klingt wie ein Kriegslied, das uns umgibt.

Alle werden kämpfen, bis wir den letzten verdammten Untoten getötet haben. Bewaffnete

Wachen stehen auf dem Balkon unserer Festung und erschießen einen Untoten nach dem anderen. *Peng. Peng. Peng.* Sie dünnen die Herde so weit wie möglich aus.

Ich springe von einer Kreatur zur nächsten, schalte so viele wie möglich aus und reiße die Infizierten von gefallenen Wölfen. Die Schreie sind am schlimmsten, aber Lucien hält mir den Rücken frei und wir kämpfen wie eine gut geölte Maschine. Wir haben uns schon einmal im Krieg gegen diese Monster gewehrt und Seite an Seite gekämpft, seit wir Kinder waren.

Die Welt ist abgefuckt. Aber wir haben uns angepasst, wurden die Killer, die wir sein mussten. Ich fühle nichts als Hass; alles andere wird taub.

Bardhyl wirft sich in den Kampf, rast weiß wie Schnee aus der Seite des Hauses heraus. Er ist wie ein Panzer, der ein halbes Dutzend Kreaturen in einem Zug niederstreckt. Er ist der furchterregendste Mistkerl, den ich kenne. Deshalb behalte ich ihn nahe an meiner Seite.

Lucien lässt ein enormes Knurren raus, und nichts kann ihn aufhalten, sobald er kämpft. Körper bedecken den Boden um uns herum, Gliedmaßen zucken, Augen in abgehackten Köpfen blinken. Aber das macht mir keine Angst mehr.

Wölfe kämpfen Seite an Seite, und ich reiße die Kreaturen auseinander und hinterlasse einen Haufen. Ein Schrei klingt durch die Luft, und ich wende meinen Kopf in seine Richtung nach rechts, meine Lefzen ziehen sich über meine Reißzähne zurück. Zwei Infizierte haben eine Wölfin zu Boden gedrückt, beißen in ihren Körper und reißen ihr Fleisch heraus.

Wut schneidet mich in zwei Hälften und ich fliege auf sie zu. Ich stürze mich auf einen und versenke meine Zähne direkt in seinem Rücken und fetze Fleisch und Knochen weg. In meinem Kopf kann ich mir nur vorstellen, dass Meira angegriffen wurde. Sie ist irgendwo da draußen und ich muss zu ihr gelangen, bevor es zu spät ist.

Dumme Frau ... sie hätte nie davonlaufen sollen.

Sie hat unglaublich viele Geheimnisse.

Zum Ersten hat sie Leukämie und ihr menschlicher Körper stirbt. Aber ich bezweifle, dass sie das weiß.

Zweitens ist Meira wegen der Krankheit in ihrem Blut immun gegen die Zombies. Ich glaube nicht, dass ihr Blut als Heilmittel verwendet werden kann, aber sie rennt weg, weil sie denkt, dass jeder sie dafür jagen wird.

Verdammt! Wenn ich sie erwische, versohle ich ihr den knackigen Hintern.

Ich werfe mich auf den zweiten Infizierten, schlage meine Zähne in seinen Hals und ich reiße den Kopf ab.

Ich starre auf die Wölfin, die ich als neue Beta erkenne, die erst kürzlich ihren Partner gefunden hat. Sie liegt auf dem Boden und in ihrem Atem gurgelt das Blut, während es aus den Rändern ihres Mundes fließt. Ihre Augen blicken in den Himmel und werden bereits glasig. Es gibt nichts, was ich für sie tun kann. Sobald sie stirbt, wird sie als eine von ihnen wiedererwachen. So existiert das Virus, so hat es sich verbreitet und den ganzen Planeten infiziert. Die Erde ist nichts als ein Schatten dessen, was sie einst war.

Nichts bleibt bestehen. Nur die von Viren geplagten Kreaturen und Überlebenden wie wir, die versuchen, inmitten der Zerstörung ein Zuhause erschaffen.

Als die Beta ruhig wird, beiße ich in ihren Hals und reiße sie auseinander. Ich denke nicht darüber nach. Tue einfach, was getan werden muss. Mein Gehirn setzt für diese kurzen Momente aus und beschließt, zu ignorieren, dass diese Bilder meine Träume für die kommenden Jahre verfolgen werden.

Aber als Alpha lasse ich nicht zu, dass mehr Kreaturen erzeugt werden. Und verdammt noch mal nicht von den Wölfen in meinem Familienrudel.

Dann stürze ich mich in die Schlacht und vergesse jedes einzelne verdammte Ding, außer den Feind zu zerstören.

Wir kämpfen.

Untote und Wölfe fallen gleichermaßen.

Ich achte nicht darauf, als ich durch die schwindenden Massen pflüge.

Ich drehe mich auf allen Vieren herum und suche nach meinem nächsten Opfer, während der starke Geruch von Blut meine Sinne überrennt.

Ich finde nur lebende Wölfe, verletzt und blutend, während der Boden mit den Untoten übersät ist.

Ich sauge unregelmäßige Atemzüge ein und weigere mich, die kleinen Details wahrzunehmen. Als ich auf die zerstörte Mauer blicke und keine Untoten mehr hereintaumeln sehe, neige ich meinen Kopf gen Himmel und rufe meinen Wolf mit einem ohrenbetäubenden Heulen zurück. Mein Fleisch wellt sich, während Elektrizität wie Funken über mich springt. Schwarzes Fell schrumpft, Knochen knacken und ich erschaudere mit der Wandlung, die mich im Bruchteil einer Sekunde durchbricht. Eine Schmerzexplosion schluckt mich, die Qual elend, aber ich bin jetzt daran gewöhnt. Unsere Wandlungen sind brutal.

Als ich auf meine Beine komme, stehe ich in der Form eines Mannes da, der keine Kleidung trägt und über das Chaos starrt. Mein Dritter und Vierter, Lucien und Bardhyl, nehmen ebenso menschliche Gestalt an wie andere auch. Bardhyls weißblondes Haar flattert im Wind über seine breiten Schultern, und die Art und Weise, wie er das Schlachtfeld studiert, erinnert mich an das erste Mal, als ich ihn in Dänemark getroffen habe, nachdem er im Alleingang ein kleines Rudel Alphas abgeschlachtet hatte.

Lucien hätte mein Bruder sein sollen, da wir uns ähnlicher sind, als wir zugeben wollen. Er hilft jemandem auf die Füße und schaut dann zu mir hoch. Seine stahlgrauen Wolfsaugen glitzern in der Sonne und er fährt mit seiner Hand durch seine kurzen holzfarbenen Haare.

Dann beginnen die Schreie um uns herum, als Wölfe nach ihren Lieben suchen. Es schmerzt in meiner Seele.

Lucien tritt über einen Körper, um mich zu erreichen. „Verdammte Infizierte." Sein Ausdruck verzieht sich vor Hass, während er das Massaker wahrnimmt.

„Wir haben gewonnen. Das ist es, was zählt", sage ich. „Sorge dafür, dass alle Wölfe, die dazu in der Lage sind, eine Aufstellung machen, wie viele wir verloren haben, und stelle sicher, dass die Toten wirklich tot sind, bevor die Familien sie zur Beerdigung mitnehmen. Bring den Rest der Infizierten den Berg hinunter und so weit wie möglich weg von hier, bevor ihre verrottenden Körper die Luft verpesten."

Er nickt, seine Aufmerksamkeit erstreckt sich über die Gefallenen, sein Gesicht ist mit Blut besprizt.

„Bardhyl", rufe ich den Wikinger-Wolf. „Wir müssen die Mauer sofort reparieren. Kümmere dich drum."

Er tippt zweimal mit der Faust auf seine Brust und wendet sich abrupt zur Wand. Ich vertraue auf meine Männer, dass sie die Dinge erledigen. Ich wende mich den Toten zu und Lucien und ich suchen nach Wölfen. Sie werden wieder mit ihren Familien vereint, bevor sie richtig verabschiedet werden.

Ich sehe ein bekanntes Gesicht mehrere Meter entfernt. Es ist ein jüngerer Alpha, dessen Gehirn zertrümmert wurde, was bedeutet, dass sich dieser tapfere Soldat nicht in eine Kreatur verwandeln wird.

Peng.

Das Geräusch hinter mir lässt mich zusammenzucken, und ich hebe meinen Kopf an und hasse, wie verdammt schreckhaft ich mich fühle. Die Wachen sorgen dafür, dass alle toten Wölfe auch so bleiben.

Wir fangen an, die Leichen zu bergen und das Chaos zu beseitigen. Ich behalte nicht den Überblick, wie lange wir das schon gemacht haben, aber die Nacht beginnt den Himmel zu verdunkeln und meine Muskeln schreien vor Schmerzen.

„Wir ruhen uns jetzt aus." Lucien ist hinter mir, sein Körper ist mit Dreck und Blut bedeckt. Infiziertes Blut in unser System zu bekommen, verwandelt uns nicht, bis wir sterben. In Wahrheit sind wir wahrscheinlich schon alle infiziert; viele glauben, dass es sich vor langer Zeit in der Luft ausgebreitet hat. Und jetzt bleibt es einfach in uns, bis wir zugrunde gehen und wieder aufwachen.

Um uns herum ist nur noch der blutdurchtränkte

Boden. Die Infizierten wurden auf Lastwagen gestapelt, um sie morgen zu entsorgen, und die Wölfe werden in der großen Halle für Familienzeremonien aufgebahrt.

Mein Kopf dreht sich, da so viel zu tun ist und abgesehen davon ist das Ganze nicht einmal annähernd vorbei.

Meira kommt mir in den Sinn, und ich schaue nach oben, wo die Mauer an der Seite meines Geländes eingestürzt ist. Ich sehe immer wieder vor mir, wie sie wegläuft, sich an den Infizierten vorbeidrängt, ihr vollkommen geschockter Blick auf meinen trifft.

Der Blick in ihren Augen schrie vor Bedauern, Schuldgefühlen und Herzschmerz—aber sie ging trotzdem. Nur dass sie nie die Rudelregeln für Paarung und Markierung verstanden hat. Jetzt, da sie markiert ist, wird sie Besorgnis und einen tiefen Schmerz in ihrer Brust spüren, je weiter sie von ihrem Gefährten entfernt ist. Das Problem ist, dass ihre Wölfin nicht herausgekommen ist, um mich oder Lucien als ihre wahren Alphas zu akzeptieren und sie deswegen jetzt anfällig für andere Wolfsangriffe ist. Ihre feuchte Hitze wird andere Alphas in den Wahnsinn treiben, sie zu beanspruchen ... und sie ist alleine dort draußen.

„Wir müssen sie finden." Lucien äußert meine Gedanken. „Die Leukämie wird ihren menschlichen Körper in ein oder zwei Wochen einfordern."

Ein tiefes Knurren rumpelt in meiner Brust. Ich hasse diesen ständigen Kampf, verdammt noch mal. Wenn es nicht eine Sache ist, ist es eine andere. „Wir werden ihr heute Abend nachjagen", belle ich.

Er protestiert nicht, weil er, wie ich, spürt, wie sich der brennende Schmerz, nicht mehr bei seiner markierten Gefährtin zu sein, um seine Brust zieht. Ich kann kaum anerkennen, dass er sich mit meiner Omega gepaart hat, aber es ist für Frauen nicht unüblich, mehr als einen Partner zu wählen. Aber ich schiebe mir diese Gedanken vorerst aus meinem Kopf.

„Hilf Bardhyl und mach dich bereit. Wir gehen in einer Stunde und beten zum Mond, dass wir nicht zu spät sind."

„Es gibt etwas, das du wissen musst", fängt Lucien an, aber ich schüttele den Kopf und bin jetzt nicht bereit, etwas anderes zu hören. Ich habe es satt, nach dem Blut der Toten zu riechen, und muss meinen Kopf klarmachen, um herauszufinden, wie zum Teufel das hier passiert ist, bevor ich es mit noch mehr Mist aufnehme.

Meira

Ein Schrei schneidet durch die Nacht und reißt mich aus dem Schlaf. Meine Atemzüge stottern in meiner Lunge.

Ich rucke seitwärts, öffne meine Augen und mein Herz springt mir in den Hals, als ich langsam vom Ast rutsche. Verzweifelt fegt mein Blick über den Rand des Astes, und ich greife nach vorn, um mir einen Zweig zu schnappen und mich zu festzuhalten. Es dauert ein paar Augenblicke, bis mein Herz sich beruhigt und versteht, wo ich bin und warum. Erinnerungen walzen über mich und stürzen mit unglaublicher Geschwindigkeit auf mich ein, während ich mich an den Wahnsinn erinnere, den ich durchgemacht habe. Aber was ich am meisten hasse, ist, wie leicht mein Herz beim Gedanken an Dušan und Lucien brennt. Ich bin nicht dumm—ich weiß, dass ihre Markierungen etwas mit mir gemacht haben, uns irgendwie verbunden haben—aber ich verstehe die Regeln dafür nicht, wie das Ganze funktioniert. Wird der eingrabende Schmerz in meiner Brust irgendwann verblassen oder wird es mich so wahnsinnig machen, dass ich zu ihnen zurückrennen werde? So viel dazu, vorzugeben, dass es mir alleine gutgehen würde. Selbst hier beeinflussen sie mich.

Ein weiterer Schrei ertönt in der Luft, diesmal eindeutig aus der Nähe des Flusses. Er ist weiblich, so viel kann ich sagen. Ich versteife mich, ein Funken meines Überlebensinstinkts kommt zurück.

Steht das Mädchen vor einem einsamen Alpha oder einer kleinen Gruppe von ihnen? Was ist, wenn es ein Trick von Mad ist, um mich zu finden? Oder ist es ein Lockvogel, den Dušan benutzt, um mich aus meinem Versteck zu locken? Ich kann nicht aufhören, über die letzten Worte nachzudenken, die Mad vor meiner Flucht sagte.

„Ich weiß, was in deinem Blut ist, warum die Infizierten dich nicht anfassen."

Seine Worte verfolgen mich. Sie drücken sich wie Dornen in meinen Verstand und erinnern mich daran, dass ich für Wölfe immer eines sein werde: ein Laborexperiment.

Alles fantastische Gründe für mich, nicht von meinem Baum abzusteigen. So habe ich so viele Jahre überlebt—indem ich mich aus allen Sachen raushielt. Vielleicht macht mich das eher feige, aber ich denke lieber, dass es mich klug macht.

Noch ein Schrei, und diesmal kaue ich auf meiner Unterlippe, mein Verstand beginnt über Dinge zu nachdenken, über die er nicht nachdenken sollte. Zum Beispiel darüber, wie man sich unentdeckt nach unten schleichen könnte, um zu sehen, was da vor sich geht. Aber ich warte noch ein bisschen …

Als der nächste ohrenbetäubende Schrei kommt, bewege ich mich und klettere den Baum hinunter.

Ich sage mir, dass, wenn ich ein wenig helfe, das vielleicht die Schuldgefühle, die mich innerlich zerfressen, lindern würde.

Ich habe keine Ahnung, wann ich mich verändert habe … das alte Ich hätte das niemals getan.

Meine Füße berühren vorsichtig den grasbewachsenen Boden, und als niemand auf mich zustürmt, gleite ich nach vorne und durchschneide die Nacht. Hoffentlich war das kein Fehler von mir.

Ich verberge mich in einem dunklen Bereich unter einer massiven Kiefer und starre zum Fluss, wo sich Schatten bewegen.

Jemand scheut zurück und hält etwas, das wie ein Schwert aussieht. Ich schaue noch mal genauer hin. Nein, es ist ein Zweig.

Ich halte mich fest und sinke gegen den Baum. Mein Herz stolpert über sich selbst, aber ich bin so still wie die Nacht.

Im Bruchteil einer Sekunde dreht sich die Figur und läuft in meine Richtung, einige andere jagen ihr direkt nach. Ich erschaudere, mein Gehirn feuert Funken ab und befiehlt mir zu rennen, aber ich wage es nicht, mich zu bewegen.

Das Mädchen rennt an mir vorbei und schreit, während drei Schattenmonster sie verfolgen. Nun, ihr erster Fehler war es, ein Geräusch zu machen. Es zieht nur noch mehr von den Dingern an.

Ich atme tief ein und ducke mich und suche auf dem Boden rum. Als ich einen langen Zweig finde, breche ich ihn mir über das Knie, um an einem Ende eine Spitze zu erzeugen. Dann renne dem Mädchen hinterher. Der einzige Grund, warum ich helfe, ist, dass ich mich so schon beschissen genug fühle, vom

Rudel davonzulaufen, und jeder braucht manchmal eine helfende Hand.

Als ich ihnen hinterherlaufe, komme ich zuerst zu einem kleineren Untoten und stoße das spitze Ende des Zweiges kraftvoll in seinen Nacken. Die Spitze schneidet tief, durchdringt die Haut und gleitet tief in ihn hinein. Die Sache mit den Infizierten ist, dass ihre Knochen und Körper viel weicher sind als bei lebenden Kreaturen, sodass sie leichter zu durchdringen sind.

Die Kreatur kreischt und fällt um. Ich ziehe den Stock mit einem schmatzenden Geräusch heraus, springe über ihn und renne dem zweiten hinterher und ramme ihm die Waffe direkt in den Rücken. Ein Tritt in die Kniekehlen, und der Untote stürzt nach vorne und fällt auf Hände und Knie. Ich stemme meinen Fuß gegen seinen Rücken und greife den Ast, der aus seinem Rücken ragt. Dann schiebe ich ihn durch seinen weichen Körper hinunter in den lockeren Boden und nagle ihn dort fest. Ich habe keine Ahnung, ob er so liegenbleiben wird, aber ich schwinge herum und sprinte den Schreien des Mädchens hinterher, während ich einen weiteren Ast vom Boden aufhebe. Er ist dünner als der letzte und das Holz fühlt sich fester an.

Unbehagen kriecht mir den Rücken hoch. Es ist Wahnsinn, nachts rumzulaufen, wo andere Raubtiere, darunter auch einsame Wölfe, lauern könnten.

Aber sie macht genug Lärm, um den ganzen Berg aufzuwecken.

Also stolpere ich weiter vorwärts, wo es so dunkel ist, dass ich kaum meine eigenen Hände sehen kann. Mein Fuß verfängt sich in einer Wurzel und ich falle nach vorn, mein Puls rast vor Schrecken.

Ich rempele gegen jemanden und stoße hart mit ihm zusammen.

Panik drückt meine Lungen zusammen und ein Schrei steigt mir aus dem Hals.

Aber als das heisere Knurren eines Infizierten von der Gestalt unter mir in die Nacht entkommt, schwinge ich schnell wieder zurück und steche meine Waffe in den Hinterkopf, wo es am weichsten ist, immer und immer wieder, während die Kreatur bockt und darum kämpft, unter mir hervorzukommen. Aber ich halte nicht inne, auch nicht als etwas Nasses meine Hände umhüllt.

Als es ruhig ist, höre ich endlich auf und setze mich einfach breitbeinig auf den toten Infizierten und schnappe nach Luft.

Ich hasse diesen Tag so sehr!

Ich weiß nicht, was mich ergriffen hat, da ich noch nie zuvor so reagiert habe, nie so aggressiv gehandelt habe.

Ein Schniefen kommt von vorn, und ich hebe meinen Blick und erkenne ein dunkles Bündel, das in der Nähe eines übergroßen Strauches kauert.

„Alles okay?", frage ich, als ich mich auf die Füße

erhebe und meine Hände an meiner Hose abwische. „Ich werde dir nicht wehtun, versprochen."

Langsam krieche ich mich vorwärts, während ein junges Mädchen hervorkommt. Sie ist vielleicht dreizehn oder vierzehn Jahre alt … Gott, sie ist noch ein Kind. Sie reicht mir nur bis zu den Schultern.

Als Laub hinter mir raschelt, schnappe ich mir ihre Hand und ziehe sie an meine Seite. „Psst. Nichts sagen. Schnell und leise, okay?"

Sie nickt und wir stürmen beide zum nächsten Baum mit niedrigen Ästen, den ich finden kann. Ich schlucke hart und hebe sie hoch, schiebe ihren Hintern, damit sie schneller hochklettert. Ich war in ihrem Alter, als ich meine Mama verlor, und ich musste allein auf dieser Welt überleben. Mit diesem Gedanken legt sich eine schreckliche Trauer über mein Herz, wegen allem, was ich verloren habe.

Mehr als alles andere sehne ich mich gerade nach meinen Alphas, so quälend schwer, dass ich das Gefühl habe, dass meine Brust in zwei Hälften zerreißt.

3

LUCIEN

*D*ušan stürmt über den blutverschmierten Bereich und verschwindet in der Festung. Alles ist abgefuckt, und irgendwie ist Meira in all dem Chaos vor uns davongelaufen. Ich beiße meine Zähne zusammen, und mein Wolf drückt sich beim Gedanken, dass wir sie entkommen haben lassen, gegen mein Inneres. Sie ist wehrlos, krank und so verdammt stur, dass sie dadurch sterben wird, wenn wir sie nicht rechtzeitig finden. Also müssen wir jetzt schnell sein, denn ich brauche sie wieder in meinen Armen.

Mein Magen verknotet sich jedes Mal, wenn ich daran denke, sie fest im Arm zu haben, ihren hypnotischen Geruch, die Markierung, die uns verbindet. Aber all das hat keinen Wert, wenn sie einfach abhaut und umkommt. Sie hätte uns nur eine

Chance geben müssen, um ihr zu erklären, was in ihrem Blut ist, aber sie ist einfach weggelaufen. Ich möchte all die Angst, die sie in sich trägt, wegküssen.

Die törichte Frau hat keine Ahnung, wie krank sie wirklich ist oder wie nah sie an der messerscharfen Grenze zum Tod steht.

Soweit es mich betrifft, reparieren wir die Mauer und beruhigen unser Rudel, finden Mad und gehen dann auf die Suche nach Meira. Ich knurre angesichts der To-do-Liste, die unmöglich zu schaffen scheint.

Und es ist kein Zufall, dass Dušans Stellvertreter genau dann erscheint, wenn das Chaos ausbricht. Er besuchte das X-Clan Rudel auf der anderen Seite Europas, da Dušan mit ihnen ein Handelsabkommen hat. Aber wir wurden kürzlich von Ander, ihrem Alpha, darüber informiert, dass Mad ein Serum aus ihrer Anlage gestohlen hat.

Die Mitglieder des X-Clans sind eine andere Wolfsrasse als die Ash-Wölfe, und etwas in ihrem Körper macht sie immun gegen das infizierte Blut. Sie haben ein Serum, das nur bei ihrer Rasse wirkt.

Also glaubte dieser Volltrottel Mad, dass es ein Immunitätsserum sei und dass er es replizieren könnte, um es für sich selbst zu benutzen. Außer dass das Serum für Ash-Wölfe nutzlos ist, und jetzt gefährden seine Handlungen unsere Beziehung zu unserem stärksten Handelspartner.

Dušan weiß, dass ich Mad den Kopf abreißen will, aber er beschützt den Bastard immer wieder, weil Mad sein Stiefbruder ist. Wenn man mich fragt, verdient Mad ganz und gar nix. Ihre Eltern sind nach Dušans und Mads Geburt ein Paar geworden, nur deswegen sind sie miteinander verwandt. Es gibt keinerlei biologische Verbindung.

Das heißt aber nicht, dass Mad kein gefährlicher Bastard ist. Er ist verantwortlich für den Mist, der heute abgegangen ist. Ich weiß nicht wie, aber ich würde mein Leben darauf verwetten. Er hat verschlagene Augen. Bardhyl lacht mich aus, wenn ich das immer sage, aber man kann die wahre Absicht eines Wolfes in seinen Augen erkennen. Schließlich sind sie der Spiegel in die Seele.

Also wie zum Teufel hat Mad die Mauer zu unserem Gelände zerstört? Ich kenne die Antwort nicht, also stürme ich über das offene Gelände. Vor uns ist die steinerne Barrikade nach innen gestürzt, als ob etwas von außen in sie reingefahren wäre. Ein großer Brocken blieb intakt, was das Zusammensetzen erleichtern sollte.

Ich schiebe mich an den Rudelmitgliedern, die die losen Steine und Schutt sammeln, vorbei und trete in die Wälder, die unser Zuhause umgeben. Der Geruch des Blutes von der Schlacht hängt in der Luft, so dass es nahezu unmöglich ist, andere Düfte zu aufzunehmen. Aber die Reifenspuren, die den

Boden aufgewühlt haben und welche direkt zur Mauer führen, sind ein todsicherer Hinweis. Dies ist der einzige Ort mit einer Lichtung vor den Wäldern, daher wäre es einfach, mit einem Fahrzeug hier vorzufahren, die Mauer zu rammen und dann schnell wegzufahren, bevor es jemand wirklich bemerken könnte.

„Lucien", brüllt Bardhyl. „Komm her und pack mit an."

Ich drehe mich um und sehe ein halbes Dutzend Rudelmitglieder, die vor der umgestürzten Mauer stehen, die meisten kauern sich tief runter, um sie anzuheben und sie an ihren Platz zu drücken.

„Natürlich."

Meine Hände drücken gegen die steinerne Barrikade und wir schieben die gottverdammte Platte nach oben.

Ich grunze und drücke mich gegen das Gewicht, aber es dauert nicht lange, bis die Wand dort sitzt, wo sie einmal war. Enorme Lücken und Risse ziehen sich durch die kaputte Wand, aber es ist nichts, was nicht mit ein paar Reparaturen behoben werden kann.

Jeder rennt herum, räumt das Chaos auf oder arrangiert, dass Familien sich um ihre Verstorbenen kümmern. Bardhyl wendet sich an mich, Staub in seinen langen, blonden Haaren und auf seiner Stirn. Er ist etwas größer als ich und hätte leicht aus den Wikingerzeiten kommen können. Dieser Wolf ist im

Herzen ein Krieger und sieht aus wie einer. Ihn jagt auch jede verfügbare Frau aus dem Rudel ... sogar vergebene Frauen schenken ihm zu viel Aufmerksamkeit. Er liebt es verdammt noch mal, und wer würde es nicht tun? Er ist Dušans Vierter und neben Dušan mein engster Freund.

Ich hebe mein Kinn an, damit er mir aus der Hörweite der anderen folgt, und wir bewegen uns in die Mitte des Feldes, wo niemand steht.

„Hast du Mad irgendwo gesehen?" Bardhyl knurrt die Frage förmlich, während sein Blick über den Hof um uns herum gleitet.

Ich schüttle meinen Kopf. „Dušan weiß noch nicht einmal, dass er zurück ist. Ich hatte keine Gelegenheit, es ihm zu sagen. Aber dieser Schwachkopf wird nicht weit weg sein, und er kann sich glücklich schätzen, wenn ich ihm nicht das Genick breche, wenn ich ihn erwische."

„Ich schlag vor, wir finden ihn und ketten ihn an, bevor er noch mehr Schaden anrichten kann", knurrt Bardhyl, die muskulösen Sehnen in seinem Nacken pulsieren. Seine Augen richten sich auf mich. „Außerdem hat Dušan mir gesagt, dass du und er Meira jagen werdet. Ich will mitmachen. Wir fangen Mad ein, dann machen wir uns auf den Weg. Ich kenne diese Wälder wie meine eigene Westentasche und ich habe ihren Duft. Wir teilen uns auf und decken mehr Fläche ab."

Er ist mir ebenbürtig, und ich habe keine

Einwände gegen mehr Helfer, die nach Meira suchen, bevor es zu spät ist, weil es mich fast umbringt zu wissen, dass sie da draußen ist und wir unser Zuhause immer noch nicht verlassen haben. Aber ich bin mir nicht sicher, ob Bardhyl das klar durchdenkt. Jetzt, wo Mad zurückgekehrt ist, muss jemand hierbleiben, um das Rudel anzuführen.

„Ich kenne diesen Blick", mault er mich an. „Mad hat nicht mit uns gekämpft, und das macht ihn in meinen Augen zum Feind. Wir suchen ihn jetzt und sperren ihn in der Festung ein. Wir hätten ihm niemals vertrauen dürfen."

„Haben wir nicht, aber Dušan ..." Meine Worte werden leise, weil nichts jemals nur schwarz und weiß ist. Sie sind Stiefbrüder. Mad und Dušan sind einander die einzige Familie, die sie noch haben, und diese Art von Beziehungen sind am kompliziertesten. Ich atme schwer, als mich die dunklen Gedanken überwältigen, wie meine erste Gefährtin Cataline starb ... Ich wache immer noch in Schweiß gebadet auf und können schwören, dass ich sie in meiner Nähe spüre. Ich schwor, nie wieder zu lieben, aber das Schicksal ist unberechenbar, weil es Meira auch zu meiner schicksalsbestimmten Gefährtin gemacht hat. Und mit diesen Emotionen umzugehen, treibt mir Tränen in die Augen.

„Wenn wir das tun, sollten wir es schnell tun und uns diesen Bastard schnappen", sagt Bardhyl und reißt mich aus meinen Gedanken.

Ich balle meine Hände zu Fäusten, und mein Herz rast bei der Aussicht auf eine Jagd. „Meira läuft die Zeit davon, und wir können uns später immer noch mit Dušan und seinem Zorn auseinandersetzen, wenn er nicht mag, wie wir mit Mad umgegangen sind."

Mein Freund nickt und wir stürzen beide los Richtung Festung.

Dušan

Wir haben während der Schlacht sieben Krieger verloren, unser Zuhause wurde kompromittiert und das Rudel wird jetzt in Panik geraten. Sie fühlen sich nicht sicher, daher ist es meine Aufgabe, sie zu beruhigen und sicherzustellen, dass ihre Festung sicher bleibt.

Obwohl tief in meinem Bauch die Sorgen brennen. Jemand hat uns sabotiert und ich werde ihm den Kopf abreißen, wenn ich ihn finde. Zusammen mit Meiras Flucht hätte diese ganze Katastrophe nicht zu einem schlimmeren Zeitpunkt kommen können.

Ich springe aus der Dusche und wische das Wasser mit einem Handtuch von meinem Körper ab, dann ziehe ich meine Jeans und Stiefel an. Ich greife nach einem sauberen schwarzen T-Shirt und ziehe es mir über den Kopf und meinen Körper hinunter.

Wenn ich mein Rudel anspreche und ihnen helfen will, sich zu beruhigen, mache ich es nicht blutüberströmt. Sie müssen wissen, dass es trotz der heutigen Tragödie einfacher wird. Das müssen sie. Ich muss das glauben, denn ich kann nicht hinter Meira in den Wald stürzen, wenn ich mir Sorgen um die Sicherheit meines Rudels mache. Je länger ich brauche, desto weiter wird sie reisen, also muss ich schnell handeln.

Ich marschiere aus meinem Zimmer und den Korridor hinunter. Mein Plan war es, mit Meira zu arbeiten und einen Weg zu finden, ihre Wölfin hervorzubringen, bevor ihre Zeit abgelaufen war. Wenn sie sich einfach verwandeln könnte, würde ihre Wölfin die Blutkrankheit heilen, die ihre menschliche Seite zerstört.

Nun, dieser Plan war kläglich gescheitert. Wenn ich nur darüber nachdenke, ballen sich meine Hände zu Fäusten, meine Muskeln pochen vor Frustration.

Warum rennst du weg, Kleines?

Aus meinem Augenwinkel bemerke ich eine Figur auf dem Balkon, als ich an der Tür vorbeikomme. Ich wende mich um, um einen zweiten Blick dorthin zu werfen. Kurz geschnittenes weißes Haar. Er ist ganz in Schwarz gekleidet, seine Hände ergreifen das Geländer, während er auf den Hof runter starrt, wo alle anderen unermüdlich daran arbeiten, den Anschein von Normalität zurückzubringen.

Meine Haare stehen ab, und mein Wolf schiebt sich mit Aggression vorwärts und knurrt in meiner Brust. Mein Blut kocht, als ich zu ihm stürme.

„Du zahlst nach einer Mission deinem Alpha keinen Respekt mehr?", brülle ich.

Mad fährt herum, um mich anzusehen, seine Bewegung ist schnell, aber sein Lächeln zu langsam.

Meine Nasenlöcher beben, und ich marschiere Angesicht zu Angesicht auf ihn zu und starre ihn nieder. Ich zittere, bin kurz davor, ihn auseinanderzureißen, da er mir trotzt.

Feindseligkeit strahlt von ihm ab, schürt meinen Ärger und lädt die Luft mit Elektrizität auf. Seine Augen verengen sich mit einer urtümlichen Herausforderung. Sein Mund verzieht sich zu einem höhnischen Grinsen und betont die geheilte Narbe seiner Kieferpartie.

„Du hast von Ander gestohlen." Ich spucke ihm die Worte ins Gesicht. „Was zur Hölle hast du dir gedacht? Übergib mir das Serum!", brülle ich. Er hat Glück, dass ich ihm noch nicht den Kopf abgerissen habe.

Mein gesamtes Handelsabkommen hängt davon ab, dass ich das Serum an den X-Clan zurückgebe. Ich habe nicht vor, die Möglichkeit zu verlieren, neue Technologien und Ressourcen von Ander zu gewinnen, nur damit Mad versuchen kann, Gott zu spielen. Dieser kleine Mistkerl hat schon immer nur auf sich selbst aufgepasst. Viel zu lange habe ich seine Handlungen gerechtfertigt, indem ich mir sagte, er sei jünger als ich, also hätte er immer noch viel zu lernen. Aber dieser letzte Stunt könnte meinen Geduldsfaden zum Reißen gebracht haben. Ich habe genug davon, seinen Hintern zu retten, wenn er solche Scheiße baut.

Mad bewegt sich nicht, sondern blickt mir in die Augen und fordert mich heraus. „Ich habe das für uns getan", schnappt er, als wäre *ich* der Widerspenstige. „Ich habe eine Gelegenheit gesehen und sie genutzt."

Ich erfasse seinen Hals und drücke zu. „Das ist kein verdammter Witz."

Als ich in seine blassblauen Augen starre, sehe ich nur meinen Vater. In meinem Kopf höre ich ihn mich anschreien, mir gegen den Hinterkopf schlagen und wie er mir sagt, dass ich nicht gut genug bin. Dass ich nie ein guter Alpha sein werde, weil ich zu schwach bin. Mad hockte in der Ecke, wimmerte, während ich geschlagen wurde und ein paar Mal versuchte, unseren Vater aufzuhalten. Aber jetzt hat er sich verändert, ist nicht mehr der Stiefbruder, mit dem ich aufgewachsen bin, sondern ein Wolf, der seinen eigenen Weg sucht. Und ich wünsche ihm alles Glück der Welt, aber es wird nicht unter meinem Dach sein.

Er schiebt eine Hand gegen meine Brust und ich

lasse ihn los, während er stolpert, um seinen Halt zu finden. Sein unterer Rücken drückt gegen das Metallgeländer und er zeigt ein schiefes Lächeln. „Es war ja nicht so, als hätte ich dich anrufen können, während ich in feindlichem Gebiet war, um mit dir darüber zu diskutieren, ob ich ein Gegenmittel stehlen sollte, das allen Ash-Wölfen helfen könnte."

Dieses Schmunzeln und seine Worte sind wie Benzin auf meiner glühenden Wut. „Der X-Clan ist nicht der verdammte Feind. Wenn du nicht in der Lage bist, ein Abkommen zu verstehen, habe ich meine Zeit damit verschwendet, dich zu meinem Zweiten zu machen."

„Dušan", knurrt er. „Das ist nicht fair, Mann. Ich habe das für uns getan."

Mein Herz schlägt in meiner Brust, mein Adrenalin ist eine tickende Zeitbombe, die unter meinem Brustkorb in die Luft gehen wird. „Du hast das für dich selbst getan. Sonst hättest du es mir gesagt. Stattdessen habe ich es von Ander gehört." Ein Knurren kommt von meinen Lippen, und er zuckt zuerst zusammen, richtet dann aber seine Schultern auf, als ob er seinen Mut finden würde.

Er schüttelt seinen Kopf.

Ich schnappe mir seinen Kiefer und drücke zu, bis er wimmert. „Hör mir ganz genau zu, damit dein Gehirn es versteht: Das Serum vom X-Clan funktioniert nicht bei Ash-Wölfen. Es ist speziell für ihre Wölfe gemacht. Es hat keine Auswirkungen auf uns.

Wenn du mich gefragt hättest, hätte ich dir das sagen können, bevor du losgezogen bist und unsere Beziehung zu Ander fast ruiniert hast."

Seine Augen weiten sich bei meiner Offenbarung so weit wie der Mond, und deshalb bin ich kurz davor, ihm den Kopf abzureißen. Ich hatte ihn aus einem einfachen Grund zu meinem Zweiten gemacht: Er ist mein Stiefbruder, und ich glaubte, er könnte die Rolle ernst nehmen und die Führung der Ash-Wölfe in der Familie behalten. Aber das war ein Fehler, und ich werde ihn nicht wiederholen.

Er reißt sich aus meinem Griff, stößt gegen das Geländer, ein Knurren kommt von seinen Lippen. „Scheiße, na gut, du kannst es zurückhaben. Lass mich verdammt noch mal in Ruhe."

Ich schüttle meinen Kopf, meine Finger verkrampfen sich im dringenden Bedürfnis, ihm Verstand einzubläuen, obwohl ich bezweifle, dass es einen großen Unterschied machen würde. Ich sehe jetzt ganz klar den Fehler, den ich gemacht habe, indem ich meinem Stiefbruder diese Art von Macht im Rudel gegeben habe.

„Erzähl mir, was mit der Lieferung der Frauen zu Ander passiert ist. Wie hast du eine verloren?" Ich stehe aufrecht, meine Stimme wird lauter und meine Geduld geht dem Ende entgegen.

Er zuckt mit den Schultern. „Keine Ahnung, aber ich würde sagen, es ist Schicksal, wenn man bedenkt, dass das kleine Miststück Blut in sich hat, das unser

Heilmittel sein könnte." Er lehnt sich näher. „Denk an die Möglichkeiten, Bruder. Ich opfere mich und ficke sie, um die Omega-Fotze zu beanspruchen, und wir benutzen ihr Blut als Heilmittel, um allen Ash-Wölfen zu helfen."

Ich brodele und schlage ihm, ohne zu zögern, die Faust ins Gesicht. Ich treffe ihn am Kopf, und er taumelt vom Schlag zurück und greift sich an die Seite des Gesichts. Sein Wolf erwacht in seinem Blick.

Das ist es, was ich will ... dass er angreift. Ich werde ihn vernichten.

Er zieht sich aus meiner Reichweite, seine Lippen in einer dünnen Linie, während er seinen Hass auf mich spuckt. „Du willst sie für dich selbst? Warum hast du sie nicht beansprucht? Sie riecht nach Hitze, ihre Nässe ist so süß in der Luft."

Er ärgert mich absichtlich. Ich sehe es in der Art, wie sein Mund sich verzieht, aber diesmal werde ich nicht darauf hereinfallen. Er ist manipulativ und hinter allem, was er tut, steckt eine Motivation. Meira ist auf keinen Fall einfach so aus dem Flugzeug geflohen. Wir haben Protokolle, die noch nie zuvor gebrochen wurden.

„Weißt du, was ich denke? Du hast es Meira leicht gemacht, wegzulaufen, als du nicht hingeschaut hast, damit du einen Grund hattest, beim X-Clan zu bleiben, da du wusstest, dass ich mich bemühen würde, einen Ersatz für Ander zu finden.

Du hast darauf gezählt, dass ich alles tun würde, um unser Handelsabkommen zu retten. Die ganze Zeit hast du dir deinen kleinen Plan überlegt, das Serum zu stehlen. Das war keine Gelegenheit, über die du gestolpert bist, oder?"

Das ist die einzig mögliche Erklärung, warum Meira es nicht zu Ander geschafft hat. Ich habe mir den Kopf darüber zerbrochen, da unsere Pläne einfach sind ... Frauen steigen ins Flugzeug und werden an eine Kette gebunden, Ende der Geschichte. Mihai bestätigte, dass er neun Frauen an das Flugzeug geliefert hatte, was nur bedeuten konnte, dass Mad den einzigen Schritt nicht gemacht hatte, den er offensichtlich hätte tun sollen.

Ein stoischer Ausdruck kommt über sein Gesicht, der, den er benutzt, wenn er lügt. Hinter ihm, unten im Hof, arbeiten die Rudelmitglieder unermüdlich daran, die Ordnung in diesem chaotischen Tag zurückzubringen.

„Du bist paranoid geworden, Bruder", murrt er, seine Schultern ziehen sich zusammen, als würde er sich gleich wandeln.

„Warst du auch für den Zusammenbruch der Mauer verantwortlich?", brülle ich, und die Wut dringt in meine Knochen ein.

Er rümpft die Nase und spottet, als würde ich mir das ausdenken. „Willst du mich auch für die Ausbreitung des Virus auf dem ganzen Planeten verantwortlich machen?"

Ich bin in Sekundenschnelle bei ihm, meine Hand an seinem Hals, und ich drücke ihn rücklings über das Geländer. „Es gibt keine Zufälle, wenn es um dich geht, Stefan. Und ich kann nicht ignorieren, dass wir unseren ersten Bruch in der Mauer an dem Tag haben, an dem du dich heimlich nach Hause geschlichen hast."

„Nenn mich verdammt noch mal nicht so!", schnappt er und entblößt seine Zähne. Er verabscheut diesen Namen, denn es war mein Arschlochvater, der ihm diesen Namen gegeben hat.

Seine Hände drücken sich gegen mich und greifen meinen Arm als Unterstützung, um nicht vom Balkon zu stürzen. „Es gab kein Reinschleichen", murmelt er. „Was zur Hölle ist los mit dir?"

Ich kann mich kaum selbst kontrollieren, wenn er immer und immer wieder lügt.

„Komm schon, Dušan. Das bist nicht du. Als wir aufwuchsen, hatten wir ein Ziel, erinnerst du dich noch? Finde einen Weg, den Fluch zu beenden. Ich habe es versucht und bin mit dem X-Clan gescheitert. Erschieß mich dafür, dass ich das Beste für die Ash-Wölfe will. Aber dieses Miststück Meira ist da draußen, also lass uns sie jagen gehen." Es liegt ein Glitzern in seinen Augen ... Mein Stiefbruder ist ein Meister der Täuschung. Ich sehe das jetzt ganz klar.

Je mehr er über Meira spricht, desto mehr denke ich darüber nach, ihm die Zunge rauszuschneiden. Ich will ihren Namen nicht aus seinem Mund hören.

Alles, was ich höre, sind seine Drohungen gegen meine Schicksalsgefährtin, und das wird nicht funktionieren.

Ich ziehe ihn aus seiner zurückgebeugten Position über dem Geländer zurück, und ich spüre die zitternde Wut in seinem Körper, sein Wolf knurrt nach Freilassung. Zu meiner Überraschung hält sich Mad zurück, die Falten auf seiner Stirn verraten ihn. Sein Blick ist über meine Schulter gerichtet. Schritte kommen hinter mir näher und ich schnüffle in der Luft, atme die erdigen Wolfsgerüche meines Dritten und Vierten ein.

Lucien und Bardhyl haben sich uns angeschlossen. Perfekt.

Ich schnappe mir Mad am Kragen, schwinge ihn herum und blicke auf die beiden Rudelmitglieder, denen ich mein Leben anvertrauen würde. Ich trete Mads Beine unter ihm weg, damit er vor uns auf die Knie fällt.

„Dir wird dein verdammter Titel als Zweiter nach dem Alpha genommen", brülle ich. „Deine Position befindet sich am Ende der Hierarchie im Ash-Rudel. Sogar Betas stehen jetzt über dir."

„Fick dich, Dušan. Das kannst du nicht machen! Das war auch das Rudel meines Vaters. Ich gehöre ganz oben an die Spitze." Er will aufstehen, aber ich fahre mit einem weiteren Faustschlag in sein Gesicht, damit er unten bleibt; der Schmerz vom

Aufprall steigt mir den Arm hinauf. Er stöhnt und starrt mich unerschrocken an.

„War verdammt noch mal an der Zeit", knurrt Lucien.

Ich sehe zu ihm hoch. „Lucien, du bist jetzt mein Zweiter, und Bardhyl, mein Dritter. Kümmere dich um dieses Stück Scheiße. Ich will, dass er im Kerker festgekettet wird."

Bardhyl grinst, als er nach unten greift, Mad am Arm packt und ihn auf die Füße reißt. Als Mad einen Schlag versucht, lacht Bardhyl, schnappt sich die Faust und dreht sie dann hinter Mads Rücken. Mad schreit vor Schmerz, und Lucien nutzt die Chance, einen Fausthieb in seinen Bauch zu landen.

Ich drehe mich um, frustriert bis zum Gehtnichtmehr. Ich will Mad nur aus meinen Augen haben. Ich atme tief durch, erde mich und mache mich bereit, mit dem Rudel zu sprechen und sie zu beruhigen.

Ich hasse es, dass ich innerlich brodele, meinen Stiefbruder einsperren muss, wo wir doch ein Team hätten sein sollen. Ich möchte, dass ausnahmsweise mal etwas zu meinen Gunsten läuft.

Meine Gedanken wandern zu Meira, und die Zeit tickt. Sie ist verdammt noch mal weg! Rage umhüllt meinen Verstand. Knoten ballen sich in meinem Bauch zusammen. Sie ist jetzt schon seit ein paar Stunden weg. Die Sonne ist untergegangen, aber ich hoffe, dass sie nicht zu weit gekommen ist. Die Erschöpfung wird sie geschlaucht haben. Ich denke zurück an die Zeit, als ich sie zum ersten Mal in dem kleinen Baumhaus fand, das sie gebaut hatte, als sie alleine in der Wildnis lebte. Sie fühlt sich unter den Infizierten wohler als jeder andere. Außer dass sie sich in den Wäldern im Shadowlands-Sektor nicht gut auskennt. Das sind meine Wälder, was mir die Oberhand gibt.

4

MEIRA

Meine Augen öffnen sich zu einer Explosion von Licht und ich brauche ein paar Momente des Blinzelns und Schielens, um die Morgensonne direkt in meine Richtung scheinen zu sehen.

Als ich mich bewege, fühlen sich meine Beine und mein Hintern taub an und sind in der komischen Position eingeschlafen, in der ich mich auf dem Baum festgekrallt habe. Ich drehe mich um, als das Gefühl anfängt, wieder durch meine Beine zu schießen.

Einen Moment mal, wo ist das Mädchen von gestern Abend?

Ich lasse meinen Blick verzweifelt herumschweifen und denke, dass sie in der Nacht vom Baum gefallen ist, aber das hätte ich gehört. Es sei denn, die Schattenmonster hätten sie schnell weggeholt.

Irgendwo in meinem Kopf weiß ich, dass sie nicht gefallen ist; sie muss von mir weggehuscht sein, sobald ich eingeschlafen war. Ich bin in ihrer Position gewesen, habe im Wald gelebt und keiner Seele vertraut. Jeder stellt eine Gefahr dar und sie kennt mich nicht, warum sollte sie mir also vertrauen?

Trotzdem zieht sich bei der Vorstellung, dass sie alleine da draußen ist, mein Brustkorb zusammen, und ich benutze meinen Aussichtspunkt, um nach ihr zu suchen. Es gibt Bäume in alle Richtungen, ohne Tiere oder Vögel. Ich rutsche ein Stück zur Seite, um vom Baum herunterzukommen, als ein schrecklicher, scharfer Schmerz mich so intensiv überflutet, dass ich meine Augen schließe und meine Kiefer zusammenbeiße, bis der Schmerz vorüber ist. Der Schmerz von dem, was mit mir nicht stimmt, kommt jetzt häufiger vor, als würde er sich zu etwas aufbauen. Aber ich schiebe es beiseite, weil ich momentan keine Antworten darauf habe.

Schließlich springe ich vom Baum herunter und suche den Waldboden um mich herum ab. Überwucherte Sträucher ersticken das Land mit immergrünen Reben, die die Kiefernstämme hinaufkriechen. Aber es gibt keine Anzeichen für eine Leiche oder Überreste, also suche ich nach Spuren auf dem Weg zum Fluss hin. Ich brauche ein

Bad, und das Mädchen ist wahrscheinlich dorthin zurückgekehrt.

Dort angekommen knie ich mich hin und spritze mir das eisige Wasser ins Gesicht und schrubbe dann auch meinen Nacken damit. Ich nehme einen großen Schluck, als ein Zweig von der anderen Seite des Flusses bricht.

Mein Kopf schießt hoch und ich erspähe ein kleines Reh mit weißen Flecken auf dem Rücken. Ich bin wie hypnotisiert, denn es ist so lange her, dass ich ein Reh gesehen habe. Das kleine Ding hat so lange überlebt, und ich hoffe, dass das noch lange so bleibt. Als ich auf die Füße komme, zuckt es zusammen und springt zurück in den Wald.

Ich bin auf den Beinen und wende mich vom Fluss ab. Das Reh hatte vielleicht bis jetzt Glück gehabt, aber jedermanns Glück läuft irgendwann ab. Dies ist keine Welt mit Schmetterlingen und Einhörnern, sondern mit Zombies und sexhungrigen Wölfen. Ich stürze hastig das Flussufer entlang, in den Wald und dann außer Sichtweite, damit ich nicht leicht zu erkennen bin.

Aber das Mädchen bleibt mir im Sinn. Wo ist sie hingegangen? So egoistisch es auch klingt, ich würde ihre Gesellschaft genießen. Es ist ein seltsamer Gedanke, dass ich jahrelang alleine in den Wäldern gelebt habe, aber wenn ich ehrlich zu mir selbst bin, es war eine schöne Verschnaufpause, beim Rudel gewesen zu sein, auch wenn es nur kurz war. Zu wissen, dass ich nicht allein war und dass wir alle daran arbeiteten, in einem geschützten Bereich zu überleben, begann mir zu gefallen. Ich seufze darüber, was für eine Heuchlerin ich bin.

Meine Emotionen machen eine schmale Gratwanderung, wo ich es mir einst nicht mal vorstellen konnte, einem Rudel beizutreten. Es ist lächerlich, solche Gedanken zu haben, wenn man bedenkt, wie die Dinge mit den Ash-Wölfen endeten.

Ich marschiere schnell über das getrocknete Laub und die Sträucher, meine Hände schwingen an meiner Seite, während ich den Wald nach irgendeinem Zeichen des jungen Mädchens absuche. Mit jedem Einatmen suche ich nach unverwechselbarem Wolfsgeruch und dem fauligen Gestank der Schattenmonster. Mein Trick zum Überleben war, neben den untoten Kreaturen zu leben, da sie dazu neigen, in kleinen Herden am selben Ort zu verweilen. Ihre Anwesenheit macht es wahrscheinlicher, dass einsame Wölfe nicht nah sind, um mir weh zu tun. Es ist ein einfacher Trick, aber er hat mich bis hierhin am Leben gehalten.

Ich halte mich entlang des Flusses zu meiner Rechten und hoffe, dass ich in die richtige Richtung gehe, dahin, wo ich früher im Baumhaus gewohnt habe. Ich werde die paar Sachen, die ich habe, einsammeln und ein neues Zuhause finden, in das mich niemand verfolgen kann.

Schritt für Schritt gehe ich weiter und muss die Alphas vergessen, die mich auf eine Weise beeinflusst haben, die mich überrascht hat. Es war meine Schuld, dass ich mich glauben ließ, dass ich überhaupt ein normales Leben führen könnte. Die Wahrheit brennt heute schlimmer, weil ich sie vermisse und mich dafür hasse, solche Emotionen zu haben. Ich balle meine Hände zu Fäusten gegen den Schmerz, der durch meine Brust aufsteigt. Es ist das gleiche Gefühl wie letzte Nacht ... eine Sehnsucht, die mich auseinanderzureißen droht. Damit kommt das verzweifelte Gefühl, dass ich das, was mir gehört, hinter mir lasse, aber ich höre nicht auf zu laufen. Ich setze stetig einen Fuß vor den anderen.

Es sind die blöden Markierungen, die Dušan und Lucien auf mir hinterlassen haben. Ich spüre das Prickeln auf meiner Haut, wo sie mich gebissen haben, und eine unbarmherzige Energie überflutet mich und erinnert mich ständig daran, dass ich ihnen gehöre.

Ich fokussiere mich auf den Wald, aber mein Kopf beschäftigt sich mit dunkleren Gedanken.

Mein Hals wird dicker, während sich die Angst zu einem Ball ansammelt. Ich könnte jeden Moment sterben, wenn meine Wölfin herauskommt. Andererseits überlebe ich die Apokalypse, und der Tod kommt eher früher als später für jeden. Ich versuche, die Sorge zu ignorieren, die mir in den Sinn kommt, dass ich erwischt werden könnte. Ich lege meine

Arme um die Taille und begutachtete meine Umgebung alle paar Schritte, die ich gehe.

Nachdem ich den größten Teil des Tages gelaufen bin, senkt die Sonne sich jetzt und damit kommt eine eisige Kälte. Ich konzentriere meine Energie darauf, mich schneller durch die ruhigen Wälder zu bewegen. Meine müden Muskeln kämpfen und ich mache weiter, bis die Dämmerung um mich herum einbricht. Die losen Steine auf dem abschüssigen Boden rollen unter meinen Füßen weg, ich rutsche ab und mir dreht sich der Magen um. Ich schnappe mir einen überhängenden Zweig und fange mich selbst. Ich rase schnell den Hügel hinunter in ein offenes Tal, wo der Fluss läuft und um die Felsbrocken herum aufschäumt, gegen die er stürzt.

Ich knie am Rand des Wassers, um meinen Magen aufzufüllen, als ich auf zur Seite blicke und den ausgetrockneten Kadaver eines Hirsches finde, seine Haut wurde entfernt und die Rippenknochen vom Fleisch befreit. Es sieht so aus, als ob jemand versucht hätte, in den Überresten eine Mahlzeit zu finden.

In der Nähe meines Fußes schimmert etwas Weißes, und ich greife zum Knochen, der einst zum Bein des Tieres gehört haben muss. Er ist in zwei Hälften gebrochen, aber das zerbrochene Ende ragt scharf hervor. Ich lege meine Finger um den

Knochen, der sich gut in meine Handfläche schmiegt.

Ich stecke ihn in den Bund meiner schwarzen Leggings, das spitze Stück nach oben gerichtet, damit ich kein Loch in den Stoff reiße, und bin schnell auf den Füßen und gehe wieder los. Ein kleines Feld mit wildem Gras und Sträuchern umgibt mich, der Fluss in meinem Rücken. Ich trotte zu den breiten Eichen, die diesen Teil des Waldes bilden, die Schulter an Schulter stehen, dick mit schweren Ästen, die mit üppigen grünen Blättern bedeckt sind. Diese hohen Wächter werden für die Nacht mein Zuhause sein.

Im schützenden Schatten des Waldes suche ich nach dem perfekten Baum, den ich erklimmen und auf dem ich mich niederlassen kann, vorzugsweise einen, bei dem sich mehrere Äste überkreuzen. Aber meine Aufmerksamkeit wird von einer rosaroten Frucht erregt, die ein paar Meter entfernt an einem Baum hängt.

Mir läuft sofort das Wasser im Mund zusammen, als ich zum Pflaumenbaum stürze, Äste, die üppig mit leuchtend roten Kugeln behangen sind. Ein Schrei der Freude kommt mir aus dem Mund, und ich springe hoch und schnappe mir eine Frucht vom Zweig. Die Haut ist glatt unter meinen Fingern, und ich nehme einen großen Bissen, die knackige Haut platzt mit einem befriedigenden Knacken zwischen meinen Zähnen. Zuckersüße Säfte laufen in meinem Mund und tropfen mir das Kinn hinunter. Ich stöhne vor Zufriedenheit und verschlinge die Frucht in drei weiteren Bissen, bevor ich mir noch zwei weitere hole.

Ich werfe die Kerne zu Boden und nehme mir mehr, nicht wirklich sicher, wie viele ich gegessen habe, als ich endlich aufhöre. Saft läuft über meine Finger und ich wische sie an meiner Hose ab, bevor ich ein halbes Dutzend mehr sammle, um sie mit mir den Baum hochzunehmen.

Mama und ich pflückten oft Obst. Sie stand Wache für die Schattenmonster, während ich Bäume hochkletterte und die Früchte runterwarf. Wenn wir damals gewusst hätten, dass ich immun gegen die Untoten bin, wäre es vielleicht sinnvoller gewesen, dass ich die Wache übernommen hätte, besonders nachdem Mama ein paar Mal nur ganz knapp weggekommen war.

Ich vermisse sie schrecklich, vermisse es, ihre Stimme zu hören, vermisse ihren Obstkuchen. Während ich meine Pflaumen trage, suche ich nach dem besten Baum, in dem ich mich niederlassen könnte, als ein plötzliches entsetzliches Brennen in meinen ganzen Körper eindringt. Ich erschaudere, die Früchte stürzen aus meinem Griff und fallen zu Boden, während meine Knie nachgeben.

Der Schmerz pulsiert, und ich halte mich fest

und gebe mich dem Schmerz hin, der wie zerbrochenes Glas durch mich fährt. Meine Lungen ziehen sich zusammen und ich huste und spucke Blut auf den Boden. So wie ich es in der Ash-Wölfe-Festung getan habe. Irgendetwas stimmt wirklich nicht mit mir. Diese Anfälle kommen jetzt häufiger, und ich fühle mich nicht wie ich selbst.

Ich starre auf das Blut, das auf die getrockneten Blätter gespritzt ist. Das ist neu – Blut erbrechen. Ich wische mir den Mund ab, meine Hand zittert, während Angst sich über meine Gedanken legt.

Meine Wölfin weigert sich, herauszukommen. Ich bin gebrochen. Aber so sehr ich vor der Sicherheit des Rudels weggelaufen bin und weiß, dass die Wölfin jederzeit aus mir herausreißen könnte, was mich töten wird, wenn meine Alphas nicht in der Nähe sind, so möchte ich doch nicht sterben.

Ich lebe am Ende der Welt und sage mir jeden Tag, dass der Tod jeden Moment kommen könnte, aber wenn ich ihm grade gegenüberstehe, und er sich in mich krallt, spüre ich wie meine Tapferkeit verblasst.

Tränen verwischen meine Sicht und ich kriege Schluckauf von einem erwürgten Schrei, der sich um mein Herz windet. Alles, woran ich denken kann, sind meine Alphas und wie eine ihrer Umarmungen den Schmerz lindern würde. Meine Emotionen ergeben nicht einmal einen Sinn, aber ich sitze allein mitten in einem dunklen Wald und frage mich, ob ich die richtige Entscheidung getroffen habe.

Ich weine in meine Hände, weil ich nicht meinetwegen weggelaufen bin. Ich habe es getan, um sie vor mir zu beschützen. Egal was ich mir selbst sage, das ist die verdammte Wahrheit. Ich bin eine Gefahr für sie, aber innerlich brenne ich danach, bei meinen Wölfen zu sein.

Mein Kinn zittert, während mir Tränen die Wangen hinunterrollen.

Ich habe die ständige Angst und den Stress satt und ich wünschte, ich wäre als normale Omega geboren worden. Ich erinnere mich an die Wölfin, die ich an meinem ersten Tag auf dem Gelände der Ash-Wölfe getroffen habe, und ihre Worte über Gefährten kommen mir in den Sinn.

„Du gewinnst einen Lebenspartner, damit du nicht mehr allein bist. Willst du das nicht?"

Ich habe arrogant *nein* gesagt, dass ich stattdessen Freiheit wollte. Aber jetzt, da ich Dušan oder Lucien nicht haben kann, zerbricht meine Brust vor Kummer.

Die Wälder sind alles, was ich je gekannt habe, aber ich habe mich selbst etwas erleben lassen, was ich niemals haben kann. Und zurückzugehen ist unmöglich. Ich habe sie während des Angriffs verlassen, weil es meine einzige Chance war, Abstand zwischen uns zu bringen, um sie zu beschützen.

Der Wind weht um mich herum, während ich leise weine. Der Fehler liegt bei mir … ich hätte mich nie in die Wölfe verlieben lassen sollen, denn jetzt weiß ich nicht, wie ich sie aus meinem Herzen und meiner Seele herausschneiden soll.

5

MEIRA

*K*älte liegt heute Nacht in der Luft, drängt sich um mich herum und die Blätter rascheln wild. Ich hebe mein Kinn, während ich auf die Füße komme und meine Augen abwische. Mama würde immer sagen: *„Das Schicksal wird passieren, egal ob du dagegen ankämpfst oder nicht."*

Falls meine Wölfin morgen aus mir ausbrechen und mich töten will, wird es sowieso passieren, und ich kann nicht mit ständigen Sorgen leben. Also atme ich aus, lasse den Stress und die Energie, die in mir hochsprudeln, gehen und sammle meine Pflaumen vom Boden auf. Mit ihnen in der Hand eile ich durch den Wald. Das Licht schwindet schnell und ich suche jeden Baum, an dem ich vorbeigehe, nach einem möglichen Schlafplatz ab.

Schmerz schießt mir durch den Bauch und mein Rücken verkrampft, es trifft mich so schnell, dass ich strauchle. Alles schmerzt schlimm, aber nach dem Schlafen geht es mir immer besser. Ich erreiche eine große Eiche mit Dutzenden von dicken Ästen, die weit ausladen, zwei davon überkreuzen sich in der Nähe des Stammes. Es ist perfekt. Das Einzige, was es besser machen würde, wäre, wenn ich eine Decke hätte, aber ich habe schon unter schlechteren Bedingungen geschlafen.

Aber als ein erschütternder Schrei die Stille durchbricht, zucke ich und lasse eine Pflaume aus meinem Griff fallen. Mein Herz fängt an, wild zu schlagen, während ich mich umdrehe und den Wald absuche. Als das Geräusch zurückkehrt, kann ich mit Sicherheit sagen, dass es definitiv weiblich ist und tiefer aus dem Wald hinter mir kommt. Meine Gedanken schwirren zu dem jungen Mädchen von gestern Abend und Galle steigt mir den Hals hoch.

Ist sie es?

Ein drittes Kreischen kommt, und ich lasse alle meine Früchte zu Boden fallen, bevor ich den geschärften Knochen in meinem Hosenbund ergreife.

„Kacke", murmele ich leise, denn trotz allem, was ich gestern Abend für das Mädchen getan habe, bin ich keine Heldin. Ich verstecke mich und überlebe. Das habe ich mein ganzes Leben lang schon so gemacht.

Ich bin weggelaufen. Ich bin weggeblieben, aber das kann ich jetzt nicht mehr tun. Etwas in mir hat sich verändert, und ich renne bereits durch den Wald in Richtung der Schreie. Verblassende Ströme des Lichts leiten meinen Weg. Ich renne um Bäume herum und springe über Sträucher, unsicher, was mich erwartet, aber es gibt nur einen Weg, das herauszufinden.

Ein weiterer Schrei erklingt, diesmal lauter, also bin ich näher. Bäume drängen sich um mich herum, und das Einzige, was mich rettet, sind die raschelnden Blätter, die meine raschelnden Schritte auf dem getrockneten Laub übertönen.

Ich renne, aber die Schreie kommen nicht wieder, und ein Schauer schießt meinen Rücken beim Gedanken hoch, dass ich zu spät dran bin. Dass ich schneller hätte laufen sollen, oder vielleicht in die falsche Richtung gerannt bin. Ich schnüffle in der Luft, aber ich atme nur die Gerüche von Holz und Erde ein. Meine Sinne waren noch nie so stark wie die der Wölfe.

Ich möchte nach ihr rufen, aber das wäre einfach nur töricht.

Plötzlich knallt mir jemand mit solcher Geschwindigkeit in den Rücken, dass ich von den Füßen geschleudert werde.

Ich bin es, die dieses Mal aus reinem Schock schreit. Scharfe Steine zerkratzen mir die Hände und Knie, dann stürze ich flach mit meinem Gesicht in den Dreck. Ich drücke mich hoch, Erde knirscht zwischen meinen Zähnen und ich spucke sie aus.

Ein dunkler Schatten steht über mir, die plötzliche Bewegung erstickt meine frühere Tapferkeit. Ich bemühe mich, aufzustehen, aber ich komme nur bis auf die Knie, während der Wolf näherkommt, schweigend und mit tödlicher Absicht.

Blasse Augen starren auf mich, heißer Atem entweicht seinen Lefzen, die über messerscharfe Zähne zurückgezogen sind.

Schwarz wie die Nacht ist dieser Wolf, groß, mit zottigem und verfilztem Pelz. Die Hälfte seines Ohrs wurde vor langer Zeit abgerissen und ist so verheilt, dass es jetzt aufrecht sitzt, nicht flach an seinem Kopf wie das andere. Die Karpaten fallen unter die Gerichtsbarkeit von Dušan, und damit andere Wölfe einziehen können, müssen sie ihn zuerst herausfordern. Das kann also nur ein einsamer Wandler sein.

„Verpiss dich", knurre ich mit einer kraftvollen Stimme. Sich einem Wolf mit Angst zu stellen, bringt einen nur schneller um. Aber was ich wirklich brauche, ist eine Ablenkung, denn Monster wie er gehen nicht von einer kostenlosen Mahlzeit oder einer Frau zum Besteigen weg, nur weil sie eine starke Einstellung an den Tag legt. Meine Finger bleiben fest um die Waffe geschlungen, die ich an meiner Seite halte, und ein Schauer läuft mir die Beine hoch.

Ein Wimmern kommt von weiter rechts von mir.

Das Biest dreht seinen Kopf für einen Bruchteil einer Sekunde in diese Richtung. Das ist alles, was ich brauche ... eine Sekunde.

Ich springe auf die Füße, Energie schießt durch mich und ich stürze mich auf die Kreatur.

Ich steche ihm in die Seite, gerade als mir wieder den Kopf zuwendet, und ich versenke meine geschärfte Klinge in seinem Rücken, reiße Fleisch raus, sein Blut sprudelt. Schnell ziehe ich den Knochen raus, um wieder zuzuschlagen, Adrenalin treibt mich an, weiterzumachen. Zu kämpfen und niemals aufzugeben.

Aber es geht alles zu schnell. Sein donnerndes Knurren erfüllt die Nacht, während er herumdreht, bevor ich wieder zustechen kann. Riesige Kiefer schnappen nach meiner Seite. Ich weiche aus, werfe mich dann über seinen Körper und rolle vorwärts ab, bevor ich auf meine Füße springe und renne.

Ich zittere, renne aufgepeitscht von Adrenalin und Angst, der Knochen liegt glitschig vom Blut in meiner Hand. Ich drehe schnell meinen Kopf, um zurückzublicken. Der Wolf jagt mir nach, seine Augen verengen sich vor Hass.

Ich sprinte weiter. Meine Haut kribbelt und ich habe mich noch nie so schnell bewegt.

Ich höre das Geräusch seiner Pfoten auf dem Boden, er knurrt. Dieses Mal schreie ich. Ich stopfe die Waffe in die Rückseite meiner Hose und springe verzweifelt in den nächsten Baum, meine Hände ergreifen den untersten Zweig. Ich schwinge meine Beine hoch, während die Luft mit der Wildheit des

Angriffs der Bestie unter mir wirbelt, aber er verfehlt mich.

Ich klettere wie ein wahnsinniges Eichhörnchen, die Rinde zerkratzt meine Hände, Äste schneiden in meine Knie, aber ich kann nicht aufhören, sonst sterbe ich.

Plötzlich reißen Stoff und das Fleisch meiner Wade. Ich brülle und verliere den Griff am Baum, meine Arme und Beine rudern wild herum, während mein Herz bis zum Hals schlägt. Alles, was ich mir vorstellen kann, ist, dass der Wolf mich in dem Moment zerreißt, in dem ich auf dem Boden lande, und ich zittere bis ins Knochenmark.

Rums.

Ich schlage hart auf den Boden auf, mein Rücken nimmt die Hauptlast des Schmerzes und meine Schreie erfüllen meine Ohren.

Ein Schatten schwebt über mir, das bedrohliche Knurren übertönt alle anderen Geräusche. Zorn strömt in Wellen von ihm ab. Aber ich bin in Bewegung, rolle mich weg und krabbele auf Händen und Knien davon.

Zähne schnappen mein Bein und graben sich tiefer in mein Fleisch.

Ich schreie, mein Rücken wölbt sich und ich schiebe mich auf die Hüfte und trete ihm mit dem anderen Fuß ins Gesicht. Meine Hand greift nach meiner Waffe, und ich hebe sie hoch und stoße dann das scharfe Ende des Knochens in sein Gesicht, direkt ins Auge. Die Waffe sinkt mit einem schmatzenden Geräusch ein. Ich schiebe sie den ganzen Weg hinein und versuche, sein verdammtes Gehirn zu treffen.

Er zuckt zurück, lässt mich los und verkrampft sich, während er wie wild seinen Kopf schüttelt und Blut herausströmt. Die Geräusche, die er macht, sind schrecklich.

Ich schiebe mich weg, greife nach dem Baum und ziehe mich auf die Füße.

Der Wolf verändert sich, und in wenigen Augenblicken hat er sich zu einem riesigen Mann gewandelt, der auf die Knie gefallen ist.

Kurzes, schwarzes Haar sitzt unordentlich um sein kantiges Gesicht. Er hat dicke Oberschenkel und zu viele Haare am ganzen Körper. Er schreit vor Qual, während er an der Waffe zerrt. Ich kann es nicht ertragen zuzuschauen und schleppe mich stattdessen dorthin, wo die Schreie des Mädchens herkommen.

Ich finde sie hinter ein paar Bäumen, und es ist das junge Mädchen von gestern Abend. Mein Herz blutet, als ich den Schnitt an ihrem Hals sehe, ihre blutige Lippe, und wie ihr Oberteil vorne aufgerissen ist und ihre winzige Brust enthüllt. Ihre Hände sind mit einem Seil um den Baum gefesselt. Ihr Kopf ist gesunken und sie weint hysterisch.

Sie zuckt zusammen, als ich auf sie zukomme.

„Ich bin es nur."

Tränen benetzen ihre Wangen, ich beeile mich, sie zu befreien, und schaue ständig hinter mich, falls der Bastard zurückkommt. Meine Finger zittern, während ich an den Knoten zerre. Ich löse sie in Sekundenschnelle, dann beuge ich mich zu dem sitzenden Mädchen herunter und ziehe sie auf ihre Füße. „Wir müssen wegrennen. Denk daran, was ich letzte Nacht gesagt habe, schnell und leise. Wiederhole das immer wieder, während wir hier rauskommen. Bleib bei mir und bitte lauf dieses Mal nicht weg."

Sie sagt kein Wort, legt einen Arm um den Oberkörper und nickt.

Ich halte ihr Handgelenk, und wir bewegen uns durch den Wald, ich humple wegen meiner Wade. Es wird schnell genug heilen. Meine Ohren lauschen nach irgendwelchen Geräuschen, meine Augen fegen von links nach rechts. Ich sehe den einsamen Wolf in der Ferne, der in menschlicher Form auf seiner Seite liegt, sein Körper verdreht, sein Mund geöffnet. Der Knochen ragt ihm immer noch aus seinem Auge. Ich schätze, ich habe ihn doch ins Hirn getroffen. Verdammtes Arschloch ... er hat es verdient, und mich plagen keinerlei Schuldgefühle. Er ist nicht mein erster Mord, und wenn ich überleben will, wird er nicht mein letzter sein.

Als wir stoppen, um uns auszuruhen, habe ich keine Ahnung, wie weit wir gegangen sind. Wir ringen nach Atem, und dann sehe ich, dass sie wegen ihrer geplatzten Lippe Blut auf dem Kinn und der Brust hat. Und meine Hände sind rot vom Angriff. Ich spüre, wie es auch die Seite meines Gesichts heruntertropft, und wische es hastig mit meiner Schulter weg.

Ein Fluss gluckst in der Nähe, also nehme ich ihre Hand. „Er wird uns nicht mehr wehtun. Aber wir müssen das Blut wegwaschen, bevor die Infizierten uns durch den Geruch aufspüren. Okay?"

Sie bleibt diesmal an meiner Seite und nickt, also führe ich sie aus dem Wald, wo die letzten Streifen Tageslicht die Welt erhellen.

Als ich den kleinen offenen Bereich um den Fluss absuche, sehe ich, dass niemand sonst in der Nähe ist. Also eilen wir rüber und hocken uns in die Nähe des Ufers und fangen dann an, uns zu waschen. Das rauschende Geräusch des Flusses füllt meine Ohren und das Wasser ist eisig auf meiner Haut. Es hat eine tiefere, grünere Farbe im dunkleren Licht. Ich starre auf mein Spiegelbild, auf die Wildheit meiner dunklen Haare und wie viel länger sie sind, als ich mich erinnere. Sie reichen jetzt leicht über meine Brust hinaus. Dreck ist über meine Wangen und meine Stirn geschmiert, und ich bemerke, wie blass meine bronzenen Augen geworden sind. Dicke Wimpern krönen sie, und wenn ich sie betrachte, sehe ich nur meine Wölfin, die auf mich schaut. *Warum kommst du nicht raus?*

Ich blicke auf das junge Mädchen, während sie

sich wäscht. „Ich bin Meira. Wie heißt du?", frage ich, als ich mir das Blut von den Händen schrubbe. Dann setze ich mich auf meinen Hintern und überprüfe den Schaden an meinem gebissenen Bein. Ich zische, als ich den zerrissenen Stoff wegziehe, der vom Blut klebt, und hasse, wie nah dran ich war, von diesem Schwachkopf umgebracht worden zu sein.

„Hier, lass mich das tun", bietet das Mädchen an. „Ich bin Jae", antwortet sie, während sie den Stoff meiner Leggings über mein Knie hochschiebt und beginnt, meine Wunde mit frischem Wasser zu waschen. Es brennt, und ich beiße auf meine Lippe, um den Schmerz zu ertragen.

„Es sieht nicht so schlimm aus. Denke, du wirst überleben." Sie grinst mich an, und ich mag sie jetzt schon. Jeder, der einen Witz macht, nachdem er fast von einem verdammten wilden Mann vergewaltigt wurde, ist meine Art von Freundin.

Ich greife runter und reiße einen Streifen Material von meiner Hose. Es erfordert ein wenig Anstrengung, da meine Arme vor Erschöpfung zittern, aber ich muss die Blutung stoppen. Ich verwende den Stoff, um die Reißzahnspuren, die um meinen Wadenmuskel sind, zu verbinden und ihn fest zu umwickeln. „Also, Jae, wie hast du so lange alleine überlebt?"

„Ich bin nicht allein", antwortet sie schnell, ihre Stimme ist leicht und sie hört sich fast wie ein Streifenhörnchen an. Es ist ein seltsamer Vergleich, aber es ist das Erste, was mir in den Sinn kommt. Vielleicht sind es ihre süßen runden Wangen und ihre winzige Nase. Sie hat ein paar Sommersprossen über Nase und Wangen verstreut, und ihre dunklen bronzefarbenen Haare wurden sehr kurz geschnitten. Sie sieht bezaubernd aus.

„Ist deine Familie in der Nähe?", frage ich.

„Meine Schwestern suchen nach mir. Wir haben von einem Ort im Norden Rumäniens gehört, an dem es keine Untoten gibt."

„Aber es wird einsame Wölfe wie dieses Arschloch in den Wäldern geben."

„Ich weiß. Ich wurde gerade von meinen Schwestern getrennt und sie haben mein Messer. Aber wir haben uns auf einen Ort geeinigt, an dem wir uns treffen, falls wir jemals getrennt werden, und ich bin nicht zu weit weg davon. Danke, dass du mir hilfst."

„Soll ich dich dort hinbringen?" Mein Verstand ist in hellem Aufruhr angesichts der möglichen Chance, anderen wie mir zu begegnen. Omega oder Beta, ich kann nicht sagen, was Jae ist, aber die Idee, in meiner eigenen kleinen Gruppe von Frauen zu sein, ist aufregend. Kein Alpha-Schwachsinn, mit dem man umgehen muss.

„Nein, es ist in Ordnung", antwortet sie in einem abwehrenden Ton und wendet sich zurück zum Fluss, um sich die Hände zu waschen.

Ich lasse das Thema in Ruhe. Ich verstehe, dass es in dieser Welt am einfachsten ist, niemandem zu vertrauen. Und so fest sich meine Kehle von der Ablehnung zusammenzieht, lenke ich meinen Blick in den Wald hinter uns und denke darüber nach, dass wir beide vor Einbruch der Dunkelheit in einen Baum hochklettern. Ich bin keine Närrin und vermute, dass sie morgen früh nicht da sein wird, wenn ich aufwache, aber ich akzeptiere das. An ihrer Stelle würde ich das Gleiche tun.

Sie ist auf den Beinen und ich erinnere mich dann daran, dass es am besten ist, dass ich ihr nicht weiter helfe. Ich bin eine Gefahr für jeden, dem ich nahe bin, und das Letzte, was sie und ihre Schwestern brauchen, ist eine tickende Zeitbombe.

6

DUŠAN

Der frische Duft des Waldes erfüllt meine Sinne. Alles von den Kiefern bis zur Erde und sogar das verwesende tote Kaninchen irgendwo rechts von mir.

Ich schnüffle in der Luft und suche nach dem süßen, nassen Duft meiner Gefährtin.

Aber ich nehme verdammt noch mal gar nichts wahr, und das sinkende Gefühl fährt tiefer durch mich hindurch.

Ich biege ab und gehe nach rechts, weil ich in den letzten Stunden einer toten Spur gefolgt bin. Wir verließen unsere Anlage, als die Nacht über das Land einbrach, wir teilten uns auf und liefen in drei verschiedene Richtungen. Wir sind in menschlicher Form, aber wir haben immer noch den Vorteil der scharfen Sinne unserer Wölfe, also benutzen wir unsere Nasen, um Meiras Duft in den dunklen Wäldern einzufangen.

Ich hoffe, dass die neue Richtung, in die ich gehe, mich auf einen Weg führt, den Meira gekreuzt hat.

Die Zeit vergeht zu langsam, ich suche und finde keinen einzigen Hinweis. In der Festung ist Mad eingesperrt worden, und mein Chef der Wachen ist eingesprungen und wird daran arbeiten, so schnell wie möglich wieder Normalität zu schaffen. Ordnung hilft den Menschen, wieder in ihr Leben zurückzufinden und die Katastrophe zu bewältigen.

Ich kündigte meinem Rudel an, dass sie jetzt sicher seien, und ich werde weitere Sicherheitsmaßnahmen umsetzen, um sicherzustellen, dass ein Einbruch nie wieder passieren kann. Und das kommt in Form der Entscheidung, was ich mit meinem Stiefbruder machen werde. Ich kann ihm nicht mehr trauen. Das ist vorher mein Fehler gewesen, und er mag abstreiten, für den Einfall der Untoten verantwortlich zu sein, aber alles deutet auf ihn hin. Und um auf der sicheren Seite zu sein, sperrte ich Mihai und Caspian auch ein, denn die beiden waren während des Transports der Frauen zum X-Clan mit Mad unterwegs. Im Moment habe ich nicht den Luxus, sie nach der Wahrheit zu befragen, also muss das warten, bis ich zurückkomme. Ich kann kein Risiko eingehen, solange ich nicht im Rudel bin.

Meira zu finden, kommt an erster Stelle, und

alles andere muss auf Eis gelegt werden, bis ich sie gefunden habe. Ich kann sie nicht verlieren. Eine stechende Angst kneift mir in die Brust, dass ich zu spät dran bin. Dass ich zu lange gewartet habe, bevor ich mit der Suche begonnen habe.

Ein Knurren donnert aus reiner Frustration aus meiner Brust. Meine Stiefel knallen bei jedem Schritt gegen den Boden.

Es dauert nicht lange, bis ich den widerlichen Gestank der Untoten erfasse, der Geruch erstickt mich fast. Ich würge, aber ich wende mich der Witterung zu und nicht davon weg. Meira ist nicht töricht, und sie weiß, dass sie unter den Untoten vor anderen Wölfen sicherer ist. Es wäre auch meine Strategie.

Meine Ohren stellen sich bei jedem noch so kleinen Laut auf, weil ich allein bin, und von diesen Dingern in die Enge getrieben zu werden, wäre mein Untergang. Aber für Meira riskiere ich alles.

Die Luft wird immer stärker von ihrem verrottenden Geruch getränkt, und ich verlangsame jetzt mein Tempo und mache kein Geräusch.

Ich greife an meinen Gürtel und ziehe eine Klinge raus, meine Finger umschließen fest den Griff.

Vor mir regt sich etwas ... ich zähle vier Schatten, die durch den Wald stolpern. Magensäure steigt mir in den Hals und ich halte still. Es gibt keine anderen Geräusche um mich herum, also sind nur sie hier?

Ein wildes Knurren durchbricht die Nacht, tief

und heiser, voller Bedrohung und Warnung. Ich hebe mein Kinn und schnüffle in der Luft, und der vertraute moschusartige, nasse Hundeduft, der Lucien gehört, trifft mich. *Fuck, ja!*

Ich bewege mich, bevor ich mich überhaupt bewusst dazu entscheide, flitze zwischen den Bäumen entlang und behalte die Untoten im Auge. Lausche ... lausche ... lausche.

Schritte rechts von mir. Ich schwenke herum und stürze mich in diese Richtung und eile an den dreckigen Untoten vorbei. Wo es ein paar gibt, verweilen noch mehr. Diese Dinger bewegen sich die meiste Zeit in Herden.

Mein Herz rast, während ich durch die Dunkelheit sprinte, Mondlicht beleuchtet den Weg. Ich packe das Messer in meiner Hand fester.

Ein weiteres Knurren durchschneidet die Stille. Ich beeile mich, mein Wolf schiebt sich gegen mein Inneres und fordert die Freilassung, um diese Scheißdinger auseinanderzureißen. Um die Distanz schneller zurückzulegen. Außer dass ich zuerst wissen muss, womit ich es zu tun habe.

Eine Figur knallt nur wenige Meter von mir entfernt gegen einen Baum.

Ich erstarre und mache keinen Mucks.

Stöhnen kommt von der Kreatur, die zu Boden gesunken ist, aber schon rappelt sie sich wieder auf.

Mit wild schlagendem Herz stürze ich mich in seine Richtung, mein Messer erhoben und ich stoße die Klinge direkt in ein Auge und treibe sie in sein Gehirn. Das ist die schnellste Art, diese Dinger zu beseitigen.

Es rutscht wieder nach unten und ich reiße meine Waffe los, die Aktion ruft ein matschiges Geräusch hervor. Ich wische das Blut an dem zerrissenen Stoff ab, der von seiner Schulter hängt, während ich den Wald vor mir absuche.

Vier Untote nähern sich Lucien in einem Halbkreis, und durch die Wälder kommen noch mehr hierher. Ich spanne mich an. Alles, was es braucht, ist ein Fehler, ein falscher Schritt, und dann haben sie ihn. Dann werden immer mehr kommen, bis es zu spät ist, um zu entkommen.

Ich pfeife tief und scharf, um Luciens Aufmerksamkeit zu erregen. Mondlicht glitzert auf den beiden Klingen, die er greift.

Er bellt ein Lachen. „Du hast aber lange genug gebraucht, um hierherzukommen", zieht er mich auf. „Du wirst langsam." Aber ich höre das Zittern in seiner Stimme. Allein hier draußen zu sein, ist keine gute Idee.

„Es sind noch vier weitere auf dem Weg hierher", sage ich. „Du nimmst die beiden zu deiner Rechten. Ich nehme diese beiden."

Er gibt ein Nicken. „Eine kleine Gruppe ist genau rechts von mir. Sie werden bald hier sein. Wir müssen verdammt noch mal hier verschwinden."

Dann werfen wir uns in den Kampf. Es ist das,

was wir immer getan haben, und das hier ist nicht anders als die hunderten Male zuvor. Aber noch mehr Untote in der Nähe, wie Lucien erwähnt hat, machen mir Sorgen. Sie werden auf die Geräusche zukommen - sie werden auf uns *zueilen*.

Ich trete einer Kreatur hinten gegen die Beine. Sie fällt, und ich werfe mich auf die zweite und schlinge einen Arm um ihren Hals, während ich ihr in die Augen steche. Ich ziehe die Waffe heraus, drehe mich um und hechte zu der ersten zurück und schiebe meine Klinge in einer Aufwärtsbewegung in ihren hinteren Nacken.

Jemand knallt gegen meinen Rücken. Ich werde vorwärts geworfen, mein Puls steigt an.

„Ggffff."

Das Geräusch ist in meinem Ohr, eisige Hände reißen an meinem Kopf.

Panik erstickt mich. Ich schwinge einen Ellbogen und versuche, sie abzuschütteln. Das Gewicht rollt von mir ab und ich raffe mich auf, aber ein anderer stürzt auf mich, und ich stolpere, als wäre ich betrunken, während ich versuche, mich zu drehen.

Das tiefe Stöhnen ist direkt in meinem Ohr, Finger graben sich in mein Fleisch.

Mein Wolf drückt sich gegen meine Brust, aber ich halte ihn zurück. Sich jetzt zu wandeln, würde mich zu einem leichten Ziel machen, da ich während der Transformation wehrlos wäre. Ich trete nach hinten aus, die Ferse findet spröde Knochen und ich höre ein scharfes Knacken.

Ich schiebe den Untoten von mir und drehe mich schnell herum, um zu sehen, wie Lucien auf einen seiner Untoten springt und ihn mit Wut immer wieder ins Gesicht sticht.

Zwei weitere von ihnen gehen auf mich los.

Ich flitze um einen Baum und schnappe mir eine Handvoll der Haare eines Untoten, aber sie reißen mitsamt der Kopfhaut aus.

Ekelhafte Kreaturen.

Als er sich mir zuwendet, mit den eingesunkenen Augen, die Haut straff über seine Wangenknochen gezogen, schlage ich den rottenden Kopf gegen den Baumstamm. Drei Mal, um sicherzugehen.

Er macht gurgelnde Geräusche, bevor er auf die Knie fällt, dann drehe ich mich herum und schlage mit meinem Messer in seine Richtung. Die Klinge schneidet dem letzten Monster durch den Hals. Aber nicht komplett.

„Du verdammtes Stück Scheiße." Ich trete ihm in den Bauch, es fällt, und ich bin da, um den Job in Sekunden zu vollenden.

Ich brülle und richte mich auf, und sehe, wie Lucien seine Waffen am Gras abwischt. „Ich hasse diese Dinger, verdammt noch mal", knurrt er, als er seine Messer wieder in die Scheiden an seinem Gürtel steckt. Körper übersäen den Waldboden um uns herum.

Unverständliche Stimmen kommen aus dem Wald auf der anderen Seite von Lucien, und mein Magen fühlt sich, als hätte er Steine in sich. Die kleine Gruppe, die Lucien vorhin erwähnt hat, ist in Bewegung.

Hastig wische ich meine Klinge sauber und stecke sie weg.

Er tritt neben mich und wir rennen in die entgegengesetzte Richtung.

Anfangs gibt es keine Worte, nicht, bis wir weit genug sind, um nicht gehört zu werden.

Wir sprinten durch den Wald, aber die Geräusche, die hinter uns auftauchen, scheinen lauter zu werden.

Ich blicke über meine Schulter, als ein Schwarm Untoter an der Stelle hinter uns auftaucht, wo wir die Leichen zurückgelassen haben. Es müssen mindestens hundert der Bastarde sein.

„Zur Hölle damit! Lucien, du sagtest eine *kleine* Gruppe."

Er schnaubt ein nervöses Lachen aus. „Ich wollte dich nicht erschrecken."

Ich schicke ihm einen harten Blick zu, aber dann grinse ich, weil er immer jede Gefahr runtergespielt hat. So geht er mit Scheiße um. Sagt sich selbst und anderen, dass es nicht so schlimm ist, dann gerät er nicht in Panik, wenn er vor einer Mauer verdammter Untoter steht.

Ich bin das Gegenteil und brauche alles vor mir.

Er atmet zittrig ein, während er hinter uns blickt.

Wir stoppen nicht, da wir wissen, dass sie, wenn wir weit genug weg sind, nicht in der Lage sein werden, unseren Geruch aufzunehmen, um uns zu folgen.

Ich schlucke schwer und bete, dass sie uns nicht verfolgen.

Meira

Wie erwartet ist Jae nicht bei mir im Baum, als ich morgens aufwache. Es überrascht mich nicht, dass sie abgehauen ist, aber ich hoffe wirklich, dass sie klug ist und es zu ihren Schwestern schafft. Unbehagen sammelt sich in meinem Bauch. Ich mache mir Sorgen, dass sie in größere Gefahr gerät, aber ich kann nicht meine ganze Zeit damit verbringen, nach ihr zu suchen, wenn ich selbst wegkommen muss.

Ich reibe mir die Kälte aus den Armen und blicke nach unten in den ruhigen Wald. Mein Magen grollt und alles, woran ich denken kann, sind diese süßen Pflaumen.

Ich klettere den Baum hinunter und kehre zu den Früchten zurück, wo ich schlemme, bis die Hungerschmerzen aufhören.

Es ist ein neuer Tag und schon hell, also plane ich, so viel Strecke wie möglich durch die Karpaten zurückzulegen. Zuerst mache ich einen kurzen Stopp, um mich am Fluss zu waschen, dann erleichtere ich mich. Aber die ganze Zeit brennt die Sehnsucht nach den Alphas in mir wie ein Sturm.

Dieses Gefühl für sie kann nicht ewig bleiben, oder? Wenn ich genug Abstand zwischen mich und sie gebracht habe, wird die Bindung zwischen uns vielleicht nachlassen.

Ich bleibe im Wald und vermeide die offene, ungeschützte Landschaft am Fluss, aber ich folge seinem Verlauf. Ich erinnere mich nicht, wie lange ich schon laufe, aber alle Pflaumen, die ich bei mir trug, sind jetzt aufgegessen, und die Sonne scheint hell über mir. Meine Finger sind so klebrig wie Honig, also husche ich aus dem Wald und stürze mich schnell ins Wasser zum Waschen.

Etwas im knielangen Gras weiter vorne erregt meine Aufmerksamkeit. Es liegt dort, unbeweglich.

Meine Beine hören auf zu arbeiten, und ich atme einige Augenblicke nicht, während ich die Augen zusammenkneife, um besser sehen zu können.

Ein Wolf? Außer dass diese Ungeheuer nicht so jagen. Sie haben zu viel Ego und Testosteron, um sich jemals hinzukauern und sich zu verstecken. Sie greifen wie ein verdammter Bulle an und nehmen, was sie wollen.

Lange Gräser wiegen sich in der Brise. Das Wasser plätschert und hinter mir rascheln Zweige im Wind. Aber sonst ist es totenstill.

Könnte ein getötetes Tier sein. Aber als meine Gedanken zu Jae springen, stürze ich nach vorne.

Ich starre auf die Figur. Sie ist verdreht und liegt auf dem Rücken. Mein Blick konzentriert sich nur auf ihr Gesicht, denn wenn ich auf den zerfetzten Körper starre, die Knochen sauber abgenagt, steigt Abscheu in mir auf.

Hektisch suche ich in ihren Gesichtszügen, mein Herz pocht so stark. Tote Augen starren in den Himmel.

Das ist nicht Jae.

Das ist sie nicht.

Ein Schluchzen kommt aus meinem Hals, weil ich für einen Moment dachte, ich wäre auf ihre Überreste gestoßen. Wer auch immer das ist, ist seit ein paar Tagen tot, dem Gestank und Schaum, der aus den Mundwinkeln heraustropft, nach zu urteilen.

Ich ziehe mich zurück, aber der Würgereflex tritt stark ein und ich erbreche mein Frühstück. Egal wie viele Tode ich gesehen habe, ich kann mich nie daran gewöhnen, und die Trauer, um denjenigen, wer auch immer das war, stürzt über mich wie mächtige Wellen ein.

Mit schnellen Schritten verlasse ich diesen Ort und kehre in die Sicherheit des schattigen Waldes zurück. Ich sprinte los und höre nicht auf, bis meine Brust vor Erschöpfung schmerzt. Dann lehne ich meinen Rücken gegen einen Baum, um zu Atem zu kommen, und ich kann an nichts anderes als dieses arme Mädchen denken. Was, wenn sie eine von Jaes Schwestern gewesen ist?

Ich weiß in meinem Herzen, dass ich nichts dagegen tun kann. Trotzdem sitzt der Kummer schwer in meiner Brust.

Als etwas in der Ferne klingt, neige ich meinen Kopf hoch.

Bumm.

Mein Herz hämmert in meinem Brustkorb. Es gibt keine Spur vom Fluss, und ich weiß nicht, in welche Richtung ich gelaufen bin. Wo bin ich?

Ich bin im Wald, sage ich mir selbst, *also gibt es viele Geräusche.* Aber diese Wälder bestehen aus Klauen und Zähnen, und alles, was außergewöhnlich ist, ist eine potenzielle Gefahr.

Ein gedämpfter Schrei kommt von irgendwo her.

Es ist klar, dass jemand in Schwierigkeiten steckt. Meine Gedanken springen zu Jae, zu der Leiche, die ich fand, als ich mich daran erinnere, warum ich so lange allein im Wald überlebt habe.

Indem ich alleine blieb und mich um meine eigenen Probleme kümmerte.

Ich atme einen Hauch eisiger Luft ein, und ein Kribbeln an der Basis meiner Wirbelsäule summt. Und dann gehe ich in die Richtung des Schreis, um Nachforschungen anzustellen. Vielleicht möchte ich nicht mehr diese Person sein, die sich abwendet, wenn andere Hilfe brauchen.

Der Wald hier ist dichter und das Land ist mit mehr Birken als Kiefern bewaldet. Der Duft des Waldes ist nicht stark, aber er ist auch näher an meinem Wohnort ... na ja, zumindest ist es die richtige Richtung. Obwohl es diesen Vorteil gibt, kommt es mit dem Wissen einher, dass einsame Wölfe dieses Terrain gewählt haben. Ich habe nie verstanden warum, und dachte, dass es etwas mit den niedrig hängenden Zweigen zu tun hat, was die Flucht erleichtert, wenn sie von den Untoten verfolgt werden.

Mein Körper zittert, je mehr Strecke ich hinter mich bringe, überzeugt davon, dass die Geräusche von hier kommen. Irgendwo in dieser Nähe ... Ich nehme kurze, scharfe Atemzüge, werde langsamer und husche von einem Baum zum nächsten.

Vorsichtig nehme ich langsame Schritte, aber als ich nichts Außergewöhnliches finde, fange ich an, mich zurückzuziehen.

Ein stöhnendes Geräusch kommt von vorn mir. Ich rutsche hinter einen Baum und schaue dahinter hervor, studiere die Tannenbäume und Sträucher. Genau dann fängt ein Stück Boden in der Ferne meine Aufmerksamkeit ein. Es ist flacher, dunkler als der Rest.

Ich weiß sofort, was es ist ... eine Falle, die einsame Wölfe benutzen, um Tiere oder Frauen zu fangen. So fangen diese Bastarde Frauen ein, um sie zu besteigen.

Und allein dieses Wissen lässt die Haare in meinem Nacken zu Berge stehen. Sie sind hier, aber etwas - oder jemand - ist in die Falle getappt.

Ich bewege mich schnell, bevor ich zu viel darüber nachdenken kann. Vom Rand des tiefen Lochs im Boden aus kann ich sehen, dass jemand unten ist, aber die Schatten machen es schwer, etwas zu erkennen. Es ist definitiv kein Tier.

„Jae?" Das Wort rutscht mir über die Lippen und ich verfluche mich selbst dafür, dass ich vorher nicht nachgedacht habe, bevor ich es laut ausgesprochen habe.

„Meira!", antwortet mir eine männliche Stimme.

Ich erstarre und schaue ganz aufmerksam in das Loch, während ausgerechnet Bardhyl aus dem Schatten tritt.

„Was zur Hölle machst du hier?", platzt es aus mir heraus. Das ist gar nicht gut. Wenn jetzt ein einsamer Wolf hier vorbeikommt, wird er diesen Alpha töten.

„Was denkst du, Angel Legs?", antwortet er mit diesem nordischen Akzent, und alles, was ich sehe, sind diese tiefgrünen Augen, die zur mir hoch starren. In den Seiten des Lochs sind tiefe Furchen, wo er beim Versuch, herauszuklettern, die Erde herausgerissen hat.

„Du hättest nicht hinter mir herkommen müssen, weißt du. Sind Dušan und Lucien auch in der Nähe?"

„Denk nicht drüber nach. Sei so gut und hol mich hier raus!" Aber ich höre die Panik in seiner Stimme. Er weiß genauso gut wie ich, dass er sich in einer beschissenen Situation befindet.

Ich nicke. „Bin in einer Sekunde zurück." Ich drehe mich um und suche die Umgebung nach etwas Langem und Stabilem ab. Ich finde einen gefallenen Baumstamm. Er ist nicht allzu breit, aber er ist verdammt lang. Und er braucht etwas Stabiles, um hochzuklettern.

Ich renne zum Baumstamm und schnappe mir das Ende, das dem Loch am nächsten ist. Ich ziehe, die Hände fest in die raue Rinde gekrallt, aber er rührt sich kaum.

Mist, Mist, Mist.

Ich kann nicht glauben, dass Bardhyl überhaupt hier ist ... Wie hat er mich überhaupt so genau verfolgen können? Hat Dušan ihn hinter mir hergeschickt, während er beim Rudel bleibt? Nun, wenn ich vorhabe, Abstand vom Rudel zu behalten, dann ist dies meine Chance, hier einfach abzuhauen.

Allein dieser Gedanke schickt einen Hauch von Verzweiflung durch mich.

Verdammt. Mein eigener Körper verrät mich. Okay, na gut. Ich hole ihn da raus, dann verziehe ich mich.

Ich atme einmal tief ein, hebe den Baumstamm an und hieve ihn noch einmal hoch. Er verschiebt sich und ich schlurfe rückwärts und ziehe ihn mit mir.

Wenn ich mir den Rücken breche, weil ich diesen Stamm rumschleppe, schuldet mir Bardhyl alles.

Mein Herz flattert jedes Mal, wenn ich an seine grünen Augen und das weißblonde Haar zurückdenke, das über seine kräftigen Schultern herunterfällt.

Ich gebe es nur ungern zu, aber ihn zu sehen, hat etwas in mir erweckt. Hauptsächlich Schmetterlinge. Die lästigen Dinge flattern hektisch in meinem Bauch herum.

Ich ziehe den Baumstamm und ich zerre ihn Stück für Stück weiter, bis ich das Loch erreiche, dann lasse ich ihn auf den Boden fallen und atme schwer. Schweiß läuft mir den Rücken runter und ich blicke auf Bardhyl.

„Wie gehts dir, Engelchen?", fragt er.

„Ich weiß nicht einmal, warum ich dir helfe, denn das letzte Mal, als ich dich gesehen habe, hast du mich so grob behandelt. Dann hast du mich in irgendein Haus geschubst."

Er kichert mich an, und so wütend er mich auch macht, Götter habt Erbarmen, das ist der köstlichste Klang, den ich je gehört habe.

„Ich kann dich so sehr verwöhnen, wie du willst, wenn ich hier rauskomme. Jetzt hör aber auf, Zeit zu verschwenden."

Ich schnaufe und kehre zurück zum Stamm, der

meine Muskeln zittern lässt. Ich gehe zum anderen Ende des toten Stamms, der fast sieben Meter lang ist, und versuche herauszufinden, wie ich es am besten mache.

Ich bücke mich rüber, hebe das Ende an und schiebe es nach vorn. Langsam gleitet das Holz über den Rand des Lochs. Ich schiebe es, strenge mich dabei an und hebe mein Ende höher, damit das andere Ende langsam ins Loch rutscht. Es gleitet nach vorne, und plötzlich knallt der Stamm mit der Basis gegen die innere Wand und ist dort festgekeilt.

„Mist!" Ich renne zu Bardhyl und japse nach Luft. „Kannst du hochspringen, um ihn zu ergreifen?"

Er hebt eine Augenbraue, als ob ich ihn gebeten hätte, zum Mond zu springen. „Hast du den längsten Baumstamm im Wald geholt?"

„Entschuldigung? Ich gebe mein Bestes hier", schnaufe ich und drehe mich wieder um. Ich schlinge einen Arm etwa auf der Hälfte um den Baumstamm und zerre ihn etwas nach hinten, dann nutze ich jedes Bisschen meiner Kraft, um mein Ende höher zu heben.

Schweiß läuft an meinen Schläfen runter und Erschöpfung sammelt sich in meiner Brust. Ich weiß nicht, wie lange ich das noch machen kann, bevor ich ohnmächtig werde.

Plötzlich kommt etwas Unerkenntliches von links.

Es knallt in mich hinein und reißt mich von den

Füßen und der Baumstamm rutscht mir aus dem Griff.

Ich schreie. Mein Rücken trifft so hart auf den Boden, dass die ganze Luft aus meinen Lungen entweicht.

Panik überwältigt mich und Adrenalin schießt durch meinen Körper, während sich eine stämmige Figur über mich grätscht.

Eine fleischige Hand trifft meine Wange. Sterne tanzen hinter meinen Augenlidern, während mir der Schmerz über das Gesicht schießt und meine Schreie einfach nicht aufhören.

Ich schlage mit meinen Fäusten um mich und stoße gegen den abtrünnigen Wolfswandler, der an meinen Klamotten reißt.

Er knurrt, und ein überwältigender Gestank von Wolf und Erde umhüllt mich. Ich schlage verzweifelt mit Fäusten auf ihn ein, immer und immer wieder. Aber es scheint für diesen Felsen von Mann keinen Unterschied zu machen.

Er ist nicht muskulös, aber er ist so verdammt stark, dass es mir Angst macht.

„Frau", knurrt er mir ins Gesicht, als hätte er irgendwie vergessen zu sprechen, weil er auch in Menschenform nur noch das Tier ist.

Mutig kratze ich mit meinen Fingernägeln über sein Gesicht, reiße die Haut auf und lasse ihn bluten. Er schlägt mir wieder ins Gesicht, aber ich höre nicht auf. So wird es für mich nicht enden.

Ich taste den Boden um mich herum ab.

Meine Hand ergreift einen Zweig. Ich schnappe ihn mir und treibe ihn ihm ins Gesicht und treffe ihn genau ins Auge.

Das Arschloch schreit wie eine Banshee und zuckt zurück und umklammert sein Gesicht. Ich drücke gegen seine Brust und nutze genau diesen Moment, um unter ihm hervorzukommen.

Ich krieche weg, versuche, mich aufzurappeln.

Eine starke Hand packt meinen Knöchel und reißt mich zurück. Ein Fuß drückt sich auf meinen Hintern und presst mich flach auf den Bauch.

Ich schreie und winde mich, um zu entkommen.

Er zerrt an meiner Hose, um sie mir den Hintern runterzuziehen.

Meine verängstigten Schreie würgen mich. Ich schnappe mir den ersten Stein, den ich in der Nähe finden kann, dann drehe ich mich, gerade als sein Gewicht von mir verschwindet.

In Eile rolle ich mich auf den Rücken, krieche rückwärts, meine Hand klammert sich fest um den Stein. Ich zittere heftig, mein Herz rast.

Vor mir steht Bardhyl, so groß und breit wie ein Bär. Er ragt über dem einsamen Wolf auf und drischt immer wieder mit der Faust in das Gesicht des Mannes, wobei Blut von den tödlichen Schlägen spritzt.

Das Gesicht meines Helden verzieht sich vor

Wut, als er den Mann am Hals hochreißt und seine Finger in dessen Kehle vergräbt.

Die Augen des einsamen Wolfes treten vor Schrecken hervor.

Bardhyl reißt ihm die Kehle raus und hält sie in der Faust.

Überall sind Blut und Sehnen.

Mir dreht sich der Magen um.

Der Mann fällt zu Boden, gurgelt, verblutet; das Ende kommt schnell.

Bardhyl wirft die Kehle zur Seite und spuckt aus, bevor er sich den Mund mit dem Ärmel seines Mantels abwischt. Mehr Blut spritzt über seine Wangen, und als er mich ansieht, erweicht die Härte seines Ausdrucks.

„Bist du verletzt?" Er beugt sich rüber mich und nimmt meinen Arm, zieht mich auf die Füße, und meine Hände greifen instinktiv nach den harten Muskeln seiner Brust. Er mustert mich von Kopf bis Fuß und sucht mich nach Verletzungen ab.

„Was du gerade gemacht hast, war ..." Ich schlucke schwer.

„Dieser Wichser hat eine Million Mal Schlimmeres verdient, weil er dich angefasst hat."

„Es war unglaublich." Ich sollte etwas so Schlimmes nichts so aufregend finden. Aber dieser Wikinger-Wolf hat mich gerettet und zu sehen, wie er den Freak fertiggemacht hat, lässt mein Herz schneller schlagen. Er hat das für *mich* getan. Ich sollte mich dafür hassen, dass ich eine solche Show genossen habe, aber das tue ich nicht. Mein Körper summt, wenn ich ihn anstarre, und es ist berauschend zu wissen, dass ein mächtiger Mann mich beschützt.

Ich blicke auf das Loch, wo der Stamm herausragt.

Bardhyls Arm legt sich um meinen Rücken und er zieht mich nah an sich. „Wir müssen jetzt gehen, es werden noch mehr kommen."

Hastig lassen wir das Chaos hinter uns, und erst als sich das Adrenalin in meinem Körper nachlässt, spüre ich die Schmerzen und die Angst, als ich mit atemberaubender Klarheit realisiere, dass ich fast vergewaltigt wurde. Ich schiebe den Gedanken weit weg, weil ich diese Emotionen nicht zulassen kann. Ich bin entkommen und das ist alles, was zählt.

Wenn ich zu Bardhyl blicke, bittet mich mein Herz, mit ihm zurück zu den Ash-Wölfen zurückzukehren.

Aber mein Kopf weiß, dass ich ihnen den Tod bringe, wenn ich ihm folge. Eine Rückkehr ist keine Option.

7

BARDHYL

Mein Wolf hat immer eine Verbindung mit Meira gespürt, schon seit unserem ersten Treffen auf dem Rudelgelände. Ich habe sie dabei erwischt, wie sie versuchte zu fliehen und sie widerstand mir von Anfang an. Zum Teufel noch mal, das hat mich sofort zu ihr hingezogen. Sie ist eine Überlebenskünstlerin und war es schon ihr ganzes Leben lang, was bedeutet, dass sie ein kleiner Hitzkopf ist und nicht zurückweicht. Nur so überlebt jemand auf dieser Welt ganz allein.

Als ich aufwuchs, musste ich um jeden einzelnen Tag kämpfen, also kann ich mich mit ihr gut identifizieren. Mein Rudel in Dänemark wurde von einem benachbarten Rudel abgeschlachtet. Ich habe nur überlebt, weil ich an diesem Morgen auf der Jagd war. Als ich die Zerstörung fand, verlor ich mich selbst.

Ich fahre mit einer Hand durch meine Haare, meine Finger streichen über die Narbe an meinem Ohr, die vom Kampf stammt, der danach kam.

Rache verwandelt auch den besonnensten Krieger in einen Berserker. Wochenlang, monatelang habe ich die verantwortlichen Alphas gejagt und mich nicht um mein eigenes Leben gesorgt. Ich habe rotgesehen, brannte vor Wut, bis ich sie erwischt hatte.

Ich atme laut bei der Erinnerung aus. Nur Dušan kennt die Wahrheit über das, was bei dem Massaker passiert war. Er hat das Monster gesehen, das in mir lebt. Er war gekommen, um mit diesen Alphas zu sprechen, nachdem sie ihn verraten hatten, und sie haben sich gegen ihn gewendet.

Ja, ich denke zwar gerne, dass mein Einmischen ihn gerettet hat, aber in Wahrheit hatte ich die Kontrolle verloren und alle Alphas in diesem Rudel abgeschlachtet. Dušan hat mich gerettet, bevor ich etwas Schlimmeres getan habe, von dem ich nie wieder zurückgekommen wäre.

Mein Magen krampft sich zusammen, weil ich nach all dieser Zeit gerne denke, dass ich diese Person nicht mehr bin.

Mist, ich hasse es, mich an diese Zeiten zu erinnern. Ich hasse mich selbst für das, was ich damals war.

Meira drängt sich gegen mich und lenkt mich ab. Diese kleine Omega hat seit ihrer Ankunft in unserer Anlage so viel Staub aufgewirbelt.

Die Mehrheit der Omegas, die ich getroffen habe, ist passiv, und im Moment verhält sich Meira eher wie andere Omegas, als sie es normalerweise tut. Eine typische Omega akzeptiert ihre Rolle, um sich mit einem Alpha zu vereinigen und ihm zu gehören. Die Zusammenkunft bereitet beiden enorme Freude, lindert aber auch die wachsenden Schmerzen, die eine Omega bekommt, wenn sie nicht genug von einem Alpha bekommt. Wortwörtlich.

Aber dieser kleine Hitzkopf macht mich verrückt und lässt mich so viel mehr fühlen, als ich je für eine Omega zuvor gefühlt habe. Meine Pfade haben sich mit vielen gekreuzt, ich habe sie gefickt, aber die Eine zu treffen, war nie mein Schicksal.

Wenn ich jetzt auf Meira hinunterschaue, die sich an meinem Arm festhält, stürzt meine monströse, beschützende Natur über mich ein. Ich würde mich durch die Hölle und zurück kämpfen, um sie zu beschützen.

Außer dass sie vergeben ist ... na ja, beansprucht von meinem wahren Alpha Dušan und auch von Lucien. Obwohl diese kleine Frau ein kompliziertes Rätsel ist, weil sie sich immer noch nicht in ihre Wölfin verwandelt hat. Das bedeutet, dass die Vereinigung mit ihren Gefährten nicht abgeschlossen ist. Das führt dazu, dass ihr Körper immer noch ein

Pheromon freisetzt, das Männer anzieht, um sie zu beanspruchen, um ihre Chance zu nutzen, ihr Gefährte zu sein.

Nach dem, was ich tief in meiner Brust fühle, mache ich mir Sorgen, dass mein Herz etwas erwartet, das nicht passieren wird.

Ich bin nicht ihr Gefährte. Ich kann es nicht sein, und was ich fühle, ist das Ergebnis ihrer unkontrollierten Pheromone.

„Bist du sicher, dass du in Ordnung bist?", frage ich, da sie mich schon seit einiger Zeit nicht mehr beleidigt hat.

Sie nickt und wischt sich schnell die Augen ab.

„Ich lasse dich nicht wieder aus meinen Augen", sage ich. „Ich verspreche dir, dich zu beschützen, aber du wirst tun, was ich dir sage, und nicht davonlaufen, einverstanden?"

„Weißt du, wo der Fluss ist?" Sie ignoriert mich und sieht mich mit riesigen bronzefarbenen Augen an, die mich an einen dunkelroten Sonnenuntergang erinnern. Ihre Gesichtszüge sind zart, und doch lodert stetig Feuer hinter ihrem Blick. Selbst jetzt brennt es hell.

„Es ist nicht weit. Ich bringe dich dorthin. Er liegt auf dem Weg nach Hause."

Ich fühle, dass sie sich neben mir versteift, aber ich sage nichts mehr dazu. Sie ist in jeder Hinsicht großartig. Sie gehört mir nicht, egal wie sehr sich mein Verlangen nach ihr verstärkt. Aber obwohl sie zwei Alphas hat, die sie bereits markiert haben, ist sie bereit, wieder wegzurennen. Ich sehe es in ihrem auf den Boden gerichteten Blick, spüre es in ihrem rasenden Puls.

Sie ist wild und hat keine Ahnung, was es bedeutet, eine Omega zu sein.

„Dir wurden nie die Rollen von Wölfen in Rudeln beigebracht?", frage ich und bekomme einen bösen Blick.

„Ich weiß genug", bemerkt sie. „Alphas stehen an der Spitze der Nahrungskette und Omegas sollen ihnen unterwürfig sein. Stimmt das in etwa?"

Ich schnaube über ihre Courage. „Sobald ein Alpha seine schicksalsbestimmte Omega trifft, würde er alles für sie tun, eine Armee bekämpfen und ihr die seltensten Beeren aus dem tödlichsten Gebiet bringen, wenn sie nur danach fragen würde. Begreifst du es nicht? Omegas sind diejenigen, die die Alphas kontrollieren."

Sie antwortet nicht, aber die Überraschung in ihren Augen sagt alles. Ich hoffe, das hilft ihr zu verstehen, wie wichtig ihre Partnerschaft in einem Rudel ist.

Wir gehen still weiter, meine Aufmerksamkeit und meine Sinne sind auf den Wald um uns herum gerichtet. Die Gefahr ist überall und ich muss sie hier rausholen.

Schlussendlich bricht sie das Schweigen. „Haben sie dich allein geschickt, um mich zu finden?"

„Dušan und Lucien suchen auch nach dir. Ich habe deinen Geruch nicht allzu weit weg eingefangen und habe dich verfolgt, bis ich in diese verdammte Falle getreten bin." Ich hätte es kommen sehen sollen, aber ich war vor einer Gruppe von Untoten auf der Flucht und habe nicht darauf geachtet.

„Ich kann nicht mit dir zurückkehren", erklärt sie beiläufig, als hätte ich kein Mitspracherecht.

Ich will beinahe lachen, darüber wie niedlich sie ist, wenn sie wirklich glaubt, dass sie irgendeine Chance hat, von mir wegzukommen, nachdem ich sie gefunden habe.

„Und ich werde nicht aufhören, dich zu jagen."

Sie wirft mir einen drohenden Blick zu. Kühn zieht sie sich von mir weg. Wir bewegen uns leise durch den dichten Wald, über Sträucher und unter Ästen hindurch. Gelegentlich blicke ich zu Meira, die mit ihren Gedanken kilometerweit weg zu sein scheint.

„Warum bist du weggelaufen?", frage ich. Es gibt so viel mehr, was ich ihr sagen möchte, aber ich werde nicht über ihre Krankheit sprechen, während wir durch den Wald eilen.

„Ich bin sicher, du weißt, warum. Sonst wärst du nicht hier draußen. Dušan hat dir bestimmt alles erzählt."

„Weglaufen ist nicht die Lösung."

„Für mich schon. Und du hast deine Zeit

verschwendet. Ich weiß es zu schätzen, dass du mir hilfst. Ich schulde dir viel, aber ich gehe nicht zurück."

Ich weiter auf das Thema ein, da ich vermute, dass sie ihre Meinung ändern wird, sobald sie in Dušans und Luciens Gesellschaft ist. Nachdem ein Alpha eine Omega markiert hat, ist die Verbindung zwischen ihnen unzerbrechlich. Selbst wenn sie die Bindung noch nicht abgeschlossen hat, hat der Reiz ihrer ursprünglichen Vereinigung ihre Schicksale bereits miteinander verschmolzen.

Der rauschende Fluss kommt hinter der der Baumgrenze in Sichtweite und ihn zu sehen, erfüllt mich mit Wärme. Wenn wir ihm folgen, wird es uns direkt zur Anlage der Ash-Wölfe bringen.

Was würde ich nicht geben, um wieder zu Hause zu sein, eine herzhafte Mahlzeit zu essen und dann ein süßes Kätzchen in meinem Bett zu haben. Ich blicke auf Meira, die neben mir marschiert. Sie ist klein, hat aber alle Kurven, die ein Mann sich nur wünschen kann. Diese Frau ist verdammt schön, und die Vorstellung, dass sie mit mir in meinem Zimmer eingeschlossen ist, schickt mir ein Zucken durch den Schwanz. Je mehr ich sie ansehe, desto weniger kann ich meinen Verstand davon abhalten, dorthin zu wandern, wo er nicht hinsollte. Zu hören, wie sie schreit, wenn ich sie zum Orgasmus bringe, zu fühlen, wie ihr Körper unter mir zittert.

Mist, diese Gedanken werden mir nicht helfen,

meinen Abstand zu wahren. Ich habe es bisher alleine weit genug gebracht, und ich kann die Komplikation, die die Verantwortung für eine Omega mit sich bringt, nicht gebrauchen. Außerdem ist sie bereits vergeben.

Wir gehen weiter schweigend den Fluss entlang. Dort angekommen suche ich das Gebiet nach Untoten und Wölfen ab, hebe dann meine Nase und schnüffle in der Luft. Wir sind allein. Die Sonne steht im Zenit, was bedeutet, dass wir Wärme und Nahrung brauchen, weil wir bis heute Abend das Rudel nicht erreichen werden.

Ich schlüpfe aus meinen Stiefeln, während ich mein Hemd ausziehe, welches total mit Schmutz und Blut verdreckt ist. Als ich meinen Gürtel öffne, räuspert sich Meira.

„Was machst du?", fragt sie mich, während sie ihre Stirn runzelt.

Ich werfe ihr einen Blick zu, auf meinem Gesicht erscheint ein Grinsen beim Gedanken, sie nervös zu machen. „Wir waschen uns und unsere Klamotten. Wir müssen den Blutgeruch von unserer Haut kriegen. Dann setzen wir uns in die Sonne, um zu trocknen."

„Lass deine Kleidung doch einfach an", erwidert sie und greift an ihre Hüften. Ich liebe ihre Aggressivität. Es ruft meinen Wolf, der sie brechen und dominieren will.

„Und wo wäre der Spaß daran?", sage ich.

Ihr schneller werdender Atem bringt mich zum Lächeln, während ich meine Hose runterziehe und aus ihr heraustrete. Ich bin nackt. Meiras Wangen laufen rot an, und trotz ihrer Anspannung fallen ihre Augen auf meinen Schwanz. Er ist halb erigiert und ihrem offenen Mund nach zu urteilen, ist sie beeindruckt.

Ich lache über ihre Unfähigkeit, sich zurückzuhalten. „Du bist dran, Sahneschnitte."

Sie schnaubt spöttisch, rollt mit ihren Augen und geht zurück. „In deinen Träumen vielleicht."

Nachgeben gibts bei mir nicht, also schließe ich die Distanz zwischen uns und komme ihr ganz nah. Sie runzelt die Stirn und versucht, sich weiter zurückzuziehen, aber ich greife ihren Arm, bevor sie abhaut.

„Wir können dies auf zwei Arten tun. Entweder du ziehst dich aus oder ich ziehe dich aus."

„Hau ab. Ich wasche mich in meinen Klamotten."

„Das ist keine Option. Du wirst nicht richtig sauber und das Trocknen dauert länger." Ich greife nach ihrem Oberteil, aber sie schlägt mir die Hand weg.

Feuer flammt in meiner Brust auf, und ich schnappe mir ihren Kiefer und zwinge sie dazu, sich mir zu stellen. Ich bin es nicht gewohnt, dass Omegas sich wehren, aber diese Wölfin fordert mich immer wieder heraus.

„Hast du eine Entscheidung getroffen?", frage ich

durch meine zusammengebissenen Zähne und beuge mich zu ihr.

„Ich mache es selbst", zischt sie mich an.

Ich lasse sie los. „Gut."

Sie grollt, und ich sehe zu, wie der Zorn über ihr Gesicht huscht, aber sie sagt nichts mehr. Stattdessen beginnt sie, sich auszuziehen.

Ich blicke nach vorn, um ihr etwas Privatsphäre zu geben, aber sie bleibt am Rande meines Sichtfelds. Und auf einmal spaziert sie splitterfasernackt an mir vorbei, meine Aufmerksamkeit fällt auf ihren perfekten Hintern und sie bewegt sich mit jedem Schritt auf eine Weise, die meinen Schwanz steif werden lässt.

Sie steigt ins Wasser und schaut über ihre Schulter zu mir zurück, ihre köstlichen, schmollenden Lippen formen sich zu einem Grinsen. „Bist du jetzt glücklich?"

Meine Lippen spannen sich zu einem schmalen Lächeln. „Mir fallen ein paar Dinge ein, die mich glücklicher machen würden."

Meira atmet tief ein und zuckt zurück ins Wasser. Meine Augen bleiben an ihrer schmalen Taille und der Kurve ihres Hinterns hängen, und alles, woran ich denken kann, ist, wie sehr ich möchte, dass diese gebräunten Beine um mich geschlungen sind. Das Wasser bewegt sich sanft um sie, schwappt gegen ihre Hüften; und sie geht immer tiefer rein.

Ich komme zu ihr, das Wasser ist verdammt eiskalt, als ich hineingehe. *Verdammt noch mal.*

Sie dreht sich zu mir, als sie ins Wasser taucht, das ihr jetzt bis zum Hals reicht, und das blasse Bronze ihrer Augen mustert mich von oben bis unten. Also marschiere ich vorwärts, obwohl ich das Gefühl habe, vor Unterkühlung ohnmächtig zu werden. Meine Eier werden auf die Größe von Erdnüssen schrumpfen.

„Hast du ein Problem?", verspottet sie mich, die Herausforderung klar auf ihr Gesicht geschrieben.

Akzeptiert.

Ich tauche direkt unter und es ist mir egal, dass es sich so anfühlt, als wäre ich in eine Badewanne voller Eis gesprungen. Ich gleite unter die Oberfläche, das Wasser ist trübe, aber ich sehe ihre Beine vor mir. Ich platze nur Zentimeter vor ihr aus dem Wasser.

Sie bewegt sich rückwärts, zappelt wie ein Fisch auf dem Trockenen und verliert ihren Halt.

Ich kann nicht aufhören zu lachen, und als sie wieder auftaucht, ist sie wütend, aber alles, auf das ich mich konzentrieren kann, sind diese hübschen kleinen Titten mit kirschroten Nippeln, die spitz und hart sind. Blut läuft in Richtung Süden, und ich denke mir schon, dass das vielleicht doch keine so gute Idee war.

Schnell bedeckt sie sich mit ihren Händen. „Vielleicht solltest du dich darauf konzentrieren, dich selbst zu waschen", weist sie mich an. „Und mach dich vielleicht nützlich und sammle unsere Kleidung ein, um sie sauberzuschrubben."

Oh, sie ist gut darin, meine Geduld zu testen. Trotzdem kann ich nur daran denken, mein Gesicht zwischen ihren Schenkeln zu vergraben. Also drehe ich mich um und wasche mir das Blut von Gesicht und Körper und so viel wie möglich von meinem eigenen Geruch. Dann sammele ich unsere Klamotten ein. Sie schnappt ihre aus meiner Hand und ich schüttele meinen Kopf, weil Dušan und Lucien mit dieser Omega alle Hände voll zu tun haben werden.

Jetzt muss ich nur noch meine Hände von ihr lassen, bevor ich einen schrecklichen Fehler begehe.

Meira

Bardhyl ist wahnsinnig dominant, genau wie Dušan und Lucien, weshalb wir beide nackt im kalten Fluss sind. Ich erkenne jetzt meinen Fehler ... ich hätte ihn nie aus dieser Grube retten sollen. Jetzt hat er immer ein Auge auf mich und die Flucht wird verdammt schwer werden. Aber ich bin nicht blind dafür, wie er meinen Körper studiert, wie sein großer Schwanz härter wird. Im Ernst jetzt, diese drei Wölfe sind so voll Munition geladen, dass sie jedes Weibchen in diesem Land schwängern könnten. Aber ich kann das Verlangen, das er in mir weckt, nicht ignorieren.

Ich spritze mir Wasser ins Gesicht und kämme mit den Fingern durch mein nasses Haar. Bardhyl entfernt sich nicht weit genug von mir, um meinen rasenden Puls zu beruhigen. Ich schlucke schwer, mein Hals fühlt sich plötzlich trocken in seiner Anwesenheit an.

Ein Zweig bricht hinter mir. Adrenalin überflutet mich, und ich zucke nach vorne und drücke mich dummerweise gegen ihn. Sein Schwanz schmiegt sich gegen meinen unteren Bauch, und jetzt laufe ich lächerlich rot an.

Seine große Hand legt sich auf meinen Rücken und er zieht mich lachend noch näher an sich heran. „Es ist nur ein Hase, mein Vögelchen."

Ich drehe meinen Kopf zurück, während der braune Fellball in den Wald hüpft.

Bardhyl schiebt einen Finger unter mein Kinn, damit ich ihn ansehe, während seine Hand auf meinem unteren Rücken liegt und mich gegen ihn drückt. Sein Daumen streichelt zärtlich meinen Rücken und schickt einen aufregenden Schauer über mich. Ich spüre, wie seine Erektion zwischen uns zuckt.

„Du musst keine Angst haben."

Ich starre in diese tiefgrünen Augen. Ich bin vielleicht immer noch erschüttert, aber ich bin wütend auf mich selbst, weil ich so schreckhaft bin. Bardhyl lenkt mich so ab, dass ich mich völlig aus dem Gleichgewicht fühle. Ich habe so lange überlebt, indem ich alles um mich herum bemerkt habe. Aber ich hatte noch nie einen so köstlichen Mann, der mich jedes Mal vor Hitze brodeln lässt, wenn er mich ansieht. Ich muss mich zusammenreißen und nicht darüber nachdenken, wie es wäre, ihn zu küssen oder auf ihn zu klettern, oder ...

Vielleicht ist es normal, dass ich mich so von diesen Alphas angezogen fühle, da meine Wölfin nicht zum Spielen rauskommen will, was wiederum dazu führt, dass meine Hormone verrücktzuspielen scheinen. Obwohl mir auffällt, dass ich, seit ich Bardhyl gefunden und in seiner Gesellschaft bin, den qualvollen Schmerz nach den anderen Alphas oder sogar meine eigene Krankheit nicht mehr spüre.

Entschieden einatmend zapple ich aus seinem Griff und springe fort, obwohl mein Körper vor Bedürfnis zittert, und dem Verlangen einfach nachgeben will, das durch meine Adern pumpt.

Aber ich lasse mich nicht wieder zum Opfer machen. Ich leide bereits darunter, dass ich die anderen beiden Alphas vermisse, also was denke ich mir? Noch einen dritten hinzuzufügen? *Super Idee, Meira.* Warum mach ich mir nicht einen Harem, während ich schon dabei bin?

„Meira", sagt er und schenkt mir ein sexy Grinsen.

„Ja?" Ich warte darauf, dass er spricht, ahnungslos, was er sagen wird, aber ich kann mir nur vorstellen, dass es etwas sein wird, das mich in Verlegenheit bringen wird.

„Wenn du neugierig bist, kannst du ihn anfassen—"

„Das ist ein Witz, oder?", schieße ich zurück.

„Sei nicht schüchtern, Zuckerschnute. Viele Frauen, die mich treffen, wollen es, und da wir beide nackt sind, gebe ich dir die Erlaubnis."

Meine Kinnlade klappt bei seiner Arroganz und Direktheit runter. Ich kannte noch nie jemanden, der so mit mir geredet hat wie diese Alphas es tun - hauptsächlich, weil ich nicht mit Alphas aufgewachsen bin. Sie sind voller Selbstgefälligkeit und bieten sich mir immer an. Und natürlich verrät mich mein Körper, da er bei der kleinsten Berührung innerlich in Flammen aufgeht.

Ich hebe eine Braue und setze einen harten Gesichtsausdruck auf. „Ich bin sicher, du bist sehr versiert darin, deinen eigenen Schwanz zu berühren."

Er platzt fast vor Lachen, als wäre er der König der Heiterkeit und hält sich mit einer Hand den Bauch, während er sich amüsiert.

Was zur Hölle stimmt nicht mit ihm?

„Ich wusste, dass du nicht aufhören kannst, an meinen Schwanz zu denken. Und ich habe darüber gesprochen, dass du meine Muskeln berührst." Er lächelt hinterhältig, als er seinen Bizeps anspannt.

„Na sicher hast du das." Ich bespritze ihn mit Wasser und benetze sein Gesicht und seine Brust, aber er lacht immer wieder über seinen eigenen dummen Witz. Im Ernst, ich hätte wissen müssen, dass er der Witzbold der Alphas ist. Er lacht weiter, also wechsle ich das Thema.

„Gibt es Wikinger in deiner Blutlinie?", frage ich und starre auf diesen Berg von Mann, der sein Gesicht schrubbt. Das Wasser reicht bis an seine Hüfte, die riesigen Muskeln auf seinen Oberarmen spannen sich an. Seine Brust ist locker doppelt so breit wie ich, mit hellem Haar über seinen kräftigen Brustmuskeln. An seinem Bauch spannen sich mehr Muskeln. Mit seinen sandblonden Haaren, die über seine Schultern fallen, und den starken eckigen Wangenknochen *schreit* er förmlich Wikinger.

„Meine Vorfahren sollen Wikinger gewesen sein, ja." Er senkt seinen Kopf, um in meine Richtung zu schauen und auf meinen Grund zu warten, warum ich gefragt habe.

„Ich bin neugierig auf deinen Wolf", beginne ich. „Es gibt Geschichten über Berserker, wilde Krieger, die dafür bekannt sind, in blinder Rage zu kämpfen, wie wilde Tiere zu heulen und ihre Waffen zu beißen."

„Und du denkst, ich verliere die Kontrolle, wenn ich meine Wolfsform annehme?"

Ich zucke mit den Schultern. „Hast du jemals einen Ruf aus der Vergangenheit gespürt? Mama hat mir einmal gesagt, dass der Wolf, der sich in uns bildet, eine Schöpfung unserer Blutlinie ist."

„Sie war eine kluge Frau und hatte recht. Wenn mein Vater noch leben würde, würde er dir sagen, dass der Berserker in unserer Blutlinie durchaus dominant ist." Er lacht grunzend, als ob er sich an etwas über seinen Vater erinnert hätte.

Ich kann nicht aufhören darüber nachzudenken, dass er meine Mama klug nennt. Nach allem, was ich gesehen habe, sehen die meisten Männer Frauen als Eigentum an, Dinge, die beansprucht werden müssen. Was er da gesagt hat, macht mich neugierig auf ihn, ich will mehr darüber erfahren, wer er wirklich ist.

„Mein Vater vertraute nur denen in seinem Rudel, weshalb er einen kleinen Stamm hatte. Aber manchmal reicht Vertrauen nicht aus, um dich vor dem Tod zu retten, wenn der Feind stärker ist als du. Das ist einer der Gründe, warum ich mich Dušan angeschlossen habe. Er glaubt daran, eine große Gemeinschaft von Wölfen aufzubauen, um uns alle stärker zu machen." Er lächelt mich an, als ob selbst das traurige Gerede über seinen Vater ihn nicht runterziehen könnte.

„Es tut mir leid, dass du deinen Papa verloren hast."

Er zuckt mit den Schultern. „Scheiße passiert, wenn du in einer kaputten Welt lebst."

„Wenn es eine Sache gibt, die alle Überlebenden auf dieser Welt gemeinsam haben, dann, dass wir alle den Tod unserer Lieben erlebt haben. Und das bleibt bei dir."

Er wendet sich abrupt von mir ab und geht aus dem Fluss. „Zeit rauszukommen", befiehlt er und mag die Richtung unseres Gesprächs eindeutig nicht. „Bevor du vollkommen verschrumpelt bist."

Nachdem er das Wasser aus seiner Kleidung ausgewrungen hat, kniet er auf den wilden Gräsern in der Nähe mehrerer großer Felsbrocken und legt sie in der Sonne zum Trocknen aus.

Ich klammere mich immer noch an meine Klamotten und klettere hinaus, halte sie als Schild vor mir und fühle mich unsicher, da ich vor diesem gut aussehenden Wolf nackt rumlaufe.

Alle Wölfe bestehen darauf, dass es normal ist, nackt zu sein, aber das ist es sicherlich nicht für mich. Ich bin die Frau, die sich nie gewandelt hat, also kommt mir die Nacktheit nicht so natürlich vor.

Bardhyls Augen sind auf mich gerichtet. Immer. Ich schlurfe nach vorne und lege meine Kleidung hastig aus, um sie auf den warmen Felsen zu trocknen, dann setze ich mich schneller hin, als ich es je zuvor in meinem ganzen Leben getan habe. Mein Herz pocht laut, und so viel davon hat damit zu tun, wie sehr ich mich von diesem Wolf angezogen fühle.

Er spannt wieder seine Muskeln an.

Ich kann nicht anders, als ihn auszulachen. „Fragen Frauen wirklich, ob sie deine Muskeln berühren können?"

„Warum überrascht dich das?"

„Es ist nichts, was ich jemals tun würde."

„Ja, aber du bist auch nicht die typische Wolfswandlerin, Cupcake. Du bist hier draußen allein aufgewachsen."

Ich beobachte ihn aufmerksam. „Ich bin mir nicht sicher, ob das ein Kompliment oder eine Beleidigung sein soll."

„Weder noch", gesteht er, seine Stimme dunkel. „Es ist eine Tatsache."

Ich drücke meine Knie enger an meine Brust, während das lange Gras um uns herum weht. Die Sonne ist warm auf meinen Schultern, während ich seinen Blick halte.

Er räuspert sich. „Auf einer Skala von eins bis zehn, wie schlimm wäre es, wenn ich—"

„Fünfzig", antworte ich und grinse ihn an, denn in dem Moment, in dem er erwähnt, dass etwas schlecht ist, wäre es unglaublich schlimm, vermute ich.

Er zieht eine Braue hoch. „Ich habe es nicht fertig ausgesprochen."

„Das musst du nicht. Ich habe das Wesentliche verstanden, nämlich dass es darum ging, etwas zu tun, dem ich nicht zustimmen würde."

Mein Magen flattert bei den bösen Gedanken, die mir durch den Sinn gehen. Gegen meinen Willen möchte ich genau wissen, was er vorschlagen würde.

Er studiert mich aufmerksam, die Mundwinkel verziehen sich verschmitzt nach oben. Ja, was auch immer er im Sinn hatte, war schmutzig. „Hörst du jemals auf, so ernst zu sein, und genießt einfach die Gesellschaft von jemandem?"

Seine Frage überrumpelt mich, da es mir bis jetzt nie in den Sinn gekommen ist, dass ich als so kratzbürstig wahrgenommen werde. Aber als er mich mit gerunzelter Stirn ansieht, kann ich mich nicht zurückhalten und sage: „Und hörst du nie auf zu scherzen?"

Sein Ausdruck verhärtet sich. „Süße, du würdest mich wahrscheinlich nicht lieben, wenn du siehst, wer ich wirklich bin."

8

MEIRA

*L*iebe! Hat Bardhyl gerade das Wort mit fünf Buchstaben gesagt?

Natürlich ist es eine Redewendung und er meint nicht die tatsächliche Liebe, aber das Wort bleibt in meinem Kopf stecken. Vielleicht weil Mama die einzige Person war, die es je zu mir gesagt hat. Ich kannte noch nie jemanden, dem ich mich nah genug gefühlt hätte, um allein darüber zu scherzen.

Bardhyl bringt mich dazu, stundenlang herumzusitzen und mit ihm zu reden, auch wenn er mich verdammt noch mal nervt.

Er liegt jetzt im Gras, die Augen geschlossen, und er genießt die Sonne für eine kurze Zeit, während unsere Kleidung trocknet.

Ich starre auf den Fluss, mein Rücken auf dem warmen Felsen.

Jetzt wegzulaufen wäre dämlich, also werde ich

den richtigen Moment abpassen und warten, bis dieser große Kerl neben mir wirklich einschläft. Dann fliehe ich.

Ich bin es so satt, immer über meine Schulter zu schauen. Erschöpft davon, in einer Welt voller Wölfe sich wie ein Häschen auf der Flucht zu fühlen. Eigentlich müsste ich die größte Kolonie Schattenmonstern finden und nah bei ihnen zu wohnen. Sicher, sie sind nicht der schönste Anblick, und ihre ständigen gurgelnden, stöhnenden Geräusche sind nervig und sie stinken, aber Bettler können nicht wählerisch sein, oder?

Und ich weigere mich, meinen Emotionen nachzugeben und erinnere mich daran, dass mein Entkommen der Sicherheit der Alphas dient. Sie werden irgendwann über mich hinwegkommen. Sie müssen es ... das muss ich glauben, damit ich weiß, dass es möglich ist, dasselbe zu tun.

„Es ist Zeit, dass wir uns in Bewegung setzen", befiehlt Bardhyl. „Wir finden ein Lager für die Nacht und morgen sollten wir zu Hause ankommen." Sein Schatten fällt über mich, als er seine Kleider vom Felsen neben mir aufnimmt.

Ich greife mit einer Hand nach oben, bedecke meine Brust immer noch mit der anderen und ziehe dann hastig das Oberteil über meinen Kopf und stecke meine Hände durch die noch feuchten Ärmel. Eigentlich hätte ich lieber keine feuchte Kleidung gehabt.

„Du bist im Moment nicht meine Lieblingsperson", sage ich zu ihm, während ich mit den Füßen in die Hose springe und sie mir hochziehe, bevor ich aufstehe, um mich schnell zu bedecken.

„Dann mache ich meinen Job richtig. Ich versuche gar nicht, dich dazu zu bringen, mich zu mögen", murrt er.

Ich wende mich ihm zu, als er seine Jeans zuknöpft und sein Hemd teilweise hineinsteckt, den Kopf tief gesenkt, und sein blondes Haar fällt ihm ins Gesicht. Alles, was ich sehen kann, sind starke, mächtige Arme und Muskeln. Dieser kräftige Mann überragt mich leicht und er wird Gewalt anwenden, um mich an seiner Seite zu behalten. Dafür hasse ich ihn. Aber mein Körper reagiert auf ihn in einer schönen Weise, und ein Funken Erregung steigt in mir auf, leckt über meine Haut, zeigt mir, dass ich mehr will.

Seine gleichgültigen Befehle ärgern mich jedoch. „Ich erwarte nicht, dass du mich magst, aber ich wünschte, du hättest etwas Mitgefühl. Ich bin kaputt, Bardhyl. Eine Gefahr für das Rudel. Siehst du nicht, dass ich deswegen nicht mit dir zurückkehren kann?"

Ich wende mich, um wegzugehen, als er nach vorne greift und meinen Kiefer packt, nicht hart genug, um mich zu verletzen, aber genug, um mich in seinem Griff zu behalten. Sein Daumen streichelt meine Wange, und er blickt mich so leidenschaftlich an, dass ich es nicht ertragen kann herauszufinden, wie die Dinge zwischen uns stehen. Ich will es in Wahrheit gar nicht wissen, weil ich schon den zwei Alphas nachtrauere, die ich zurücklasse. Also bitte, Universum, wirf keinen weiteren in den Topf. Ich spüre, dass mein Körper so auf Bardhyl reagiert, wie es bei Dušan und Lucien der Fall war. Hitze brennt zwischen meinen Schenkeln. Die Wölfin in mir ist vielleicht noch nicht herausgekommen, aber sie scheut sich nicht, mich wissen zu lassen, nach welchen Männern sie sich sehnt.

„Was denkst du wird passieren, wenn du nicht zu deinen Alphas zurückkehrst?", fragt er.

„Wovon redest du?"

Alles, worauf ich mich konzentrieren kann, ist, wo er mich berührt hat und dass ich, wenn er mich anblickt, ich mich irgendwie wie die wichtigste Person in seiner Welt fühle.

Bardhyl erinnert mich an die anderen beiden, und anstatt alles für diesen Wolf zu tun, muss ich stark bleiben. Ich beschwöre meine Stärke herauf und reiße mich aus seinem Griff frei.

„Sie werden über mich hinwegkommen und jemand anderen finden. Alle Frauen in deinem Rudel würden sich gerne mit ihnen vereinigen." Sobald die Worte meinen Mund verlassen, sticht ein Schmerz durch meine Brust. Ich habe von Wölfen gehört, die glücklich ohne einen Partner leben. Unbeanspruchte Omegas sind perfekte Begleiter für

Alphas ohne diese tiefergreifende Verbindung. Es ist möglich.

Bardhyl gibt mir einen verwirrten Blick, als hätte ich meinen Verstand verloren. „Ich denke du und ich, wir müssen uns mal ausgiebig über die Bienchen und die Wölfe unterhalten."

Ich lache. „Man nennt es die Bienchen und die *Blümchen*."

„Nicht wo ich herkomme, und du weißt ganz klar zu wenig über deine eigene Art. Zum Beispiel weißt du nicht, dass, wenn du nicht zu deinen Alphas zurückkehrst, der Schmerz, den du von der Entfernung verspürst, so stark werden wird, dass du dir wünschen wirst, dass du tot wärst."

Nein, die Distanz wird unsere Bindung zerbrechen. Das muss sie.

Vor Frustration rutscht mir die Antwort einfach raus. „Mich zu erschrecken, wird meine Meinung nicht ändern. Du kannst Wörter in jede Form verdrehen, wie du willst, aber sie bedeuten immer noch das Gleiche."

„Ich habe dich nie für philosophisch gehalten. Ich hätte dich eher in die Kategorie ‚Küssen und weglaufen' gesteckt."

„Ha. Das zeigt nur, wie wenig du über mich weißt." Ich wende mich von ihm ab, mein Inneres brodelt vor Wut, dass er mich als jemanden so launisches ansieht. Ich zeig ihm den Mittelfinger. „Verwechsle meine vorherige Bewunderung für deinen nackten Körper nicht mit etwas, was es nicht ist. Ich hasse dich. Egal wie groß dein Schwanz ist."

Seine Schritte folgen mir und er lacht leise vor sich hin. Ich zucke innerlich zusammen, dass ich den letzten Teil ausgesprochen habe. Ich wollte ihn beleidigen, aber stattdessen habe ich ihm ein Kompliment gemacht. Was stimmt nur mit mir nicht?

Oh, ich weiß schon. Die verwundbare, sexuell ausgehungerte Seite in mir lässt mich lächerliche Dinge sagen.

„Wenn du willst, Zuckerschnute, kann ich dir später zeigen, wie viel größer er werden kann, wenn du denkst, dass *das* schon groß war."

Ich weigere mich, ihm nachzugeben, und antworte nicht. Hier draußen habe ich die Oberhand, weil ich immun gegen die Schattenmonster bin, und genau das ist meine Stärke. Wenn wir einfach nur auf ein paar Untote stoßen würden, wäre alles wieder in Ordnung.

Jeder hat seinen eigenen Lebensweg, und meiner ist es allein im Wald zu sein. Ich habe keine Angst vor der Dunkelheit oder dem Virus. Was mir am meisten Angst macht, sind andere Menschen.

Ihnen zu nahezukommen.

Und sie dann zu verlieren.

Dieser Herzschmerz ist schlimmer als der Tod.

Nachdem ich alles einmal verloren hatte, schwor ich mir, mein Herz nie wieder loszulassen.

Die weit entfernte Erinnerung an meine Mama verblasste und ich ließ sie ziehen. Jetzt gehe ich weiter und warte auf den richtigen Moment, um meinen Schachzug zu machen.

„Du riechst anders", sagt er aus heiterem Himmel, und als ich in seine Richtung blicke, richten sich seine Augen auf mich.

„Jeder Wolf hat einen einzigartigen Duft", korrigiere ich ihn.

„Aber deiner ist mehr als ein Wolfsgeruch, Meira."

Ich halte inne und hebe mein Kinn zu ihm hoch. Etwas in meiner Magengrube verhärtet sich. „Was meinst du damit?"

„Das, wenn ich die Luft um dich herum einatme, mein Wolf verrückt wird, um dich zu beanspruchen, aber er wimmert auch über die Krankheit, die du in dir trägst."

Meine Wangen laufen rot an. „Ich weiß es bereits. Es ist meine Wölfin, die sich weigert, herauszukommen. Aber danke, dass du mich daran erinnerst, wie offensichtlich anders ich bin."

„Das meine ich nicht."

Er fällt zurück, während ich vorausmarschiere. Aber dann ist er plötzlich an meiner Seite und schnappt sich mein Handgelenk.

„Hast du dich nie gefragt, warum du dich krank fühlst und Blut erbrichst? Dušan erzählte mir, wie krank du in unserer Anlage warst. Aber kein

Wandler hat diese Art von Krankheit, auch wenn sich der Wolf noch nicht gezeigt hat."

„Ja, und? Was soll ich dazu sagen? Ich weiß auch nicht, warum ich so am Arsch bin."

„Ach, Baby." Er ergreift die Seiten meines Gesichts, aber ich habe von all dem genug und drücke mit meinen Händen gegen seine Brust.

„Hör einfach auf damit."

„Nein. Das werde ich erst, wenn du es richtig verstehst."

„Wovon zum Teufel redest du da?" Ich schreie jetzt und mein Körper zittert. „Laber nicht rum. Sag mir, was du weißt."

Sein Ausdruck wird stoisch. „Dušan hat Bluttests von dir angeordnet, während du in der Anlage warst, und wir denken, wir wissen, warum du so krank bist und warum die Untoten dich nicht berühren. Das könnte auch der Grund sein, warum deine Wölfin nicht herauskommt."

Mein Magen sinkt ins Bodenlose. „Was hat der Test gezeigt?" Meine Stimme ist leiser als beabsichtigt, und ich hasse, dass hinter meinen Worten Angst steckt.

Aber ein Chor von Stöhnen erhebt sich vor uns und lenkt mich ab.

Ich richte meine Aufmerksamkeit auf eine Gruppe von mindestens zwanzig Schattenmonstern, die auf uns zu eilen. Wir sind auf freiem Feld, reden zu laut und ziehen ihre Aufmerksamkeit auf uns.

Bardhyl zieht mich an der Hand in die entgegengesetzte Richtung, aber mein Verstand schreit mich an, mich von ihm zu lösen und auf die Untoten zuzulaufen. Das ist meine Chance, diesen Alpha loszuwerden. Um alleine zu sein und ein für alle Mal die Shadowlands zu verlassen.

Aber ich kriege seine Worte nicht aus meinem Kopf. Er weiß, was mit mir nicht stimmt. Seit ich Mama verloren habe, wollte ich verstehen, warum ich anders bin. Was ist, wenn ich mithilfe von Dušans Entdeckung ein Heilmittel finden kann, damit meine Wölfin nicht mehr in mir feststeckt?

Ich ersticke an der Hoffnung, die sich in meiner Brust zusammenzieht.

„Verdammt noch mal, Meira, beweg deinen Hintern!"

Die Untoten kommen schnell auf uns zu, und Panik verzerrt Bardhyls Gesichtsausdruck, schwer mit dem Dilemma, ob er mich zurücklassen und sich selbst retten soll.

Aber wenn wir uns jetzt trennen, werde ich nie die Wahrheit darüber erfahren, was mit mir nicht stimmt.

Verdammte Schattenmonster. Müssen die ausgerechnet jetzt angreifen?

Ich wende mich von ihnen ab und dann rennen wir.

Bardhyl zieht mich fest an sich, als wolle er mich in Sicherheit bringen, aber *er* ist derjenige, der wirklich hier in Gefahr ist. Wenn ich etwas über den Bluttest hören will, muss ich sicherstellen, dass er überlebt. Ironie kann lustig sein.

Bardhyl

Meine Atemzüge sind schwer. Meine Füße trommeln auf den Boden, um schnell voranzukommen, und schleppe Meira mit mir mit.

Für diese paar Sekunden hätte ich schwören können, dass sie abhauen und die Untoten als ihre Mauer benutzen würde, aber wie gut, dass ich ihr grade von ihrem Bluttest erzählte hatte. Ich werde das ausnutzen, um sie so lange wie möglich an meiner Seite zu behalten und sicherzustellen, dass ich sie zurück zum Rudel bringe.

Ich wage einen Blick hinter mich. Diese verdammten Arschlöcher geben nicht auf, obwohl wir im dichten Wald eine ganz schöne Distanz zwischen sie und uns gebracht haben. Sie werden nicht aufgeben, bis sie uns aus den Augen verlieren.

„Was hat der Test gezeigt?", fragt sie zwischen keuchenden Atemzügen. „Sag es mir."

„Später", erwidere ich.

„Nein, jetzt. Es ist der perfekte Zeitpunkt", prustet sie neben mir. „Was ist, wenn du stirbst und ich es nie erfahren werde?"

Sie macht mich fuchsteufelswild. Ich bin dazu geneigt, sie über meinen Schoß zu werfen und ihren hübschen kleinen Hintern zu versohlen.

Ich werfe ihr einen strengen Blick zu und durchschaue ihren Plan sofort. „Dann sorgst du besser dafür, dass ich nicht sterbe."

Sie kneift die Augen ein Stück zusammen und ich weiß, dass sie mich schlagen würde, wenn wir nicht mit vollem Tempo rennen würden. Ich würde es vielleicht sogar genossen.

Ich springe direkt nach ihr über einen toten Baumstamm und folge ihr dann einen Abhang hinunter.

Als sie den Kopf zu mir wendet, ist das Lächeln auf ihrem Gesicht verschmitzt und nichts, das ich erwartet hätte. Aber sie beunruhigt mich nicht. Wenn sie dieses Spiel spielen will, wird sie nicht wissen, was sie getroffen hat. Ich kann sie in Rage bringen, wenn sie das so will.

Der mit Laub bedeckte Boden rutscht unter meinen Füßen weg, und ich knalle auf meinen Hintern; ein Grunzen, das über meine Lippen rollt. Ich raffe mich wieder auf, grade als Meira über den steilen Abhang stürzt. Ich stürze hervor, schnappe mir ihr Oberteil und drücke sie gegen mich, anstatt sie fallen zu lassen.

Sie atmet schwer und ich starre hinter uns, wo eine zerstreute Gruppe der Untoten hinter uns her ist. Die Herde ist definitiv kleiner geworden, aber selbst mit meiner Klinge könnte ich hier keinen Kampf riskieren. Es folgen zu viele. Was wir brauchen, ist etwas, um uns zu tarnen und zu verstecken, bis sie verschwinden.

„Dort!", schreit Meira und zeigt auf etwas rechts von uns, aber alles, was ich sehe, sind Bäume.

In wenigen Augenblicken platzen wir aus dem Wald heraus auf eine kleine Lichtung am Rand einer Klippe, die auf unseren beiden Seiten nach vorne ragt.

Meine Augen schießen zu einer verfallenden Brücke aus Seilen und Holzbrettern, die aussieht, als würde sie auseinanderfallen, wenn ich darauf trete. Sie erstreckt sich etwa dreißig Meter über einer Schlucht, zu einer Seite, die frei von den Untoten zu sein scheint. Aber es sieht ganz schön hoch aus, und ich weiß nicht, wie sicher die Brücke ist.

Meira geht voran, um dieses wackelige Ding zu überqueren, was tapfer von ihr ist.

Ich grinse in mich hinein, aber dieser Moment des Jubels verpufft, als ein gutturales Stöhnen hinter mir erklingt.

Schnell eilen wir auf die Brücke, das Holz stöhnt unter meinem Gewicht, und das ganze Ding beginnt, unter unseren schnellen Schritten von einer Seite zur anderen zu schwingen.

Ich mache den Fehler, auf den sich windenden Fluss unter uns zu schauen, und mir schwindelt. Ich klammere mich an das Seil, meine Beine versteifen sich, während ich mir vorstelle, wie ich umkippe und in meinen Tod stürze.

Ich liebe mein Leben und kämpfe jeden Tag mit Zähnen und Klauen, um zu überleben. Aber jetzt kann ich das Bild nicht aus dem Kopf bekommen, wie ich von dieser kaputten Brücke falle und sterbe.

Mein Herzschlag pocht in meinen Ohren.

„Bardhyl, was machst du da? Beweg deine Beine", schimpft Meira mich aus, ihre Stimme klingt irritiert.

Aber meine Augen sind nach unten auf den Fluss gerichtet.

Weiche Hände berühren meine, während ich mich mit einem Todesgriff am Seil festhalte.

„Hör mir zu." Sie reißt mich an der Hand. „Schau mich an. Du musst dich bewegen, und zwar jetzt, sonst werde *ich* dich über die Kante stoßen."

Als ich ihren Blick treffe, glaube ich, dass sie jedes verdammte Wort auch so meint. „Hilfst du so jemandem vom Felsvorsprung?"

„Nun, es hat dich in Bewegung gebracht, oder?"

Erst dann bemerke ich, dass ich ein paar Schritte vorwärtsgemacht habe.

„Schau nicht nach unten. Ernsthaft", sagt sie. „Konzentriere dich einfach auf meine Stimme und gehe schnell. Sie sind direkt hinter uns."

Ich blicke nicht zurück. Ich mache genau das, was sie gesagt hat. Ich zittere überall, eine Hand hält sich an Meira fest und die andere am Seil. Schritt für Schritt schließen wir die Distanz.

Mit einem plötzlichen Schwanken verschiebt sich die ganze Brücke unter uns. Ich klammere mich stärker ans Seil und blicke zurück, und sehe drei Untote, die auf das verdammte Ding gestolpert sind. Ein halbes Dutzend mehr sind auf unseren Fersen. Wird die Brücke überhaupt das ganze Gewicht tragen können?

„Beeil dich", ruft Meira mir zu. „Lass uns gehen. Du schaffst das schon, Bardhyl."

Ich konzentriere mich auf ihre Stimme und mache genau das. Schnell laufe ich hinter ihr her, die Brücke schwingt, mein Magen dreht sich bei jeder Bewegung um. Nur noch ein Drittel der Strecke übrig und wir hetzen weiter.

Mein Herz pocht heftig in der Brust.

Schau nicht runter. Guck verdammt noch mal nicht nach unten.

Meira drängt sich vor mir und winkt mir zu, mich zu beeilen, und in Sekundenschnelle bin ich neben ihr auf der anderen Seite. Ich könnte den verdammten Boden unter meinen Füßen küssen.

Ich ergreife die Klinge aus meinem Gürtel und drehe mich um, während die Kreaturen wild auf uns zukommen. Ich hacke an den Rändern des Seils und zertrenne mit einem Hieb das obere Seil auf der einen Seite, dann hocke ich mich hin und ziehe meine Klinge durch die Schnur, welche die Brücke mit der Holzstange in meiner Nähe verbindet.

Die Brücke bricht plötzlich auf einer Seite

zusammen und schickt die Untoten zu ihrem endgültigen Tod im Tal. Sie fallen wie Kleckse runter und landen im Fluss und auf dem überwucherten Ufer.

Einer der Trottel hängt noch an der Brücke, während andere noch weiter drauf klettern.

Ich zerschneide die Seile, die an den Pfählen auf der anderen Seite befestigt sind, und das ganze Ding bricht zusammen und nimmt die letzten Untoten mit sich.

Es gibt eine weitere Brücke näher bei der Rudelfestung. Die Heimreise wird länger dauern, als ich gedacht hatte, was verdammt noch mal ätzend ist.

„Okay, wir müssen hier weg." Ich bin auf den Beinen und drehe mich herum, als ich Meira erwische, wie sie in die entgegengesetzte Richtung geht.

Ich schnappe mir ihr Handgelenk und ziehe sie zu mir. Sie dreht sich in meine Richtung, ihre Hände schlagen gegen meine Brust, während wir kollidieren. Alles, was ich sehe, sind diese Augen, diese bronzene Farbe, und ich weiß nicht, was über mich kommt, aber ich beuge mich vor und küsse sie, bevor ich meinen Verstand finden kann.

Sie erstarrt zuerst und ist von meinem Kuss verblüfft. Verdammt, ich bin es auch, und ich will mich gerade lösen, als sie mich zurückküsst und diesen köstlichen Mund öffnet. Ihre kleinen Hände legen sich um meinen Nacken, ziehen mich näher, ihre wunderschönen Brüste drücken gegen meinen Brustkorb.

Fick mich!

Ich sollte das nicht tun. Aber mein Schwanz zuckt und ich halte sie fester, wider bessere Einsicht. Sie ist es, die sich schlussendlich wegzieht. Als ich sie gehenlasse, geht mein Atem schnell und mein Kopf dreht sich angesichts dessen, was ich gerade getan habe.

„Wir gehen jetzt!" Ich nehme ihre Hand und marschiere los. Mein Herz hämmert in meiner Brust und mein Schwanz drückt sich gegen meine Jeans. Was zur Hölle stimmt nicht mit mir? Ich flippe aus, dass ich auf einer Brücke sterben könnte, also ist meine Reaktion darauf, sie zu küssen?

Die Wälder werden dichter, als wir dem Rand der Schlucht folgen, während ich versuche, in meinem Kopf Klarheit zu schaffen. Um mich daran zu erinnern, wem Meira gehört. Verdammt noch mal nicht mir. Egal wie sehr ich ihr jetzt die Klamotten vom Körper reißen will und sie beanspruchen möchte, damit sie meinen Namen schreit.

Scheiße. Diese Bilder in meinem Kopf von mir, wie ich sie nehme, helfen nicht. Ich muss nur den Kopf freibekommen, das ist alles.

„Ich bin überrascht, dass der große böse und mächtige Bardhyl Höhenangst hat. Ich dachte, du wärst unbesiegbar", scherzt sie und lacht halb, aber ich höre die Anspannung in ihrer Stimme. Sie hat mich zurückgeküsst, also bin ich nicht allein in dieser plötzlichen Blamage. Aber wenn der einzige Weg, mit unserem Fehler umzugehen, ist, dass sie darauf besteht, so zu tun, als wäre es nicht passiert, dann spiele ich gerne mit.

„Süße jeder auf dieser Welt hat Fehler und ich habe nie gesagt, dass ich perfekt bin." Zum Beispiel, möchte ich sie jetzt in meine Arme ziehen und sie küssen, egal um welchen Preis.

Ich bin voller Fehler.

9

DUŠAN

Ich hasse den Wald, verdammt noch mal. Ich hätte nie gedacht, dass ich das je zugeben würde, wenn man bedenkt, dass ich im Wald der Shadowlands lebe, aber *verdammt noch mal*!

„Wo zur Hölle kann Meira nur stecken?", belle ich, frustriert bis zum Gehtnichtmehr.

Meira ist nirgendwo. Ich habe nur diese verdammten Untoten gefunden und bin außerdem auf einen wilden Wolf gestoßen. Ich habe ihm in den Hintern getreten und bin weitergegangen. Mit unserem sensibleren Geruchssinn hätten wir ihren Duft mittlerweile finden müssen. Und das sagt mir, dass wir völlig in die falsche Richtung gehen, auch nachdem wir mehrmals die Richtung geändert haben.

„Ich wette, Bardhyl hat sie gefunden", murmelt

Lucien. „Er ist der Glücklichste von uns. Er gewinnt immer am Kartenspielabend."

Ich werfe ihm einen bösen Blick zu, aber verdammt, mit diesem Gedankengang könnte er vielleicht eher recht haben als wir mit unseren Überlegungen, die uns gerade ziellos durch den Wald wandern lassen. Wenn Bardhyl zuerst ihre Fährte aufnimmt, wird er sie in Sicherheit bringen und sie mit seinem Leben beschützen. Aber nicht zu wissen, ob das der Fall ist, macht mich wahnsinnig.

Ein Vogel zwitschert irgendwo um uns herum, gefolgt von einem weiteren. Es gibt keine anderen Tiere. „Wir folgen dem Fluss. Sie hätte Halt gemacht, um zu trinken und sich zu waschen, also nehmen wir dort ihre Fährte auf." Mein erster Gedanke war, dass sie in die Berge gewandert ist, da es dort oben Höhlen gibt, die Schutz bieten. Aber da hatte ich mich geirrt.

„Einverstanden." Lucien nickt, und wir legen schnell eine große Strecke zurück, immer entlang des Flussufers.

Abgesehen von ein paar Tierfährten zeigt das Kieselufer keine Spuren. Wir sind schon eine Weile gelaufen, als Lucien fragt: „Was machen wir mit Mad?"

Wenn ich nur an meinen Stiefbruder denke, stehen die Haare in meinem Nacken zu Berge. Ich hätte ihn nie einen so hohen Rang geben oder ihm jemals genug Vertrauen schenken dürfen, um Omegas an unsere Handelspartner zu liefern.

„Er wird drei Optionen haben. Er unterwirft sich und wird ständig bewacht sein, er geht, oder er macht mich so wütend, dass ich ihn töten werde." Die Worte sind wie Säure in meinem Mund, aber er hat es schon öfter versaut und ich habe ihm immer wieder eine Chance gegeben. Der Fehler liegt bei mir, dass ich ihn anders behandelt habe als mein Rudel, weil er meine Familie ist. Aber mein Rudel ist auch Familie und mir reicht es.

„War auch an der Zeit", knurrt Lucien. Er und Bardhyl haben mich jahrelang vor Mad gewarnt, und ich habe mich entschieden, nicht zuzuhören. Nun, das ändert sich ab jetzt.

Wir ziehen weiter, die umliegenden Bäume schwingen in der Brise. Es fühlt sich an, als wären wir schon stundenlang gelaufen, als Lucien innehält und auf das Ufer starrt. Der Boden ist aufgerissen, Fußspuren gehen in und aus dem Wasser. Ich hocke mich hin und zeichne mit meinem Finger den Umriss eines Fußabdrucks nach, der zu klein ist, um männlich zu sein. Die Schritte sind perfekt aufeinander abgestimmt, kein Stolpern, was bedeutet, dass diese nicht von den Untoten stammen.

Ich atme tief den Duft des Schlamms, des Wassers, des süßen Grases ein und darunter liegt ein weiterer Duft. Er ist schwach, aber er trägt eine Wolfssignatur und diesen kränklichen Blutgeruch.

Er ist in Sekunden weg, aber das ist alles, was ich brauche.

„Sie war hier." Ich richte mich schnell auf und durchsuche die Umgebung nach einem Hinweis, nach irgendetwas.

„Jemand war bei ihr", sagt Lucien und deutet mit seinem Kinn auf größere Fußabdrücke. Auch keine Schuhe. „Ich hab es dir gesagt. Bardhyl hat sie zuerst erwischt."

Gott sei Dank, wenn das der Fall ist.

„Diese Barfußmarkierungen gehen absichtlich in den Fluss. Vielleicht um Blut abzuwaschen und zu verhindern, dass die Untoten sie verfolgen. Oder sie hatten Wölfe auf ihren Fersen und sie mussten ihren Duft verbergen."

„Die Spuren müssen von heute stammen. Sie sind noch frisch", sage ich. „Wir sind nah dran." Die Hoffnung, dass wir endlich Meira finden, breitet sich in meiner Brust aus.

Wir tauschen einen schnellen Blick miteinander und gehen weiter flussabwärts, in Richtung unseres Rudels. In die Richtung würde Bardhyl sie bringen.

Gemeinsam werden wir schneller. Lucien und ich sind unzertrennlich, seit wir Kinder waren. Nachdem er seine Gefährtin verloren hatte, hatte er sich zurückgezogen, als es darum ging, eine andere Gefährtin zu finden. Es hielt ihn nicht davon ab, Omegas zum Ficken zu suchen—es mangelte ihm nie an Frauen, die sein Bett teilen wollten—aber es war nie länger als eine Nacht.

Bis er Meira traf. Ich sollte wütend sein, dass er berührt hat, was mir gehört, aber schicksalsbestimmte Gefährten funktionieren nicht so, oder? Wölfe wählen sich gegenseitig, unabhängig davon, was das Herz will. Ja, verdammt, es brennt, wenn ich mir vorstelle, wie er sie nimmt.

Aber welche Wahl habe ich, wenn die Wölfe ihre Gefährten auswählen? Ich kann Meira oder meinen engsten Freund nicht verlieren, also schlucke ich meinen verdammten Stolz runter. Wir werden einen Weg finden, damit es funktioniert.

„Wer hat den ersten Schritt gemacht, du oder Meira?" Ich kann nicht anders und will es wissen.

Er weicht meinem Blick aus, als er antwortet, da er genau weiß, was ich ihn frage. „Hast du ein Problem mit uns?"

Ich habe immer gedacht, dass ich eines Tages meine schicksalsbestimmte Gefährtin finden würde, und es wären nur wir beide. Aber es kommt selten vor, dass meine Träume Wirklichkeit werden, da das Universum gerne mit mir spielt.

„Das Schicksal hat einen miesen Sinn für Humor und tritt dir in die Fresse, wenn du es am wenigsten erwartest", antworte ich.

Er wirft mir einen Blick unter gesenkten Lidern her und grollt. „Ich wusste, du würdest das ansprechen. Ich brauche deinen Eifersuchts-Mist nicht. Es ist nur …" Er blickt zum Himmel. „Ich weiß es verdammt noch mal nicht. Es ist nur so, wenn ich bei ihr bin, hebt sich die Schwere, die ich mit mir herumgetragen habe, von mir." Er zuckt mit den Schultern. „Ich habe das schon sehr lange nicht mehr gespürt, Dušan. Ich würde dir nie auf den Schlips treten, du weißt du das. Du bist wie mein Bruder."

Als er meinen Blick erwidert, liegt in seinen Augen eine Härte, als wüsste er nicht, was er aus seinen Gefühlen machen soll. Wie Meira in sein Leben gewirbelt ist und ihn ohne Vorwarnung umgehauen hat. Wie unsere beiden Wölfe sich mit ihr verbinden …

Alles an ihr sollten meine Alarmglocken läuten lassen, aber stattdessen möchte ich sie nehmen, ausziehen und sie immer wieder beanspruchen. Um sie so oft zu markieren, dass ihre Wölfin keine andere Wahl hat, als sich selbst zu zeigen.

„Was ist, wenn wir sie an die Krankheit verlieren?", murmelt Lucien, als würde er meine Gedanken lesen.

„Das wird nicht passieren." Ich versteife mich. „Ich werde die verdammte Welt auseinanderreißen, bevor ich meine Schicksalsgefährtin verliere."

Bardhyl

*E*in Blitz taucht am sich verdunkelnden Himmel auf, und wird schnell von einem donnernden Grollen gefolgt. Die Erde erzittert als Antwort und die ersten Regentropfen treffen mein Gesicht.

Meira läuft neben mir, während ich das Gebiet nach einem Unterschlupf absuche. Sich in einem Baum zu verstecken wird nicht reichen, wenn ein Sturm aufzieht. Als ich über meine Schulter nach Meira schaue, ist ihr Blick aufmerksam und nimmt unsere Umgebung wahr.

Weiter rechts steigt der Berg steil an, eine Felswand, die hinter den Bäumen erscheint. Meine Hand greift nach Meiras und ich führe sie in diese Richtung. Vielleicht haben wir Glück und finden dort Unterschlupf.

Wir wandern durch das Dickicht des Waldes, als der Boden plötzlich stark steigt, steigt und noch mehr ansteigt, bis die Klippen vor uns sind.

Der Regen fällt in dicken Tropfen und durchnässt uns. Meine Haut schmerzt von der Kälte und ich ziehe Meira an meine Seite.

„Dort", ruft sie aus und zerrt mich nach links. Ich sehe eine dunkle Höhle an der Seite des Berges. Vier weitere Höhlen liegen vor uns, und ich nehme in diesem Moment jede von ihnen. Ich lasse ihre Hand los und hebe hastig kleine Äste und Zweige in der Nähe der Bäume auf, die noch nicht nass sind.

Nasses Holz ist kacke, um ein Feuer draus zu machen, also beeile ich mich und schnappe mir einen Arm voller Äste. Meira macht dasselbe und sammelt größere Zweige auf, die mit Blättern bedeckt sind. Wir eilen mit unseren Bündeln in die nächstgelegene Höhle.

Ich atme aus, während kaltes Wasser meinen Rücken und von meinen Haaren heruntertropft. Ich gehe tiefer hinein und werfe das Holz auf den Boden und schnüffle dann in der Luft rum, um Hinweise zu finden, ob hier ein Tier oder die Untoten sind. Es ist pechschwarz, aber alles, was ich rieche, ist die abgestandene Höhlenluft.

Ich nehme das Feuerzeug aus meiner Tasche. Ich bin kein Höhlenmensch, ich bin vorbereitet. Ein schnelles Schnippen, und die Höhle ist erleuchtet und enthüllt einen langen, schmalen Bereich, der uns die Möglichkeit bietet, uns ein wenig vom Eingang der Höhle zurückzuziehen.

Ich mache mich an die Arbeit und baue mitten in der Höhle ein kleines Feuer, was uns viel Platz zum Schlafen dahinter geben wird.

In der Zeit, bis ich fertig bin, vor den Flammen hocke und in der Hitze bade, hat Meira ein provisorisches Bett aus großen palmenartigen Blättern gemacht, die auf dem Boden aufgeschichtet sind.

Draußen gießt es in Strömen.

„Dieser Sturm kam aus dem Nichts." Meira schließt sich mir am Feuer an und wärmt ihre Hände auf. Das orangefarbene Leuchten erhellt ihr hübsches Gesicht. Und genau hier möchte ich sein ... das Strahlen ihres Lächelns genießen; sie zieht einen Schmollmund und schaut mich an.

„Etwas zu Essen wäre jetzt fantastisch", sagt sie, und ich glaube, sie klimpert mit ihren Wimpern. Glaubt sie, dass das funktionieren wird? Ich gehe bei diesem Wetter nicht raus, um nach einer nicht vorhandenen Mahlzeit zu suchen.

„Das wäre es", antworte ich. „Wenn du mit etwas für uns zurückkommst, werde ich einen kleinen Spieß über dem Feuer haben."

Sie schaut mich böse an und ich lache darüber, wie berechenbar sie manchmal ist, obwohl ich lange genug bei ihr bin, um zu wissen, dass sie normalerweise nicht flirtet, um Dinge zu bekommen, die sie will. Ist das ein Zeichen dafür, dass sie sich in meiner Gegenwart wohlfühlt?

„Du bist nicht gerade ein Gentleman", antwortet sie, während sie sich vor das Feuer setzt und ihre Beine überkreuzt.

„Hab nie behauptet, einer zu sein, oder ein Held oder irgendetwas anderes. Ich bin das, was du vor dir siehst. Ein Alpha, der Befehle befolgt und dich auf Trab hält."

Sie neigt ihren Kopf in meine Richtung. „Warum hast du mich dann geküsst?"

„Um dir zu zeigen, dass du falsch liegst."

Sie versteift sich und faltet ihre Arme über ihre Brust. „Wie bitte?"

„Du denkst, du hast alles geklärt und dass Weglaufen deinen Mist lösen wird. Aber nichts im Leben läuft so, wie wir es erwarten, oder?"

Sie kneift ihre Augen zusammen und diese niedliche kleine Nase kräuselt sich.

Ich schiebe mir lose Haarsträhnen aus dem Gesicht. „Du hast nie erwartet, dass ich dich küsse, und jetzt kannst du mich nicht mehr aus dem Kopf bekommen. Ich weiß, dass du es nicht kannst. Es ist förmlich ins Gesicht geschrieben." Und es geht mir ständig im Kopf herum, der süße Kirschgeschmack ihrer Lippen, ihre raschen Atemzüge und wie sie sich an mich klammerte, verzweifelt nach mehr.

„Nein, ist es nicht. Mach dir nichts vor", bellt sie als Antwort.

Ich lache und rieche bereits ihr Verlangen in der Luft, die schwache Nässe, der köstliche Duft, der meinen Wolf unruhig werden lässt. Er ruft ihn, und mir sagt sie, dass sie nicht an mich denkt. Natürlich.

Ich bewege mich auf sie zu, und sie reagiert, indem sie auf die Füße springt und zurückweicht.

„Hast du Angst, dass du die Kontrolle verlieren könntest, und wenn du einmal anfängst, nicht mehr aufhören kannst?"

„Denk dran, *du* hast *mich* geküsst." Sie verschränkt ihre Arme unter ihrer Brust und drückt ihre frechen

Brüste höher, der nasse Stoff klebt an den Kurven dieser perfekten Titten. Ich kann mir nicht helfen. Mein Schwanz springt hoch und zuckt in meiner Hose.

Ich stehe auf. Ein paar schnelle Schritte und ich schließe die Distanz zwischen uns. Durch meinen Kopf schrillt die Warnung, mich zurückzuziehen. Dass ich derjenige sein werde, der nicht aufhören kann.

Aber wenn sie mich wie eine Maus ansieht, die von einem Löwen gefangen wurde, treibt mich die Aufregung in meinen Adern vorwärts. Es ist zu lange her, dass ich mich durch irgendeine Frau so lebendig, so süchtig, und so verdammt gefesselt gefühlt habe.

Ich ergreife sie, schnappe sie am Nacken und reiße sie zu mir. Sie keucht, dieses kleine Geräusch macht mich vor Geilheit verrückt. Verdammt, wo kommt diese Höllenkatze her?

Ich nehme wieder ihren nassen Geruch wahr und verdammt noch mal, sie wird mir zum Verhängnis werden. Ich hätte wissen sollen, als ich sie das erste Mal traf, dass ich niemals von dieser Omega fortgehen würde.

Und jetzt, da ich sie in Reichweite habe, weiß ich nicht, wie ich mich zurückziehen soll.

Der unerträgliche Schmerz in meiner Brust verlangt, dass wir sie als unsere nehmen. Dies ist der richtige Zeitpunkt, der perfekte Moment für uns.

Sie schaut mir in die Augen, fordert mich mit

ihrem Blick heraus und hat keine Ahnung von ihrem Platz in der Wolfswelt. Vielleicht ist es das, was mich so sehr zu ihr hinzieht.

Es gibt so viele Unterschiede zwischen uns, dass es erfrischend ist, eine Omega zu haben, die gegen mich kämpft, die nicht nur das tut, was ich befehle. Die meisten Omegas haben ihr Feuer verloren und ihre Schicksale angenommen. Und als solche suchen die meisten nur nach einem Alpha, wollen verzweifelt ihren Partner finden und in ihre Routinen verfallen. Das ist nicht das, was ich will …

„Wirst du mir von meinen Bluttestergebnissen erzählen?", fordert sie von mir.

Blitze erhellen die Schatten um uns herum, der Regen durchnässt den Wald da draußen.

„Okay, pass auf. Wir machen einen Deal", fange ich an und lasse sie nicht aus meinem Griff. Sie drückt mir ihre Fäuste gegen den Arm, aber ich lasse sie immer noch nicht los. „Du und ich werden uns küssen, und dann wirst du mich bitten, dich zu berühren und diese enge kleine Muschi zu fingern. Wenn wir in diese Phase kommen, sagst du mir, ich soll aufhören, und ich werde dich für den Rest der Nacht nicht anfassen."

„Bist du wahnsinnig? Dem stimme ich auf keinen Fall zu." Sie schiebt ihre Hände gegen meine Brust und ich lasse sie los. Sie stolpert, ihre niedlichen Brüste hüpfen und ziehen meine Aufmerksamkeit auf sich.

„Wenn du mir nicht sagst, dass ich aufhören soll, gewinne ich. Dann gehörst du mir für die Nacht. Wie hört sich das an?"

Sie versteift sich und blinzelt mich ausdruckslos an. Oh, sie ist gut. „Ist das dein Standard-Anmachspruch?"

Ich schaue sie von oben bis unten an. „Ich wurde noch nie von einer Frau abgelehnt, falls du das andeuten willst."

„Und wenn ich dieser lächerlichen Idee nicht zustimme?"

„Hast du einen weiteren Vorschlag, um uns die ganze Nacht zu unterhalten?"

Sie neigt ihren Kopf nach hinten und schiebt ihr Kinn hoch. „Ähm, schlafen."

Ich kann auf keinen Fall schlafen, da ich pausenlos nur an unseren früheren Kuss denken muss, und ich lenke meine Aufmerksamkeit auf ihre leicht geöffneten Lippen. Ich sollte zurückweichen, aber ich bin schon so weit gegangen, und mich jetzt zurückzuziehen ist so einfach, wie ausgehungerte Wölfe dazu zu bringen, sich von einem flüchtigen Hirsch zurückzuziehen. Mit anderen Worten: Es ist unmöglich. Zur Hölle damit, ich will mich verdammt noch mal nicht von Meira zurückziehen. Sie hat mich so sehr getroffen, und vielleicht muss ich sie einfach aus meinem System kriegen.

Sie macht ein brummendes Geräusch. „Wenn ich

also gewinne, wirst du mir sofort sagen, was meine Bluttests sagen, richtig?"

Ich lehne mich nach vorne und flüstere ihr ins Ohr. „Natürlich. Aber Sahneschnitte, du wirst nicht widerstehen können. Das verspreche ich dir. Du wirst meinen Namen bis spät in die Nacht schreien."

10

MEIRA

Ich muss wahnsinnig sein, überhaupt nur darüber nachzudenken. Bardhyl ist ein verdammter notgeiler Wolf, der dies als einen günstigen Zeitpunkt ansieht. Warum bekomme ich die Erinnerung an unseren Kuss nicht aus meinem Kopf? Wie ich mich verzweifelt an ihn geklammert habe, so viel mehr von ihm brauchte, wie ich gefühlt habe, dass sich der Schmerz in seinen Armen aufgelöst hat, genau wie es mit den anderen beiden Alphas passiert war.

Ich trete zur Seite, um von ihm wegzukommen, um zu Atem zu kommen, weil ich in meiner eigenen Erregung ertrinke. Wenn ich ihn ansehe, trübt ein Nebel mein Urteilsvermögen. Selbst jetzt ist sein Geruch überall auf mir—der moschusartige Wolf, die Frische des Regens auf seiner Haut, sogar der Schlamm auf seinen Schuhen.

Es lässt sich nicht leugnen. Ich habe seit unserer ersten Begegnung auf der Rudelfestung daran gedacht, ihn zu küssen. Andererseits habe ich das auch bei Dušan und Lucien gefühlt. Man kann sehen, wohin mich das gebracht hat. Jetzt stecke ich während eines Sturms mit einem Wikinger in einer Höhle fest, und anstatt ihn zu vertreiben, denke ich darüber nach, ein verrücktes Spiel einzugehen, in dem er mich antörnt, und ich ihm sagen muss, dass er aufhören soll. Wer macht sowas?

„Meira", ruft er zu mir, aber ich drehe ihm den Rücken zu, weil ich einen Funken Vernunft finden muss und damit meine Wangen aufhören zu brennen.

„Ich glaube nicht, dass das so eine ...", fange ich an, aber dann kommt er mir näher. Die Hitze seines Körpers läuft über mich, und ich habe meine Fähigkeit, einen klaren Gedanken zu fassen, verloren.

„Was war das, Cupcake?"

Tief einatmend suche und finde ich in mir ein wenig gesunden Menschenverstand und schaffe es dann, zu sagen: „Ich stimme dafür, am Feuer zu sitzen und zu schlafen. Deine Idee ist verrückt. Wir machen das nicht."

Eine Sehnsucht drückt tief in meinem unteren Bauch, genau wie zuvor, bevor Lucien und Dušan mich genommen haben, und jetzt rührt sie sich wieder. Es ist meine Wölfin, die sich ab und an zeigt.

Vielleicht sollte ich das für meine Wölfin tun.

Wenn Bardhyls Anwesenheit sie aufweckt, würde ich es bereuen, dass ich nie versucht habe, sie rauszubringen. Ich möchte über meine lächerliche Argumentation laut lachen. So sehr ein Teil davon auch stimmt, kann ich das Bild von ihm nackt im Fluss nicht aus meinem Kopf bekommen. Sein großer Schwanz, seine großen Hände, sein Versprechen, was er mit mir tun wird. Seine Anwesenheit allein drückt meine Libido.

Vielleicht können einige Frauen einen solchen Mann von sich stoßen, und ich dachte immer, ich wäre eine davon. Anscheinend irre ich mich. Ich bin nur eine läufige Wölfin. Mein Widerstand ist eine dünne Fassade mit Rissen, die sich über die Oberfläche ziehen.

Ich stelle mich ihm, mein Kinn erhoben und ich trage meine Tapferkeit, was ein schrecklicher Fehler von mir ist. Der frühere Widerstand ist um mich herum am Zerfallen.

In dem Moment, in dem ich ihn sehe und feststelle, dass er nur in seiner Jeans dasteht, der obere Knopf offen, vergesse ich meine Argumentation. Wann hat er sein Shirt ausgezogen? „Das ist sehr überheblich von dir." Ich sehe seine starke, gut definierte Brust, die mich schwach werden lässt. „Ich habe deiner verrückten Idee nicht zugestimmt."

„Lass mich dir sagen, was du gerade denkst." Er greift nach mir und schiebt eine Haarsträhne, die sich in meinen Wimpern verfangen hat, hinter einem Ohr zurück, aber ich schlage seine Hand weg. „In deinem Kopf willst du leise abhauen und mich nie wiedersehen. Doch der Gedanke, die Wahrheit über das zu wissen, was in deinem Blut ist, ist verlockend, nicht wahr? Solltest du mein Spiel spielen und Informationen sammeln oder es vergessen, weil du so lange gelebt hast, ohne es zu wissen? Was macht es jetzt noch aus?"

Ich verenge meinen Blick und schaue ihn an.

„Du weißt, dass ich recht habe."

„Und wenn ja, dann bist du ein Arschloch, weil du diese wichtige Information benutzt, um mir an die Wäsche zu gehen."

Er macht ein spöttisches Geräusch. „Ich sagte, du würdest für die Nacht mir gehören. Wer hat etwas über Sex gesagt?" Er grinst böse. „Wenn ich gewinne, gibst du mir die ganze Nacht lang eine Ganzkörpermassage."

Ich rolle meine Augen dramatisch. „Du spielst gerne Spielchen, nicht wahr? Ich kann sehen, wie deine Augen funkeln, während du alle deine Worte verdrehst. Aber ich kann dir jetzt schon sagen, dass, wenn wir uns küssen, du schockiert sein wirst, wie schnell du verlieren wirst."

„Das ist das also ein *Ja*?" Er streckt seine Hand aus, um dies offiziell zu machen, und ich akzeptiere, weil er mit meinen Absichten vielleicht recht hat, aber ich werde eher in der Hölle schmoren, bevor ich ihn wissen lasse, dass er recht hat. Er bringt immer die ehrgeizige Seite in mir zum Vorschein, was mir schon aufgefallen ist.

Er geht plötzlich zurück und steht nur in seiner Jeans vorm Feuer. Sogar seine Stiefel und Socken sind schon ausgezogen. Ich wackle mit meinen Zehen in meinen nassen Schuhen herum. Ich folge seinem Beispiel und ziehe sie aus, bevor ich zur Hitze zurückkehre.

„Also", sage ich inmitten dieser seltsamen Peinlichkeit, „machen wir das hier oder nicht?"

„Wann immer du bereit bist. Ich lasse die Frau immer den ersten Schritt machen, damit klar ist, dass sie das will, und ich sie nicht dazu zwinge, etwas gegen ihren Willen zu tun."

Er starrt ins Feuer, während er spricht, seine Hände strecken sich vor ihm aus und ich versuche, den Ausdruck auf seinem Gesicht zu entziffern. Er gibt nichts preis.

„Hast du das von Dušan gelernt?", frage ich ihn und erinnere mich an mein erstes Mal mit dem Alpha und wie er sich zurückgezogen hat, als ich zögerte, nachdem er mich geleckt hatte. Es hatte nichts mit der Lust zu tun, denn ich zittere immer noch bei der Erinnerung an seine Zunge auf meiner Muschi. Es war die Angst vor dem, was meine Wölfin tun würde.

Aber einen einfachen Kuss mit Bardhyl schaffe ich mit geschlossenen Augen. Ich gehe auf ihn zu und er sieht nicht einmal in meine Richtung. Er steht so groß und muskulös da, seine Nase leicht krumm, was nur zu seiner Attraktivität beiträgt. Spektakuläre grüne Augen, in die eintauchen möchte, und lange blonde Haare, die über seine Schultern und auf seine Brust fallen. Aber mein Blick bleibt etwas zu lange auf seinem Bizeps hängen und verlagert sich dann auf seine straffen Bauchmuskeln, die Art und Weise, wie das Feuerlicht über seinen perfekten Körper tanzt ... alle scharfen Winkel und Kanten. Er muss ein Wikinger-Gott sein, denn wie sonst könnte eine Person sonst so perfekt sein?

Aber wenn einer von uns Schwierigkeiten mit dem Neinsagen haben wird, dann wird er es sein. Ich nähere mich ihm und reibe meine Brüste absichtlich an seiner Seite. Er legt einen Arm um mich, während er sich mir zuwendet.

Gefahr und Erregung spiegeln sich in seinem Blick. Ich presse mich noch einmal gegen ihn, meine Hände an seine angespannten Brustmuskeln gelegt, die unter meiner Berührung zucken, was er nur zur Show tut.

„Bardhyl." Ich atme seinen Namen mit einem Stöhnen aus. „Du machst keinen guten Job, um mich rumzukriegen."

„Oh, haben wir bereits angefangen?", verspottet

er mich, und ich koche; wütende Worte liegen mir auf der Zunge, aber er macht mich so an, dass meine Stimme versagt.

Starke Hände ergreifen meine Hüften und heben mich sofort an, gerade genug, um meine Füße auf seinen zu platzieren. Er grinst, als er mich rückwärts trägt, bis ich mit dem Rücken gegen die Wand stoße. Dort hält er mich mit seinem großen Körper fest. Das sollte mir nicht gefallen, aber ich liebe seine Aggressivität.

Bei jedem Einatmen rieche ich seinen Moschusduft und mein Körper erzittert, bevor er mich überhaupt küsst.

Er legt eine Hand an die Wand über meiner Schulter und die andere streichelt meinen Kiefer. Seine Augen verschlingen mich, und unter seinem Blick fühle ich mich im Vergleich zu ihm absolut winzig.

„Ich habe versucht, dich zu verstehen", sagt er, seine Stimme ist dunkel und rau.

„Ja, wieso?"

„Um zu verstehen, was eine Frau wie dich glücklich machen würde."

Ich hebe mein Kinn höher hoch. „Das ist einfach. Freiheit."

Er nickt. „Diesen Teil habe ich kapiert, aber ich meine sexuell. Die temperamentvollsten Menschen lieben es, dominiert zu werden, wenn es um Sex geht."

„Wir können nicht miteinander schlafen. Das war Teil der Regeln, die du erfunden hast." Ich lächle frech.

„Die Regeln besagten nicht, dass wir nicht drüber sprechen." Er lehnt sich näher zu mir, seine Wange streichelt meine, sein Atem ist schwer an meinem Ohr. Er berührt mich nirgendwo anders und schon wallt Hitze über mich hinweg.

„Ich werde dich als mein markieren, und wenn ich dich morgen früh aufwecke, wird es mit meiner Zunge sein."

Ich pruste halb und keuche halb und mache ein seltsames erwürgtes Geräusch, während meine Knie nachgeben. Er drückt seinen Körper gegen meinen, sein dicker Schwanz presst sich steinhart gegen meinen Bauch. Mein Inneres schmilzt, und ich weiß, dass dieser Wandler alles tun wird, um zu gewinnen. Aber das wird niemals passieren.

Auch wenn mein Körper mich anfleht, ihn zuerst zu küssen und mich danach mit dem Mund auszuziehen.

„Eine Schande, dass du nicht gewinnen wirst", sage ich.

„Nein?" Seine Antwort verhöhnt mich.

Die Hitze seines Körpers ist wie ein Inferno, und seine schweren Atemzüge an meinem Hals lassen mich meine Oberschenkel zusammendrücken. Dieser Mann ist ein Krieger, aus Stein gemeißelt und für den Krieg erschaffen, also kann ich mir nur vorstellen, wie unglaublich es wäre, mit ihm Sex zu haben.

Seine Finger gleiten meine Arme hinunter und eine Gänsehaut folgt ihnen.

„Alles okay?", flüstert er mir zu, während sein Daumen unschuldig über meine harten Nippel kratzen.

Er nimmt mir den Atem und ein Schauer der Lust läuft in den Scheitelpunkt zwischen meinen Schenkeln. Oh Götter, ich bin so nass. „Du spielst aber nicht fair."

„So küsse ich eben, Cupcake." Er lehnt seine Stirn gegen meine. „Ich muss sicherstellen, dass du das genauso sehr willst wie ich."

„Nun, das ist es, wo du dich irrst. Ich fühle nichts."

Er wirft seinen Kopf zurück und brüllt vor Lachen. „Kleines, ich kann deine süße Nässe riechen, die die Luft erfüllt. Wenn ich meine Hand jetzt zu deiner engen Muschi schieben würde, würde ich dich in Sekundenschnelle zum Orgasmus bringen."

Ich schlucke hart und versuche, mich zusammenzureißen und ihm nicht nachzugeben. „Du machst mich gleichzeitig so wütend und notgeil, aber das heißt nicht, dass ich dir nicht widerstehen kann."

„Du willst meine Berührung, nicht wahr? Deine Oberschenkel zusammenzudrücken, wird dir nicht die Erlösung geben, nach der du dich sehnst."

Seine Worte senden einen Schauer der Aufregung über mich, und ich möchte so sehr zappeln und dem sich aufbauenden Druck freien Lauf lassen.

„Du leidest ja jetzt schon", sagt er zu mir.

„Kannst du mich einfach küssen, damit wir hinter uns bringen?" Ich kann nur daran denken, ihn gegen mich gedrückt zu fühlen. Ich schwebe grade auf Wolke sieben meiner eigenen Lust, und dieser Wikinger verspricht mir Dinge, die ich dringend brauche. Eine Hitzewelle ergießt sich über mich.

Sein Mund legt sich plötzlich auf meinen. Er küsst mich hart, heftig und wunderschön. Seine Hände sind nicht an mir, nur seine Lippen.

Sie küssen mich mit einer unerträglichen Leidenschaft, saugen an meinen Lippen, beißen in mein Fleisch, und es hat etwas Berauschendes, mit einem Mann von solcher Wildheit zusammen zu sein.

Ich will mich in ihm verlieren, will, dass er mich in diesen Rausch trägt, den er verspricht.

Als seine Zunge in meinen Mund gleitet, erforscht er mich, und zur Hölle damit, seine Zunge ist so lang. Ich zittere, als er meine Zunge geübt in seinen Mund zieht und an ihr auf eine Weise saugt, die mich denken lässt, wie herrlich er mich lecken wird. Er scheint ein Beißer zu sein, und scheiß drauf, ich will seine Markierung überall auf mir.

Mit einem Knurren lässt er von mir ab.

Meine Lippen fühlen sich auf die unglaublichste Weise geschwollen und wund an.

„Hast du dich entschieden?", knurrt er und seine Augen sind wild vor Lust.

Ich kämpfe immer noch gegen das Inferno des Verlangens, das mich verschluckt, während die Sehnsucht zwischen meinen Oberschenkeln pulsiert. Ich bin so notgeil und glaube nicht, dass ich es aushalten kann, und er hat mich gerade mal geküsst.

„Vielleicht brauchst du noch ein paar überzeugendere Argumente", sagt er und seine Hand greift zu meiner Hose, seine Finger greifen den Bund und ziehen daran. „Ein bisschen fingern?"

Als ich versuche zu sprechen, kommt meine Stimme nur als Atemhauch heraus, und ich hasse es, dass ich nur daran denken kann, dass ich Erlösung brauche. Der Schmerz, der mich durchfährt, ist meine Wölfin, die antwortet, die Bardhyl ruft und ihn braucht.

Meine Muschi krampft sich beim Gedanken zusammen, dass Bardhyl mich nimmt.

„Hast du deine Worte verschluckt, Engelchen?"

Er zieht an meinen Leggings und lehnt sich für einen weiteren Kuss zu mir. Diesmal nehme ich sein Gesicht in meine Hände und küsse ihn zurück. Ich kann nicht einmal klar denken, denn die Art, wie er mich küsst, ist, als würde ich in den Himmel geschossen werden und auf Wolken schweben. Als ob mich nichts berühren könnte. Als wäre ich alles, worum er sich sorgt. Und ich sehne mich nach diesem Gefühl immer und immer wieder.

Seine Hand gleitet zur Vorderseite meiner Hose und dann nach unten, bis er die Hitze zwischen meinen Beinen findet, die glitschige Nässe, die mich da umhüllt.

Meine Nippel werden steif, während er einen Finger über meinen Kitzler reibt.

Ich küsse ihn härter zurück, meine Welt dreht sich jetzt intensiver. Meine Hüften schaukeln hin und her, während ich mich an seine Schultern klammere. „Verdammt noch mal, Bardhyl", murmele ich.

„Was denn? Du magst es, wie sich meine Berührung an deiner sahnigen Muschi anfühlt?"

„Hör auf zu reden, verdammt!" Ich drücke seine Schultern runter und brauche ihn dort, wo ich gleich explodieren werde.

Aber er kämpft gegen mich an und sieht mir in die Augen. „Nur damit wir uns einig sind, ich habe gewonnen, richtig?"

Ich halte eine Sekunde inne, mein Herz beschleunigt sich, mein Verlangen stürzt schnell über mir ein. Ich kann nicht mal richtig sprechen.

„N-nein!" Ich schiebe mich gegen ihn und keuche leise. Aber ich mache mir selbst was vor.

Ich habe noch nie einen Mann gesehen, der mich

so anstarrt, wie es Bardhyl jetzt tut, und mir rauen, ursprünglichen Sex verspricht. Wie zum Teufel soll ich aus dieser Nummer wieder rauskommen? „Du spielst nicht fair."

Seine Hand gleitet unter mein Oberteil, seine Handfläche ist so groß, und ich zittere vor Vorfreude. „Du gehörst heute Nacht mir, und du weißt es." Er zerrt an meinem Oberteil und reißt es hoch über meinen Kopf und wirft es dann irgendwo hinter sich.

„Du hast perfekte Titten." Seine Hände sind auf ihnen, und ich stöhne und liebe die Art und Weise, wie er meine Brustwarzen bis zum Schmerz zwickt, aber ich brauche mehr. „Sag es", sagt er.

„Wovon redest du?"

Er zieht seine Hände zurück und ich zittere vor Kälte.

„Dass ich gewonnen habe und du mir für die Nacht gehörst. "

Er schnappt sich die Vorderseite meiner Hose und reißt sie mir die Beine runter und lässt mich nackt dort stehen. Ich keuche, als er vor mir kauernd zu mir aufblickt.

„Du hast mir noch nicht gesagt, dass ich aufhören soll."

Aber als seine Hand meinen Oberschenkel hinaufgleitet und meine Muschi berührt, entkommt mir ein Wimmern.

„Das habe ich mir schon gedacht."

Bardhyl

Ihre Muschi ist klatschnass, ihre Nässe macht mich wild. Sie steigt aus ihrer Hose und ich ergreife ihre Hüften. Dann drehe ich sie herum. Sie wirft mir einen Blick über ihre Schulter zu, ihre bronzenen Augen voller Fragen.

„Bist du bereit, es zu sagen?", erinnere ich sie daran, aber als sie nicht antwortet, streiche ich mit einer Hand ihren Rücken hoch und zwinge sie, sich für mich nach vorne zu beugen. Sie ist spektakulär, so umwerfend und ich verstehe jetzt, warum Dušan und Lucien sich nicht zurückhalten konnten.

„Leg deine Hände an die Wand."

Sie gehorcht, und ich stupse ihre Beine mit meinem Fuß auseinander und lasse mich dann auf meine Knie fallen.

„Gutes Mädchen. Jetzt lass mich die Worte hören."

Ich nehme sie komplett wahr, ihre Schamlippen sind rosa und geschwollen. Nässe glitzert auf der Innenseite ihrer Oberschenkel.

Als ich mich nach vorne beuge, atme ich ihren Duft ein, mein Wolf drückt sich nach vorne und ich weiß, was er beanspruchen muss. Ich rieche es auch, viel stärker als zuvor … und mir ist jetzt klar, dass ich falsch lag, als ich dachte, Meira widerstehen zu können.

Mein Wolf knurrt und bringt ein Gefühl mit sich, das über meine Brust rollt.

Sie ist mein. Sie ist meine verdammte Gefährtin, ob ich das will oder nicht. Unsere Wölfe sind dazu bestimmt, zusammen zu sein.

Heilige Scheiße! Das erschwert die Dinge ganz schön, nicht wahr?

„Keine Spielchen mehr", stöhnt sie. „Du hast gewonnen. Bist du glücklich? Jetzt fick mich bitte, Bardhyl."

Ich lächle und höre sie gerne diese Worte sagen. „Noch nicht ganz, Schätzchen."

„Was willst du noch? Ich gebe dir, was du willst. Du kannst mich würgen, mich schlagen, an meinen Haaren zerren—alles."

Ihre Begierde sendet Wellen von Erregung durch mich, und mein Schwanz wird hart bis zur vollen Erektion. Es tut so weh, und ich brenne darauf, in sie zu sinken. Aber zuerst muss ich sie kosten. Als ich sie ergreife, ziehe ich ihren Hintern auseinander und sehe alles von ihr. Dann drücke ich meinen Mund auf ihre Muschi, mein Gesicht ist in ihrer Hitze vergraben. Sie ist wie eine Süßigkeit, süß und moschusartig und alles, was ich mir wünschen kann.

Sie stöhnt sofort. Ich verschlinge sie, ziehe an ihren Falten, liebe die Geräusche, die sie macht, wie sie sich über mein Gesicht reibt. Mein Schwanz wird härter und ich brenne darauf, sie zu ficken. Ich lecke sie wild, ihre süchtig machenden Schreie machen mich noch mehr an.

Ich lecke sie von ihrer kleinen Muschi bis zu ihrem Hintern, nehme mir alles.

Sie zittert unter mir und ich fühle, dass sie nah dran ist, aber ich bin nicht bereit, sie dorthin gehen zu lassen. Noch nicht. Also löse ich mich von ihr.

Sie stöhnt vor Protest.

„Ich sagte dir doch, meine Schöne, dass wir das auf meine Weise machen." Ich stehe auf und hebe sie mit mir hoch, ihr Rücken ist gegen meine Brust gedrückt. Mein Mund ist auf ihrer Schulter, leckt sie, beißt zart hinein. Sie spannt mich so an, dass ich mich kaum zurückhalten kann.

Ich trage sie quer durch die Höhle zu dem Nest aus Blättern, das sie für uns gebaut hat.

Ich drehe sie in meinen Armen herum und lege sie auf ihren Rücken. Sie starrt zu mir hoch, ihre Wangen sind gerötet und ich sehe den Hunger in ihren Augen. Aber es gibt noch etwas anderes. Ihre Omega-Seite kontrolliert sie.

Ihre Atemzüge kommen schwer und sie umklammert den Schmerz in ihrem Bauch.

„Dein Körper sehnt sich nach einem Alpha, und das werde ich für dich sein, kleine Omega. Es könnte sogar deiner Wölfin helfen."

„Es wird keinen Unterschied machen. Irgendetwas stimmt nicht mit mir. Das hier war ein Fehler." Sie entfernt sich von mir.

Ich schnelle hervor und nehme ihren Arm und zwinge sie dazu, mich anzuschauen. „Hey, das reicht. Du bist alles für mich."

Sie spottet. „Warum? Ich habe dir schon gesagt, dass ich kaputt bin, und du solltest mich nicht wollen. Ich bin eine Idiotin, dass ich es so weit habe kommen lassen und geglaubt habe, dass …" Ihre Worte werden leise.

„Meira, es ist mir scheißegal, ob du aus der Hölle kommst und Hörner hast. Ich werde für dich und mit dir in die Dunkelheit eintauchen."

Sie blinzelt mich an, Unsicherheit huscht über ihr Gesicht.

„Öffne dich weit für mich. Ich werde es dir zeigen."

Ich sehe den Kampf in ihren Augen, sehe, dass sie mich abblitzen lassen will, aber sie hat schon längst ihre Entscheidung gefällt. Sie ist verärgert, ihre Wölfin dicht unter der Oberfläche, und der Schmerz, den sie fühlt, wird sich nur verschlimmern, wenn sie nichts gegen ihre Erregung tut. Sie gehorcht und sinkt auf die Knie. Der Feuerschein tanzt über ihren nackten Körper. Sie ist so wunderschön.

Die Dinge sind jetzt anders.

Ich hätte das schon vorher fühlen sollen, aber ich weigerte mich.

Ich sage nicht, dass ich die Antworten habe oder

dass ich bereit bin, mich mit einer Schicksalsgefährtin oder gar Dušans Reaktion zu beschäftigen.

Aber die Antwort starrt mir ins Gesicht. Es zieht sich wie Stacheldraht um mein Herz.

Unabhängig davon, was der morgige Tag bringen wird, dreht sich jetzt alles um Meira.

Ich knie zwischen ihren gespreizten Beinen und lehne mich nach vorne, während sie mich beobachtet, und ich bete meine Göttin an. Ich nehme ihre Hitze wieder in meinen Mund, während sie sich windet, lauter stöhnt und ihre Hüften hin und her bewegt.

Sie schmeckt nach Euphorie und ich lasse mich fallen.

Ich war mit genug Frauen zusammen, um zu wissen, wann jemand Besonderes in meinem Schoß landet, und jedes Lecken, jeder Atemzug, jede Berührung verstärkt die Bindung zwischen uns. Energie gleitet durch meine Adern und lässt die Haare auf meinen Armen abstehen.

Ihre Erregung wird stärker und ich schiebe einen Finger in sie. Sie keucht, ihre Brust wölbt sich hoch und ich liebe es, wie ihr Körper auf mich reagiert.

„Du schmeckst so verdammt gut", knurre ich und küsse die Innenseite ihrer Oberschenkel, während ich sie schneller fingere. Sie ist so nass und ich schiebe einen zweiten Finger in sie hinein.

„Oh, Bardhyl." Sie spreizt ihre Beine weiter und

sie bewegt sich, damit ich tiefer in sie eindringen kann.

Meira ist ein Leckerbissen, und ich fingere jetzt schneller und fahre in sie hinein, während sie mir mit jedem Stoß ihr Becken entgegenschiebt. Ihre Schreie werden immer lauter und intensiver. Fuck, sie ist wunderschön.

„Gott, du bist so eng. Wenn ich meinen Schwanz in dich stecke ..."

Sie schreit ihren Orgasmus hinaus, und ich beiße in die Haut knapp über ihren kleinen Venushügel, damit sie meine Markierung für immer sieht.

Ich schmecke ihre Nässe und ihr Blut, nehme sie in mir auf und verbinde uns.

Ihr Körper verkrampft sich, ihr Lustschreie sind ein Lied in meinen Ohren.

Bevor sie sich endlich beruhigt, ziehe ich meine feuchten Finger heraus und knie vor ihr nieder. Ich wische meinen Mund mit dem Handrücken ab, nehme ihre triefende Muschi wahr, das Blutrinnsal, das von meinem Biss kommt, diese wunderschöne nackte Frau, die mit gespreizten Beinen vor mir liegt.

Sie zieht ihre Unterlippe zwischen ihre Zähne und grinst mich so sexy an. Götter, sie will das so sehr.

Ich schiebe meine Hände unter ihren Hintern und hebe sie leicht nach oben, um sie leichter zu nehmen.

„Du riechst und schmeckst so verdammt

unglaublich, Cupcake. Und ich werde diese hübsche enge Muschi ficken", knurre ich, während ich meinen Schwanz greife und die Spitze über ihr Feuer reibe.

„Ich will dich", gibt sie zu. „Bitte lass mich nicht warten."

Mein Herz hämmert in meiner Brust bei ihren Worten, und ich stecke ihn zuerst langsam in sie rein, bis ich den richtigen Winkel habe. Ihre Wände drücken sich um meinen Schwanz und ich knurre vor Verzweiflung, weil ich in sie stoßen will.

Sie beobachtet mich, ihre Hände krallen sich in die Blätter um uns herum, ihre Augen sind geweitet. Sie ist höllisch sexy. Und sie braucht das hier.

Ich dränge mich komplett in sie und falle nach vorne, meine Hände auf beiden Seiten ihrer Schultern. Sie schreit, ihr Körper wölbt sich. Zuerst ziehe ich mich aus ihr raus und tauche wieder rein, dann steigere ich mein Tempo, passe mich ihrem Stöhnen an. Ihre Hände umklammern meine Arme und halten mich fest.

Ich ficke sie härter und hämmere in sie hinein. Eine Flamme brennt durch mich hindurch und ich brülle, während die Intensität mich verschluckt. Sie ist so klein, aber sie nimmt mich komplett in sich auf, und ihr süßes Stöhnen legt sich wie eine warme Decke um mich.

Sie stöhnt und schlingt ihre Beine um meine Hüften, während mein Blick auf ihre hüpfenden

Brüste gerichtet ist. Wellen der Glückseligkeit stürzen über mich herein und schicken einen Schauer der Macht über meine Haut. Mein Wolf schiebt sich nach vorne, ruft nach ihr, sehnt sich nach ihr.

Es dauert nicht lange, bis sie erschaudert, ihr Kopf neigt sich zurück und der Orgasmus zieht durch sie. Sie nur zu beobachten, zu fühlen, wie sie mich in sich aufnimmt, ist das großartigste Gefühl. Und dann weiß ich, dass ich zu weit gegangen bin, um von ihr wegzukommen.

Die Spitze meines Schwanzes schwillt in ihr an. Ich spüre, dass er sich tiefer drückt und an Ort und Stelle verharrt und uns verknotet. Dann trifft es mich, der Höhepunkt rast durch mich, mein Samen strömt aus mir heraus und füllt Meira. Ich fauche, mein Körper summt vor Ekstase. So funktioniert es mit Alphas und Omegas, so stellen wir sicher, dass jeder Sex zur Schwangerschaft führt.

Ein Heulen ringt sich über meine Lippen, mein Körper zittert unkontrollierbar. Weiße Lichter blitzen vor meinen Augen auf, während ich meine kleine Wölfin fülle.

Als ich endlich wieder etwas wahrnehme, bin ich über sie gebeugt, tief in ihr vergraben. So bleiben wir, bis meine Schwellung nachlässt.

Wir brauchen beide ein paar Minuten, um wieder in der Realität anzukommen und uns zu orientieren.

Wir atmen schnell und ihr Lächeln passt zu meinem. Ich reibe meine Nase an ihrer, während ich mich auf allen Vieren über ihr halte, und sie lacht. Das Lachen ist leicht und kommt aus ihrem Bauch.

„Vermute ich richtig, dass du nicht vorhast, jetzt einzuschlafen?" Ihre Worte sind rau, und ihr Inneres krampfen sich immer wieder um meinen Schwanz, während ich zischend versuche, mich am letzten Rest meiner Zurückhaltung festzuklammern.

„Wenn du weiter so machst, behalte ich dich eine Woche lang hier."

Ihre Augen weiten sich. „Ich vermute, dass Dušan das nicht so gut aufnehmen würde."

Ich zucke mit den Schultern. „Er muss uns zuerst finden." Ich sage irgendwas, ohne drüber nachzudenken, meine Gedanken sind immer noch vernebelt vor Erregung und viel von meinem Blut füllt gerade meinen Schwanz aus.

Meira klammert sich an meine Arme und bemüht sich nicht, sich zurückzuziehen. Unsere Gesichter sind nur Zentimeter voneinander entfernt, ihre Brüste drücken sich an meine Brust.

„Das ist alles deine Schuld, weißt du? Deine blöde Idee ist nicht so gut gelaufen."

„Aus meiner Sicht hat es perfekt funktioniert."

Sie streckt ihre Zunge raus, aber in ihren Augen sind immer noch glasig von ihren Orgasmen. „Erzählst du mir etwas über meinen Bluttest?" Sie flüstert die Frage, als hätte sie Angst davor, dass ich es ihr nicht sage.

„Morgen früh mache ich es. Jetzt nicht." Auf keinen Fall überbringe ich ihr solche Nachrichten, während ich tief in ihr vergraben bin und wir für eine Weile miteinander verbunden sind. Ich möchte, dass sie sich auf die Lust konzentriert, die sie erlebt hat, nicht auf das, was morgen kommt.

Energie strömt durch meine Adern, die Essenz meines Alphas, der seiner Omega die Kraft gibt, die Schmerzen in ihrem Körper zu besiegen. Wir sind füreinander gemacht, so einfach ist das. Egal wie sauer Dušan oder Lucien sein mögen, ich kann die Natur der Wölfe nicht ändern und auch nicht, dass wir auch schicksalsbestimmte Gefährten sind.

Nach einer langen Pause sagt sie: „Du hast mich markiert, nicht wahr?"

„Natürlich. Du bist meine Schicksalsgefährtin, Meira. Hast du das nicht gespürt?"

Ihr Griff wird härter. „Während wir Sex hatten, fühlte ich eine Verbindung wie mit Dušan und Lucien. Aber wie kann ich drei Gefährten haben?"

„Es ist gängige Praxis in Dänemark. Frauen nehmen oft mehrere Ehemänner, und in einigen Fällen können Männer mehrere Frauen nehmen. Aber es kommt auf die Auswahl unserer Wölfe an und darauf, mit wem wir von Geburt an verbunden sein sollen."

„Das ist ziemlich tiefgründig, zu glauben, dass unser Leben für uns vorbestimmt wurde."

Ich küsse ihr die Nase. „Für mich fühlt es sich natürlich an. Wir sollten von dem Moment an zusammen sein, als wir unsere ersten Atemzüge nahmen. Der schwierige Teil ist, sich zu finden."

Sie kaut auf ihrer Unterlippe, eine Angewohnheit, die ich bei ihr bemerke, wenn sie sich Sorgen um etwas macht, dann drückt sie meinen Schwanz, während sie sich bewegt.

„Verdammt, Babe", knurre ich. „Mach weiter so und ich werde ihn nie mehr rausziehen."

„Hoppla." Sie lächelt zu verführerisch, als dass ich wütend auf sie sein könnte.

Ich schiebe einen Arm unter ihren Rücken und rolle mich mit einer schnellen Bewegung auf meinen Rücken, nehme sie mit mir, ihre Beine grätschen über mich.

Jetzt liegt sie auf mir und ich bin immer noch in ihrer wunderschönen Muschi eingebettet.

Sie legt ihre Wange auf meine Brust und ich schlinge meine Arme um sie. Ich spüre ihr klopfendes Herz, höre ihre leisen Atemzüge. Ich will nirgendwo sonst sein. Während wir verbunden sind, wird sie weicher, und ich mag auch diese Seite an ihr. Wir können nicht ständig kämpfen.

„Erzähl mir eine Geschichte", sagt sie.

Ich halte sie fest und fange an. „Es gab einmal eine Wölfin, aber sie war so viel mehr, als sie je gedacht hatte, denn sie war halb Biest, halb Mensch."

Sie streckt ihren Kopf hoch. „Ist das eine Geschichte über mich?"

Ich halte das Lachen zurück. „Du wirst es herausfinden, wenn du still bleibst und zuhörst."

Sie streckt ihre Zunge heraus und presst ihre süße Muschi zusammen, um ihren Standpunkt klarzumachen. Ich atme zischend aus; wenn sie so weitermacht, versohle ich ihr den Hintern.

11

LUCIEN

Die Wälder um mich herum sind voller Schatten. Dušan trabt neben mir, wir beide in Wolfsform und wir tragen unsere Kleidung im Maul. Mein Kiefer spannt sich, da ich auch meine Stiefel trage. Sie gehörten einmal meinem Vater, und ich lasse sie auf keinen Fall zurück. Er hatte diese Besessenheit mit den Cowboystiefeln, die er am Straßenrand gefunden hatte. Er hatte sie genommen und sie hatten ihm seltsamerweise perfekt gepasst. Ich habe ihn schon vor so langer Zeit verloren, und die Stiefel sind alles, was ich noch von ihm habe.

Der Morgen bringt gesegnete Wärme. Der Sturm hörte kurz vor Sonnenaufgang auf, aber es war eine schlimme Nacht mit heftigen Regenfällen, Blitzen und krachendem Donner. Dušan und ich hatten in einer alten verlassenen Hütte Unterschlupf gefunden, und in unseren Wolfsformen hatten wir der Kälte getrotzt.

Der Regen hat die meisten Düfte weggespült, aber als wir die gefallene Brücke entdeckten, wussten wir, dass wir definitiv auf dem richtigen Weg waren. Weiter flussabwärts entlang der Schlucht befindet sich eine kleinere Seilbrücke, die ich bei meinem letzten Besuch in diesem Waldgebiet entdeckt habe, von der Bardhyl höchstwahrscheinlich nichts weiß. Das heißt, sie sind immer noch auf der anderen Seite der Schlucht. Wir bewegen uns schnell voran und überqueren die schmale Brücke aus Seilen und alten Holzpaneelen.

Bardhyl hätte sich in die Hose geschissen. Dušan macht schnelle Schritte vor mir und lässt die ganze verdammte Brücke wackeln und erzittern.

Dann rennen wir die Schlucht entlang, wissend, dass Bardhyl in Richtung unseres Zuhauses gehen würde. Mein Herz schlägt schneller beim Gedanken, Meira wiederzusehen. Ich beabsichtige, sie jede Minute des Tages an meiner Seite zu behalten, bis sie akzeptiert, was sie für uns bedeutet und dass es nicht funktionieren wird, getrennt zu sein. Sie gehört zu uns und wir ihr zu ihr. Das scheint sie jedoch noch nicht realisiert zu haben.

Ein Zweig knackst und wir erstarren. Ich hebe meine Nase und schnüffle die Luft, Dušan macht das Gleiche. Frischer Regen. Schlammiger Boden. Und Wolf. Eine Wölfin, genauer gesagt, eine, die einen schweren nassen Geruch trägt. Meira. Mein Herz galoppiert bei dem Gedanken, sie zu finden.

Der kalte Wind weht uns direkt ins Gesicht, also ist sie vor uns.

Ein Blick zu Dušan, dann geht es los. Wir teilen uns auf, um mehr Fläche abzudecken.

Die Luft verdickt sich mit ihrem Duft, und ich sehe, wie sie alleine durch den Wald rennt, mindestens fünf Meter weit entfernt. Die Spannung fällt von mir ab und meine Muskeln lockern sich, weil ich sie gefunden habe. Danke, lieber Gott! Jetzt will ich sie mir nur noch schnappen und küssen, bis sie es einsieht.

Sie blickt über ihre Schulter und rennt dann weiter. Hat sie Bardhyl so leicht abgewimmelt? Er wird langsam schlampig—oder ist etwas anderes hinter ihr her? Ich warte einen Moment, studiere den Wald hinter ihr, höre hin, aber es kommt nichts.

Sie läuft weg. Darin ist sie gut, das ist das, was sie ihr Leben lang getan hat, und es bringt mich um, zuzusehen, wie sie es wieder tut, nachdem wir ihr alles angeboten haben.

Angst erdrückt die Menschen, das verstehe ich, aber sie ist unsere Schicksalsgefährtin, und ich würde bis ans Ende der Welt gehen, sie wissen zu lassen, dass wir sie nicht gehenlassen.

Nicht schon wieder.

Nie wieder.

Ein Knurren rumpelt durch meine Brust,

während ich sie beim Weglaufen beobachte. Auf ihrer anderen Seite bewegt sich Dušan in ihre Richtung. Das ist mein Stichwort, und ich stürme auf unser Mädchen zu.

Wir rennen wie der Wind.

Kaum Geräusche.

Jagen, was unser ist. Was zu uns gehört.

Dušan erreicht sie zuerst, und sie erschreckt sich, ein Schrei kommt von ihren Lippen, als sie seine Wolfsform sieht. Sie tritt zurück, stößt gegen einen Baum, aber sie schlüpft daran vorbei, nur um mir gegenüberzustehen. Ich lasse meine Klamotten fallen und rufe meinen Wolf zurück.

„Nein!", murmelt sie, als Dušan als nackter Mann vor ihr steht.

„Du solltest nicht hier sein", fährt sie fort und ihre Stimme zittert. Die Niederlage steht ihr ins Gesicht geschrieben. Und mein Herz schmerzt, weil sie enttäuscht ist, dass wir sie gefunden haben. Das ist nicht die Heimkehr, die du dir von deiner Schicksalsgefährtin erhoffst.

Mein Körper zittert, Knochen dehnen sich, die Haut reißt auf und ich ertrage den qualvollen Schmerz, weil er so schnell verschwunden ist, wie er angefangen hat. Der Schmerz kommt Hand in Hand damit einher, ein Wolf zu sein, und ich habe vor langer Zeit gelernt, dass es schlimmer ist, Angst davor zu haben. Jetzt nehme ich es an. Je mehr die

Veränderung schmerzt, desto stärker wird sie mich machen.

Ich stehe in menschlicher Form auf, als Meira ihre Aufmerksamkeit in meine Richtung lenkt, und die Tränen in ihren Augen tun fürchterlich weh.

„Das sollte nicht passieren", murmelt sie. „Warum seht ihr es nicht alle ein? Ich bin ein Nichts."

Mit drei langen Schritten erreicht Dušan sie und nimmt ihren Arm. Aber sie stößt ihn weg.

Ich ziehe meine Jeans an, ziehe dann mein langärmliges T-Shirt über und gleite mit den Schultern in eine Jacke, während ich in meine Stiefel steige. Ich schlendere rüber, während ich mein Hemd und meine Jacke richte, mein Blick scannt das Gebiet erneut nach irgendwelchen Anzeichen von Bardhyl ab. Nichts. Er ist nicht da.

Als Meira wieder in meine Richtung schaut, treffen sich unsere Blicke, während gemischte Emotionen über ihr Gesicht gleiten. Sie hat solche Angst, dass es ihre Entscheidungen leitet.

„Du brauchst keine Angst zu haben", sage ich, während ich einen Arm zu ihr ausstrecke, aber sie schüttelt einfach ihren Kopf.

„Bitte nicht. Es macht mich verrückt, hier zu stehen und dich nicht zu berühren. Es war vorher nicht so schlimm." Ihr Kinn zittert, als die Realität in ihren Gedanken ankommt. „Wenn wir einfach auseinanderbleiben, wird unsere Bindung brechen. Das muss sie."

Ihre Beine zittern, und Dušan hebt sie hoch, bevor sie fällt. Er ist immer noch nackt, was seine Verbindung mit Meira intensiviert und ihr schneller bei der Heilung hilft. Die Energie von meinem Alpha und mir ist überwältigend. Omegas *sehnen* sich nach Alphas. Sie brauchen sie zum Überleben, und sie war zu lange von uns entfernt.

Der Schmerz, den sie erlebt, ist, als hätte jemand ein Streichholz in ihrer Brust angezündet, wodurch sich das Feuer wild ausbreitet und sie von innen heraus verbrennt. Es kommt daher, dass sie zu viel Zeit ohne die verbracht hat, an die sie gebunden ist. Deshalb können wir sie nicht wieder weglaufen lassen. Sie muss die Gefahr begreifen.

„Jetzt kommt alles in Ordnung", murmelt Dušan, und wiegt sie an seiner Brust. Sie sieht so unschuldig und klein aus. Das Gegenteil von dem, was sie sonst ist.

Ich folge meinem Alpha aus dem Wald, schnappe dabei seine Kleidung vom Boden und gehe zu einer sonnigen Stelle. Er fällt auf die Knie und drückt sie an sich. Ich knie vor ihm und greife rüber und schiebe ihr die Haare aus dem Gesicht. Ihr Geruch ist intensiv, weil sie so nah ist. Bonbonartig, ganz genau so, wie ich es in Erinnerung habe. Aber es gibt noch etwas anderes. Ein männlicher Geruch ist auch auf ihr. Bardhyls.

Er hat sie beansprucht. Feuer brennt in meiner Brust, da ich nicht glauben will, dass er mit Meira geschlafen hat. Ich kenne ihn seit Jahren, weiß, er würde sich ihr nicht aufzwingen ... er würde es nicht wagen. Also was zur Hölle ist hier passiert?

Ich treffe Dušans Blick, seine Augen spiegeln meine Gefühle wider.

Bardhyls Geruch ist stark und erinnert mich an Schnee und Dreck. Jeder Wolf trägt eine einzigartige Signatur, also gibt es keinen Zweifel, dass er mit Meira zusammen war.

Meira dreht ihren Kopf und schaut mich an, und ich vergesse alles andere. Der Urinstinkt, der in mir lebt, erwacht, die Wildheit, die Vertrautheit dessen, was wir zusammen haben. Sie fühlt es auch, unsere Verbindung wie Toffee, dass sich bis zum Zerreißen gezogen hat.

„Wir haben dich vermisst", sage ich, aber sie zuckt zusammen und wendet sich ab und kuschelt sich in Dušans Armen ein.

„Gib ihr Zeit", sagt er.

Ich lege Dušans Kleidung in seiner Nähe ab und stehe auf, während ich in die Umgebung schaue und nach Bewegungen suche, die darauf hindeuten würden, dass Untote in der Nähe sind. Sie braucht Zeit, damit sich der Schmerz durch unsere Wiedervereinigung nachlässt, damit sie erkennen kann, dass das, was wir haben, real ist und nicht weggeht. Ich werde jedoch nicht leugnen, dass es verdammt wehtut, zu sehen, wie sie sich abwendet.

Meine Gedanken wandern zu meiner ersten Schicksalsgefährtin Cataline zurück, die von den Untoten genommen wurde. Als sie starb, fühlte es sich an, als hätte mir jemand das Herz aus der Brust gerissen, während ich zusah. Ich wollte das nie wieder erleben, doch hier bin ich, verbunden mit Meira, und das gleiche Gefühl kriecht durch mich.

„Finde ihn", befiehlt Dušan, und ich weiß genau, von wem er spricht.

Ich nicke einmal und marschiere zurück in die Richtung, aus der Meira kam. Ich glaube nicht für eine Minute, dass Bardhyl sich Meira aufgezwungen hat, sondern dass sie eine ähnliche Verbindung haben wie ich mit ihr. Unsere Wölfe zogen uns wie Magnete zusammen, einem Ruf, dem man nicht widerstehen kann.

Wir sind Tiere, die auf die Fortpflanzung programmiert sind. Das ist der Kernpunkt, das, worauf es ankommt. Und manchmal ist diese Verbindung gespalten. Bardhyl erzählte mir von Frauen in Dänemark, die mehrere Männer als Gefährten nahmen. Zugegeben, es schmerzt mich, Meira mit zwei Männern teilen zu müssen, weil ich ein gieriger Bastard bin—es bringt mich dazu, sie von den anderen stehlen zu wollen. Aber wenn ihre anderen Gefährten meine besten Freunde sind, lindert das wenigstens den Schmerz. Ich würde sie nicht akzeptieren, wenn sie Fremde oder, noch schlimmer, wenn es jemand wäre, den ich nicht leiden kann. Aber ich werde nicht weglaufen, wenn sie Bardhyl in unsere Beziehung aufnimmt. Ich muss nur sicherstellen, dass das zwischen ihnen auch so passiert ist.

Ich laufe seit über fünfzehn Minuten und mein Bauchgefühl sagt mir, ich solle zu Dušan zurückkehren. Er ist allein mit Meira, und hier draußen sind wir die Verwundbaren.

Noch ein paar Schritte vorwärts und ich erblicke eine Steinwand in der Ferne.

Höhlen.

Ich renne schneller und stürme in die erste. Sie ist leer, genauso wie die nächsten beiden, aber in der vierten habe ich den Jackpot getroffen. Der Geruch eines Feuers liegt in der Luft, ebenso wie der moschusartige Duft von Sex. Zweige und ein Paar Stiefel liegen den Boden, und es gibt ausgebrannte Reste eines kleinen Feuers.

Das Sonnenlicht hinter mir beleuchtet eine Figur, die sich auf den Rücken rollt und wie ein Bär brummt.

Bardhyl blinzelt in meine Richtung. „Lucien?"

„Wen hast du erwartet, den Weihnachtsmann?", ärgere ich ihn und gehe tiefer in die Höhle. Er sagte mir einmal, dass er früher an den dicken bärtigen Mann geglaubt hatte, selbst als er schon zwölf war.

Jetzt, da ich näher bin, kann ich sehen, dass seine

Handgelenke und Knöchel mit Lianen gefesselt sind. Ich kichere, während er über die Erkenntnis knurrt, dass Meira versucht hat, ihn zu fesseln. Er zerreißt die Lianen mit schierer Kraft und bloßen Händen und stemmt sich dann hoch. Er ist nackt und sein langes blondes Haar ähnelt einem Vogelnest.

„Wo ist sie?", knurrt er, seine Schultern strafft, seine Brust hebt und senkt sich schnell. Entsetzen gleitet über sein Gesicht.

„Dušan hat sie. Zieh dich an, Kumpel. Wir müssen los", befehle ich.

Er runzelt die Stirn und beobachtet mich. „Sie ist also weggerannt? Natürlich hat sie das getan. Dieses kleine Luder ist verdammt schwierig." Er beugt sich vor und sammelt seine Jeans ein, bevor er sie anzieht, gefolgt von seinem Hemd und seinen Stiefeln.

„Was ist letzte Nacht hier passiert?" Ich muss die Wahrheit von ihm hören.

Er hebt sein Kinn zu mir hoch. „Fuck, Lucien, sie geht einem unter die Haut. Und mit ihr alleine zu sein, macht es unmöglich, dem Reiz zu widerstehen." Er kommt näher und fährt sich mit den Fingern durch die Haare. „Es war nicht meine Absicht, sie anzufassen. Ihre Wölfin rief zu mir wie nie zuvor." Er setzt ein schiefes Grinsen auf, das ihn bescheuert aussehen lässt, aber ich weiß genau, was er sagt.

„Du hast sie markiert?" In meiner Stimme steigt

ein Hauch Eifersucht auf.

„Ja", gibt er sofort zu. Bardhyl war schon immer ein gradliniger Kerl. Sagt es so, wie es ist. „Sobald ich gespürt hatte, dass sie meine schicksalsbestimmte Gefährtin ist, habe ich mein Zeichen hinterlassen und gehofft, dass es ihre Wölfin zum Vorschein bringen würde. Fehlanzeige."

„Mist. Ich habe noch nie jemandem in ihrem Zustand getroffen. Was ist, wenn ihre Wölfin allen Alphas Signale gibt und wir auch gemischte Signale bekommen?"

Bardhyl schnaubt lachend und klopft mir auf die Schulter. „Glaub an die Wölfe, mein Freund. Sie ist vielleicht noch nicht komplett, aber unsere Wölfe sind schlauer, als du denkst. Das Paarungsspiel braucht beide Seiten, um den ewigen Ruf zu spüren."

Ich schüttele ihn ab und wir marschieren nach draußen ins Sonnenlicht. Ich habe Meira wie verrückt vermisst, und jetzt brennt Eifersucht in mir, aber das ist meine Dunkelheit, mit der ich mich auseinandersetzen muss. Wenn Meiras Wölfin sowohl Bardhyl als auch Dušan und mich gewählt hat, dann stecken wir alle zusammen drin.

Ich knuffe ihn in den Arm. „Nur damit du Bescheid weißt: Dušan ist vielleicht sauer. Dein Geruch ist überall auf ihr."

Bardhyl leckt seine trockenen Lippen und rollt seine Schultern. „Es wird nicht das erste Mal sein, dass er und ich uns zoffen."

12

MEIRA

Ich habe noch nie dieses Maß an Intensität, Schmerz und Sehnsucht auf einmal gespürt. Mein Körper erschaudert, und die einzige Erleichterung kommt, wenn ich mich so nah wie möglich an Dušan dränge. Ich kann nicht ansatzweise verstehen, wie meine Wolfseite funktioniert, aber es ist klar, dass ich keinerlei Kontrolle habe.

„Es wird alles wieder gut", versichert er mir, während ich meine Arme um seinen Hals schlinge.

Ich atme seinen Duft ein und mit jedem Einatmen lösen sich die Schmerzen weiter auf. Seine Anwesenheit ist wie Sauerstoff für mich. Ich nehme alles, was ich brauche, und er gibt es mir und weiß genau, was helfen wird.

Ich hebe meinen Kopf hoch und starre in diese blauen Augen, heller als der Himmel über uns. Sein pechschwarzes Haar weht um seine Schultern, und jetzt erinnere ich mich, warum ich mich so leicht in diesen Alpha verliebt habe. Er fesselt mich und lässt mich vergessen, dass ich kaputt bin. Ich habe mich mit drei Alphas vereinigt, die meine Schicksalsgefährten sind, die mich vor Verzweiflung, wenn ich nicht bei ihnen sein kann, zum Weinen bringen – und doch habe ich sie im Stich gelassen.

„Du hättest dir keine Mühe machen sollen", flüstere ich, mein Hals zieht sich zusammen.

„Ich hatte keine Wahl, Meira. Ich brauche dich wie die Luft, die ich atme, und ich wäre verrückt geworden, wenn ich dich nie wiedergefunden hätte. Du weißt, wovon ich spreche, also wie kannst du so etwas sagen?"

Mein Puls tanzt förmlich in meinem Nacken und ich hasse, dass meine Augen brennen. In einem ruhigen Moment war ich endlich vor Bardhyl geflohen. Im nächsten Moment liege ich in Dušans Armen und ertrinke in seiner Aufmerksamkeit.

„Ich bin nicht gut genug für dich, Dušan. Siehst du es nicht? Drei Alphas haben mich markiert, aber ich bin immer noch nicht gut genug. Es war immer noch nicht genug, um meine Wölfin endlich herauszubekommen." Meine Stimme zittert, wie unvollständig ich mich fühle. Deshalb ist es einfacher, alleine zu leben. Niemand verurteilt mich oder erinnert mich an alles, was ich nicht bin. „Ich möchte so sehr hören, dass du mir sagst, dass du mich brauchst, dass unser Leben perfekt sein wird, aber ich kann dir nicht einmal versprechen, dass ich morgen hier sein werde."

„Still, sag das nicht", murmelt er. „Alles kann besser werden."

„Du hörst mir nicht zu." Ich schiebe meine Hände gegen seine Brust und winde mich aus seinem Griff. Meine Füße sind anfangs wackelig, aber ich schaffe es, alleine aufzustehen. „Es bringt mich fast, um dich zu verlassen. Meine Wölfin ist ein hartnäckiges Miststück. Sie will nicht herauskommen, doch sie lässt mich leiden, sehnt sich nach dir und besteht darauf, dass ich bei dir sein muss. Aber was dann?"

Er streckt seinen Arm zu mir aus, während er vor mir aufragt. Aber ich schiebe seine Hand weg.

„Wie soll das hier funktionieren, Dušan?" Ich stemme die Hände auf die Hüfte. „Wir tun so, als wäre alles gut, und dann eines Nachts, wenn wir alle glücklich schlafen, könnte sich meine Wölfin entscheiden, hervorzukommen, mich töten und dann meine Alphas abschlachten? Und wenn das nicht passiert, werden die anderen Wölfe einen Krieg beginnen, wenn sie herausfinden, dass ich immun gegen die Untoten bin, weil sie mich als eine Art Heilmittel ansehen." Ich wische die Tränen weg, die aus meinen Augenwinkeln kullern. „Warum willst du mit einer tickenden Zeitbombe leben?"

Er zieht mich am Arm und presst mich an sich.

Ich stolpere vorwärts, unsere Körper kollidieren. „Wenn ich sterbe, könnte ich mir keine bessere Art vorstellen als durch die Zähne deiner Wölfin."

Ich runzele meine Stirn. „Mach dich nicht über mich lustig."

Seine Hand auf meinen Rücken presst mich stärker ihn. „Ich meine jedes Wort, Meira. Aber das wird nicht passieren. Wir müssen weiter versuchen, dir zu helfen. Jetzt, da wir wissen, warum du krank bist, könnte es der Schlüssel sein, um die Situation mit deiner Wölfin zu lösen."

Bardhyls Worte über den Bluttest kommen mir in den Sinn. „Was hat mein Bluttest gezeigt?"

Aber anstatt zu antworten, dreht er seinen Kopf weg, um über seine Schulter zu schauen; Lucien und Bardhyl kommen auf uns zu. Ich winde mich aus Dušans Armen, bin in zu viele Richtungen gerissen, meine Emotionen sind ein verheddertes Durcheinander.

Bleib.

Kauf dir selbst mehr Zeit.

Die Flucht vor diesen dreien ist unmöglich. Diese Option ist also weg.

Ich muss jetzt erst einmal verstehen, was Dušan in meinem Blut entdeckt hat. Vielleicht besteht die Chance, das zurechtzubiegen und mich wie durch ein Wunder zu heilen.

Die Luft wird plötzlich dick, als Dušan sich mit

einem Gefühl der Feindseligkeit an Bardhyl wendet, das ich nicht erwartet hatte.

„Komm mit mir!", bellt Dušan Bardhyl an, der mir einen Blick zuwirft und mir zuzwinkert, bevor er mit seinem Alpha davongeht.

„Was ist los?", murmele ich zu Lucien, der ihnen keine Aufmerksamkeit schenkt, sondern nur Augen für mich hat.

„Bist du verletzt?", fragt er.

Ich schüttele meinen Kopf. „Sag mir, was mit ihnen los ist." Ich will nicht schnippisch sein, aber ich will auch nicht, dass Bardhyl wegen dem, was wir gestern Abend getan haben, verletzt wird. Was geschah, war von beiden Seiten gewollt. Und wenn er einer meiner Schicksalsgefährten ist, dann müssen Dušan und Lucien das akzeptieren.

„Dušan ist Bardhyls wahrer Alpha, und das bedeutet, dass er ihm gegenüber zu antworten hat."

Ich reiße den Kopf hoch. „Soll er ihm Rechenschaft darüber ablegen, dass er letzte Nacht mit mir zusammen war?"

Er nickt. „Dass er markiert hat, was Dušan gehört."

Feuer treibt meine Worte an. „Nach dem, was ich verstehe, gehört ihr drei mir genauso wie ich euch, also sollten wir ein gemeinsames Mitspracherecht in all dem haben."

Lucien grinst. „Du hast Bardhyl zu sehr zugehört. Was das Dänemark-Rudel macht und was die Ash-

Wölfe tun, ist nicht immer das Gleiche. Aber sie werden es untereinander klären, selbst wenn es darüber zum Kampf kommt."

Ich versteife mich. „Was zum Teufel? Hast du auch gegen Dušan gekämpft? Das ist barbarisch!"

Als ob er es keine Sekunde länger aushalten kann, greift er nach vorne und nimmt meine Arme und zieht mich an sich. „Wir sind Barbaren, mein kleines Vögelchen, und unser Alpha Dušan hat das Recht, einen anderen Mann für seine schicksalsbestimmte Gefährtin anzunehmen oder abzulehnen."

„Aber es ist meine Wölfin, die auswählt!"

„Und Dušan bekommt das letzte Wort, auch wenn es dein Herz und das von Bardhyl bricht. Was Dušan sagt, ist Gesetz. Du wirst Dušan und mich haben, also wird deine Wölfin nicht leiden."

Ich hasse, wie das klingt. Wut wirbelt in meiner Brust auf, weil das, was ich mit Bardhyl gefühlt habe, animalisch und wild ist und ... na ja ... ich weiß nicht, was ich aus meinen Gefühlen machen soll, aber ich sollte diese Entscheidung treffen, nicht Dušan.

Ich drehe mich auf den Fersen um und marschiere in Richtung des Waldes, wo Dušan und Bardhyl verschwunden sind, als starke Arme sich um meine Taille schließen und mich von den Füßen reißen.

„Das kann ich nicht zulassen", flüstert Lucien.

„Warum zum Teufel nicht?"

„Vertrau mir. Männer müssen manchmal nur

Druck ablassen, und beide Alphas haben eine dunkle Vergangenheit, die sie vielleicht noch nicht mit dir teilen möchten."

Diese Aussage lässt mich fassungslos zurück und plötzlich habe ich das Gefühl, dass ich keinen dieser Männer kenne.

Ich winde mich aus Luciens Griff. Wie in aller Welt kann ich ihre Aufmerksamkeit so sehr brauchen, ihre Anwesenheit physisch meinen Schmerz lindern lassen, den ihre Abwesenheit verursacht hat, und sie kommen mir dennoch wie Fremde vor?

„Was ist dann *dein* dunkles Geheimnis?", spucke ich aus und sehe ihn mir von Kopf bis Fuß an. „Hat es etwas mit deinen Cowboystiefeln zu tun?"

Sein Gesicht verliert bei meiner Frage etwas an Farbe, und es ist klar, dass ich ihn unvorbereitet getroffen habe. Er blinzelt nicht einmal mit seinen stahlgrauen Augen, während der Wind seine kurzen, braunen Haare zerzaust. Er ist einen Meter neunzig groß, rau und super heiß, alles an ihm schreit *Wolf*. Meine Anziehungskraft zu ihm begann in der Sekunde, als wir uns am Straßenrand zum ersten Mal sahen, als er Dušan und mich abholte. Selbst jetzt, wenn ich vor ihm stehe, kann ich nur daran denken, zu ihm zu gehen, seine Lippen zu kosten und mich daran zu erinnern, wie er mich beansprucht hat. Aber ich bleibe standhaft und will Antworten. Lucien ist alles, was ich mir je in einem

Mann gewünscht habe, und er sieht mich mit Hunger an.

Aber er macht auch keinen Schritt vorwärts.

„Die Stiefel sind alles, was ich noch von meinem Vater besitze", antwortet er schließlich. „Und wenn du die Wahrheit wissen willst, habe ich meine erste schicksalsbestimmte Gefährtin vor nicht allzu langer Zeit an die Untoten verloren. Also ja, wir haben alle Dunkelheit in unserer Vergangenheit, Meira. Und wir gehen damit auf die einzige Weise um, wie wir es können. Deshalb rennst du weg, oder nicht? Das ist alles, was du je gekannt hast."

Ich kann mich nicht bewegen oder wenigstens meine Stimme finden, da das, was er gesagt hat, meinen Verstand schwer belastet. Es gibt so viele Fragen, die ich stellen möchte, doch nur eine drängt sich nach vorne. „Du hattest deine Schicksalsgefährtin schon gefunden?"

Er fährt mit einer Hand durch seine Haare und blickt kurz auf seine Füße, bevor er meinen Blick trifft. „Bis ich dich traf, habe ich immer noch von ihr geträumt. Man sagt, eine wahre Schicksalsgefährtin sei fürs Leben, aber das ist nicht der Fall. Schau uns an. Wir alle haben eine verkorkste Vergangenheit, und wir sind an dich gebunden." Er steht aufrecht da, und seine stürmischen Augen starren in meine und er macht deutlich, dass er von ganzem Herzen jedes Wort glaubt, das er sagt. Aber ein Teil in mir macht sich Sorgen, dass ich vielleicht seiner vorherigen Gefährtin gegenüber nicht mithalten kann. Er liebte sie zuerst und sie wird immer bei ihm sein. Was ist, wenn ich nicht gut genug bin?

Ich möchte mich für meinen früheren Wutanfall bei ihm entschuldigen, ihn in meine Arme ziehen, weil ich in den letzten paar Tagen schwer damit gekämpft habe, von den Alphas getrennt zu sein, und ohne Bardhyl neben mir wäre es viel schlimmer gewesen. Ich kann mir nicht einmal vorstellen, wie sich ihr Verlust angefühlt haben muss. Aber der Gedanke, seinen Gefährten zu verlieren, bringt den Kummer zurück, als meine Mama starb. Es ist schon so lange her, aber es fühlt sich an, als wäre es gestern passiert, und diese vertraute Schärfe steigt wieder in meiner Brust auf.

Ich gehe näher auf ihn zu, schiebe meine Hände in seine, verflechte unsere Finger miteinander und ich halte ihn einfach fest, weil keine Worte die Trauer lindern könnten.

Drei Alphas, jeder so ähnlich, aber doch so anders.

Dušan ist derjenige, der das Sagen hat und dominiert und nie die Kontrolle verliert.

Lucien bringt Geduld und Verständnis in unsere Gruppe, aber es gibt ein Feuer in seinen Augen, das ihn unberechenbar macht.

Bardhyl ist der Witzbold, aber er benutzt das, um sein echtes Selbst zu verstecken. Es ist so offensichtlich.

Und ich ... ich vervollständige den Kreis aus Eigenbrötlern, indem ich einfach nur zerbrochen und verloren bin.

Vielleicht bin ich genau dort, wo ich sein sollte, mit diesen dreien. Schließlich versuchen wir alle, herauszufinden, wo wir in dieser Welt hingehören, oder?

Ein ohrendurchdringendes Geheul schneidet durch die Stille, und meinen Kopf schießt in Richtung des Waldes, in dem Dušan und Bardhyl verschwunden sind.

Grauen überkommt mich, und ich sprinte in ihre Richtung.

„Meira", schreit Lucien und seine Schritte treffen direkt hinter mir auf den Boden. Er schnappt sich meinen Arm und schwingt mich wieder herum, aber mein Zorn bricht aus mir heraus.

Ich schlage mit meinen Handflächen gegen seine Brust und erwische ihn unvorbereitet, seinen geweiteten Augen nach zu urteilen, aber er lässt mich nicht los. Meine Atemzüge kommen stoßweise, und alles, was ich denken kann, ist, dass Dušan Bardhyl verprügelt und *für mich* entscheidet, mit wem ich zusammen sein kann oder nicht. Aufgestaute Spannung bringt mich dazu, wild um mich zu schlagen, um mich zu befreien.

„Lass mich los! Er wird Bardhyl wehtun."

Lucien lacht laut los.

„Meira, es bräuchte eine Armee, um Bardhyl

körperlich zu verletzen. Das ist das Erste, was du über deinen Wikinger-Krieger wissen musst. Jetzt komm her." Er zieht mich grob zu sich und dreht mich dann, so dass seine Brust fest gegen meinen Rücken liegt, seine Arme sind um die Vorderseite meiner Schultern verschränkt, um mich an Ort und Stelle zu halten.

„Warum kann ich dann nicht gehen—"

Zwei Wölfe brechen mit solcher Wildheit aus dem Wald, dass ich zusammenzucke und vergesse, was ich sagen wollte. Einer so schwarz wie die Nacht, das ist Dušan, der andere mit dem weißen Fell und Ohren mit schwarzen Spitzen ist Bardhyl. Zusammen sind sie ein verschwommener Ball aus Zähnen und Knurren, der Kampf ist wild.

Mein Herz hämmert und ich werde starr, aber ich weiche nicht zurück. Luciens Lippen sind an meinem Ohr. „Die Sache mit den Ash-Wölfen ist, dass die meisten Dinge zwischen Alphas durch einen Kampf gelöst werden."

Ich erschaudere und beiße meine Zähne zusammen. „Warum zur Hölle akzeptiert Dušan Bardhyl nicht? Es ist meine Entscheidung!" Ich winde mich in Luciens Armen, aber es ist aussichtslos.

„Ganz im Gegenteil", murmelt er und sein Kinn ruht auf meiner Schulter. „Schau ihnen zu, wie sie kämpfen. Es ist alles nur Show. Es fließt kein Blut. Dies ist ein Kampf der Macht, der Aggressionen und der Wiederbestätigung ihrer Hierarchie. Bardhyl nahm etwas, das dem Alpha gehörte, und jetzt muss Dušan seine Position wiederherstellen, bevor er dem Wikinger erlaubt, mit dir zusammen zu sein. Bardhyl muss knien."

Je mehr ich hinschaue, desto mehr bemerke ich, dass er recht hat. Das Paar rollt sich in einem Gewirr auf dem Boden rum, beißen sich gegenseitig in die Hälse und die Seiten und in die Felle, Fetzen fliegen, aber keiner blutet.

Wenn ich es jetzt aus einer anderen Perspektive betrachte, hat der Kampf eine aggressive Schönheit.

Ich verstehe die meisten dieser Rudelregeln oder den Machtkampf nicht, aber ich lerne langsam und jeden Tag neue Dinge. Dinge, die ich verpasst habe, weil ich hauptsächlich mit anderen Frauen und dann alleine aufgewachsen bin.

Dušan verbeißt sich in Bardhyls Nacken und schleudert ihn mit unfassbarer Stärke über den Boden. Bardhyl rutscht gegen einen Baum und bleibt unten, während sein Alpha auf ihn zugeht und an ihm schnüffelt.

„Schau hin", sagt Lucien. „Normalerweise würde er ein Siegesheulen von sich geben, aber das wäre hier draußen keine gute Idee."

Ich schlucke schwer, während Bardhyl sich aufrappelt, Kopf tief gesenkt, und an seinem Alpha vorbeischnellt, um in den schattigen Wäldern zu verschwinden. Augenblicke später kommt Dušan auf uns zu. Sein Körper schüttelt sich, während er sich in einen Menschen verwandelt und das Ganze so schnell tut, dass er beim dritten Schritt schon vollständig in menschlicher Form ist. Der Pelz ist verschwunden, sein Gesicht hat sich zu seinem attraktiven Selbst zurückverwandelt.

Bissspuren und Prellungen verunstalten seinen Körper, aber es lenkt nicht davon ab, wie mächtig und absolut nackt er ist. Mein Blick fällt auf das Stück dunkler Haare über seinem Schwanz, schlaff, aber dennoch groß ... und natürlich fehlt mir die Fähigkeit, diskret zu bleiben.

Er erwischt mich beim Starren und meine Wangen glühen mit Feuer.

Ich versuche, mich aus Luciens Armen zu befreien, aber er hält mich fest, während Dušan sich nähert. Stark und kraftvoll bleibt er nur wenige Zentimeter von mir entfernt stehen und schnappt sich mein Kinn, zwingt mich, ihn anzuschauen. Ein frischer Kratzer unter seinen Augen färbt sich rot. Er hat nur Augen für mich.

Ich stecke zwischen diesen beiden Alphas fest, und ich will fragen, wie der Beschluss für Bardhyl lautet und ob er zurückkommt, aber stattdessen verliere ich mich in Dušans wildem hypnotischen Starren. Mein Körper summt vor Energie, ihre Energie vermischt sich mit meiner.

„Du hast uns drei als deine Gefährten ausgewählt, und ich akzeptiere das. Aber keine mehr, verstanden?", knurrt er.

„Es ist nicht so, dass ich bewusst drei wollte", antworte ich, meine Muskeln spannen sich an. Ich weiß nicht, ob sie es wirklich ist oder nicht, aber meine Wölfin scheint in der Gegenwart dieser drei Alphas läufig zu sein.

„Vielleicht nicht, aber ich werde keinen weiteren dulden."

Bardhyl kehrt zu uns zurück, schon angezogen. Sein Kopf hängt tief und ich finde es faszinierend, wie loyal und ergeben Wölfe ihrem Alpha sind.

Dušan lässt ein tiefes, kehliges Knurren raus, gefüllt mit Dominanz, sexuellem Verlangen und einer Erinnerung an alle unsere Positionen in seinem Rudel. Ich spüre die Schwingungen seiner Kraft wie nie zuvor, und mein Atem stockt.

Er nickt Lucien zu, der mich freilässt, und es ist Dušan, der mich jetzt am Hals ergreift und mich zu sich zieht. Unsere Lippen kollidieren mit einem wilden Hunger. Und genau wie er Bardhyl wieder an seine Stelle verwiesen hat, weiß ich genau, was mir bevorsteht.

Seine Reißzähne zwicken in meine Lippe und er leckt mein Blut, die Stelle brennt. Seine Hände drücken meine Hüften fester. Ich kann kaum durch die Hitze atmen, die er über mich strömen lässt.

„Du gehörst mir." Er knurrt in meinen Mund und zieht sich zurück, seine Augen nehmen Wolfsform an.

Instinktiv will ich ihn stärker küssen, aber ich

bleibe fest vor ihm stehen. Meine Wölfin hat ihn und die anderen ausgesucht, also bedeutet das, dass wir einen Weg finden müssen, damit das hier auch funktioniert.

„Wir sollten gehen", sagt Lucien und unterbricht die sich aufbauende Spannung. Die Art, wie Dušans Hand mein Oberteil ergriffen hat, ist so, als würde er es mir hier und jetzt herunterreißen wollen.

„Die Zeit ist nicht auf unserer Seite mit ihrer Krankheit", führt Lucien fort.

Krankheit? Mein Blut wird zu heiß. Ich drehe mich um, umgeben von meinen drei Wandlern, und schaue sie an. „Was hat mein Bluttest gezeigt?", frage ich und schaue jedem einzelnen in die Augen.

„Sie weiß es noch nicht?", fragt Dušan Bardhyl.

„Nein", antwortet Bardhyl, seine Stimme hart.

„Ist dies der richtige Ort dafür?", fragt Lucien.

„Verdammt ja", sage ich und mische mich ein. „Ich bewege mich nicht von dieser Stelle, bis einer von euch es mir sagt."

Vielleicht bin ich eine Komikerin, weil alle drei mich auslachen, aber ich schätze es nicht, verspottet zu werden, weil ich drei mächtigen Männern gegenüberstehe.

Ich bleibe stur. „Ich mache keine Scherze", schnappe ich. „Jemand sagt mir bitte, was zur Hölle mit mir los ist."

Sie tauschen Blicke aus, und es ist Dušan, der mein Gesicht ergreift und sich zu mir runter lehnt.

„Meira", fängt er zärtlich an, und ich kann schon erkennen, dass er schlechte Nachrichten hat.

„Sag es einfach. Bitte rede Klartext mit mir."
Mein Magen verkrampft sich. Je länger sie brauchen, um es mir zu sagen, desto schlimmer sind die Szenarien, die mir durch den Kopf schießen.

Er küsst mich auf den Mund und zieht sich dann mit einem Blick des Bedauerns im Gesicht zurück. „Meira, meine Süße, du hast Leukämie."

13

MEIRA

„Oh, Meira", murmelt Dušan und seine Hände gleiten über meine Schultern. Sein Lächeln ist krumm und schief und zerfressen von Schuldgefühlen, als ob die Nachrichten irgendwie seine Schuld wären. „Deshalb mussten wir dich so schnell finden. Die Krankheit bahnt sich langsam den Weg durch deinen menschlichen Körper, und deine Wölfin ist der einzige Weg, wie du überleben kannst."

Ich habe über menschliche Krankheiten gelesen, als ich einmal in eine alte Bibliothek eingebrochen bin. Das Gebäude war durchwühlt worden, aber einige Bücher waren noch übrig. Wenn ich mich richtig erinnere, ist es eine Blutkrankheit, ein Krebs der Blutzellen. Es hält den Körper davon ab, Bakterien und Viren zu bekämpfen, und ... Ich weiß, dass noch andere Sachen im Buch gestanden haben, aber ich kann mich nicht an den Rest erinnern.

„Meira", sagt Dušan sanft.

Aber als die Informationen endgültig einsinkt, rollen die Tränen. Ich muss in meinem vorherigen Leben etwas Schreckliches getan haben, um in diesem Leben so viel Pech zu haben.

Ich schluchze in meine Hände und Dušan nimmt mich in seine Arme, sein Kinn über meinem Kopf, seine Hand reibt mir über den Rücken. Hier ist er, immer noch nackt, als wäre es ganz natürlich, und ich falle auseinander. Alles fühlt sich surreal an. Er küsst meine Stirn und meine Finger. Aber alles, woran ich denken kann, ist, dass sich alles von allein gelöst hätte, wenn meine Wölfin einfach rausgekommen wäre.

„Leukämie macht dich immun gegen die Untoten, und deine Wolfsseite hat dich bis jetzt am Leben erhalten."

Ich hebe mein Kinn und senke meine Hände, während er meine Tränen mit den Daumen wegwischt.

„Deine Ergebnisse zeigten, dass dein menschlicher Körper anfängt, zu zerbrechen und ..." Er leckt seine Lippen und kämpft scheinend darum, die richtigen Worte zu finden.

„Was ist es?", frage ich und muss genau wissen, was mit mir los ist.

Lucien und Bardhyl kommen auf uns zu, jeder an einer meiner Seiten.

Dušan sagt flüsternd: „Es schreitet schnell voran. Innerhalb von vielleicht einer oder zwei Wochen wird es sich auf deine Organe ausbreiten. Deshalb hast du Blut erbrochen, und deshalb müssen wir einen Weg finden, deine Wölfin hervorzuholen."

Grauen pocht unter meiner Haut. Es ist eine Sache zu hören, dass ich eine Krankheit habe, die meine Wölfin daran hindern könnte, herauszukommen, aber jetzt wird mir gesagt, dass ich höchstens noch zwei Wochen zu leben habe. Ich kann die Nachrichten nicht fassen. Ich mache mir Sorgen, dass die Alphas in Gefahr sind, wenn ich mit ihnen zusammen bin, während eine viel größere Gefahr über mir schwebt.

Ich kann nicht atmen. Meine Knie werden schwach und drohen zu versagen.

Als ob meine Krankheit mich daran erinnern will, dass die Scheiße real ist, breitet sich ein enormer Schmerz durch meinen ganzen Körper aus und reißt durch mich, als hätte mich jemand ausgepeitscht.

Meine Beine geben nach und ich weine und lege meine Arme um meine Mitte. Ich falle vorn über, und der Schmerz schießt in meinem Hals hoch, den Mund hinaus und bedeckt das Gras mit Blut. Ich fühle mich besser, es aus meinem System zu haben, aber es beseitigt nicht die Realität meiner beschissenen Situation.

Lucien ist an meiner Seite und hält mir die Haare zurück.

Im Moment ist alles unerträglich. Taubheit kriecht durch meine Glieder, und ich schaue von einem Alpha zum anderen, was mir Hoffnung gibt. Aber ich spüre auch ihre Angst, dass es zu spät sein könnte. Wie konnten die Dinge nur so schiefgehen?

Ich war mein ganzes Leben lang schon anders und ich habe mich nie davon aufhalten lassen.

Als ich nach oben schaue und meinen Mund mit meinem Ärmel abwische, sehe ich meine drei Männer an.

Mächtige Alphas, die hier sind, um mir zu helfen.

Sie schulden mir nichts, und doch wenden sie sich nicht ab. Das Brennen in meiner Brust bleibt bestehen, aber es ist jetzt weniger schmerzhaft.

Jede Sekunde verstreicht einzeln in meinem Kopf.

Bardhyl bietet mir ein beruhigendes Lächeln an, und Lucien zieht seine Jacke aus und reicht sie mir, während Dušan sich anzieht. Dann streckt er mir eine Hand aus.

„Lass uns nach Hause gehen."

Ich glaube nicht daran, dass alles wieder wie früher wird. Wie kann es das auch? Ich versuchte, wieder in mein altes Leben zurückzukehren, glaubte, dass ich das Richtige tat. Aber ich habe mich geirrt.

Also nehme ich jetzt die Führung dieser Wölfe an und versuche es auf ihre Weise. Ich schiebe meine Arme in Luciens schwarze Lederjacke. Sie umhüllt mich mit Wärme und seinem Wolfsduft wie eine beruhigende Decke, die mich umgibt. Sie geht bis zu meinen Oberschenkeln und hält die Kälte fern. Dann lege ich meine Hand in Dušans.

„Ich bin bereit", gebe ich zu. Bereit zu überleben. Immerhin gibt es zwei Möglichkeiten, oder? Die, in der ich Mamas Anweisungen folge, weiter wegzulaufen, niemanden zu vertrauen, das zu nutzen, was ich brauche, um weiterzuleben. Dann gibt es noch die, in der ich diesen sturen, dominierenden Alphas vertraue, die mich nicht aufgeben werden. Welche mir eine neue Welt versprechen.

Mir.

Meira.

Dem einsamen Mädchen, das am Rande der Welt gelebt hat.

Die jetzt verzweifelt nach einem Weg sucht, in den Shadowlands zu überleben, während alles andere versucht, sie bei jeder Gelegenheit zu töten.

Ich drücke Dušans Hand, damit er weiß, dass ich ihm folgen werde. Das ist meine letzte Chance, also nehme ich sie an.

Er schenkt mir ein Lächeln, das mein Herz erwärmt und in meine Seele sickert.

„Das Erste, was ich mache, ist ein halbes gottverdammtes Wildschwein zu verschlingen", sagt Lucien.

Bardhyl kichert. „Nur ein halbes? Du bist weich geworden."

Es gibt Trost in ihren Scherzen, als gehöre ich irgendwie hierher, obwohl ich im Hinterkopf gemischte Emotionen habe. Ich kenne diese Alphas kaum, auch nach allem, was wir durchgemacht haben. Das ist neu, und Nachgeben war noch nie etwas, was ich getan habe.

Aber mit ihnen zu gehen ... es fühlt sich nicht so an, als würde ich jetzt *nachgeben*. Es fühlt sich wie Hoffnung an.

ušan

Verdammt.

Das Wort gleitet einfach immer wieder durch meine Gedanken. Es kam mir nie in den Sinn, dass Meira einen weiteren Schicksalsgefährten finden könnte. In der Anlage habe ich keine Anzeichen gesehen.

Schicksalsbestimmte Gefährten sind fürs Leben.

Diese Verbindung besteht nicht nur zwischen Meira und mir, sondern auch mit Lucien und Bardhyl.

Ich kreuze keine Klingen mit ihnen, und ich bin mir sicher, dass sie es auch nicht tun würden, aber das stört mich nicht einmal. Eher, dass ich sie nicht ganz und gar für mich allein haben werde, wenn ich sie mal brauche.

Was zur Hölle soll ich nur machen? Diese Männer sind meine engsten Freunde, und ich werde sie nicht verlieren oder Meira mich dafür hassen lassen, dass ich ihr die Möglichkeit verweigert habe, mit ihnen zusammen zu sein.

Ja, die Situation ist kacke und ja, verdammt noch mal, ich bin eifersüchtig. Aber wie bei den meisten Dingen in meinem Leben, die nicht nach Plan laufen – was verdammt oft ist –, improvisiere ich einfach.

Wir laufen jetzt schon seit ein paar Stunden und ich kann nicht aufhören, Meira anzustarren, selbst wenn ich es versuche. Sie geht mir ständig durch den Kopf. Und es stört mich verdammt noch mal sehr, dass ich nicht weiß, wie wir unsere Situation durchstehen sollen. Zugewiesene Besuchszeiten? Scheiß drauf. Die Lösung wird mir schon noch einfallen, sobald wir zu Hause ankommen, also schiebe ich diese Gedanken vorerst beiseite.

Priorität ist es, in einem Stück zu Hause anzukommen und einen Weg zu finden, sie zu retten. Und bis dahin will ich sicher nicht, dass sie denkt, ich sei ein Arschloch. Ich schlucke meine Eifersucht runter und lenke mich ab, indem ich die Wälder, die wir durchqueren, nach Geräuschen abhöre, alles, was uns einen Vorteil verschaffen könnte, um hier schnell rauszukommen.

Ich sehne mich nach ihr, und der wilde Drang, sie in meine Arme zu ziehen und sie an einen Baum gelehnt zu beanspruchen, wächst von Sekunde zu

Sekunde. Der Drang, sie auszuziehen und sie zu ficken, damit sie sich an ihren Alpha erinnert, wächst immer stärker in mir.

Das Timing ist ätzend.

Die Lage ist ätzend.

Verdammt, ich brauche eine Pause, eine Minute, in der die Dinge aufhören, so beschissen zu sein.

Lucien geht uns voraus, Bardhyl hinter uns, und wir bewegen uns leise.

Ihre Augen gleiten in meine Richtung und dann schnell wieder weg, als ich sie beim Starren erwische. Woran denkt sie? Dass ich ein Monster bin?

Wir leben in einer Welt voller dunkler Kreaturen, und um zu überleben, musst du selber eine werden. Sie wird das entweder akzeptieren oder sie wird Schwierigkeiten haben, ihr Glück zu finden.

Verdammt noch mal. Ich muss einen klaren Kopf behalten und aufhören, rumzujammern.

Wir laufen gegen den Wind, und der nächste Lufthauch bringt einen neuen Geruch mit sich … nasses Fell, Moschus, Schweiß.

Wölfe.

Meine Hände ballen sich zu Fäusten, und Wut steigt zusammen mit meinem Wolf in mir hoch. Die Anwesenheit von ungebetenen Wölfen auf unserem Land ist ein feindliches Zeichen und eine Kriegserklärung an uns.

Wir bleiben alle auf einmal stehen. Lucien hebt

seinen Kopf, während er tief durchatmet. „Mindestens fünf oder sechs von ihnen. Ein kleines Rudel."

Ich nehme Meiras Hand und ziehe sie zu mir.

„Einsame Wölfe?", murmelt sie.

„Diese Bastarde arbeiten selten zusammen, und wenn schon, dann niemals so viele." Ich blicke über meine Schulter zu Bardhyl. „Spähe das Rudel aus", befehle ich.

Er hebt sein Kinn an, um seine Kieferpartie zeigt sich ein harter Zug. „Glaubst du, es hat in irgendeiner Weise mit Mad zu tun?"

„Ich bezweifle es, aber ich werde im Moment nichts unberücksichtigt lassen. Sie können unseren Geruch noch nicht wahrgenommen haben, also haben wir das Überraschungsmoment auf unserer Seite."

Ein Nicken, dann geht er an uns vorbei und stürzt geräuschlos in den Wald.

Grauen lässt die Haare in meinem Nacken abstehen. Nicht meinetwegen, sondern um Meiras willen. Wir haben keine Zeit für diesen Mist und ich will nicht, dass sie verletzt wird.

„Überall, wo wir hingehen, werden sie ihren Duft aufspüren", sagt Lucien.

„Dann kämpfen wir und reißen ihnen die verdammten Köpfe ab." Ich ziehe schnelle Atemzüge ein und mein Wolf sträubt sich bei der Erwähnung eines Kampfes. „Und jederzeit ein Auge auf Meira."

„Wenn wir ein paar Untote aufspüren könnten,

könnte ich mich vielleicht unter ihnen verstecken, wenn wir sie fesseln?", schlägt sie vor.

„Ich liebe die Idee, aber wir sind auf keine gestoßen. Wir bleiben hier versteckt, bis Bardhyl zurückkommt."

Lucien rennt voran und sucht nach einem sicheren Ort. Wir kennen diese Übung, die wir so oft gemacht haben, als wir nach Omegas gejagt haben. Wir wurden zuvor schon von einsamen Wölfen in einen Hinterhalt gelockt, aber wir hatten noch nie ein Rudel auf unserem Land.

Meine Muskeln verkrampfen sich und ein Hauch von Wut überkommt mich.

„Ich brauche eine Waffe", sagt Meira. Ich ziehe eine Klinge von der Rückseite meines Gürtels und gebe sie ihr, den Griff voran.

„Zögere nicht, sie zu benutzen. Gib dem Feind keine Chance. Wenn du eine Chance siehst, schlag zu." Ich schiebe eine Hand durch ihre Haare und ziehe sie näher zu mir. „Dir wird nichts passieren, ich gebe dir mein Wort."

„Hat sie einen Namen?", fragt sie und hebt meine Klinge hoch.

Ich möchte über ihre Niedlichkeit lachen. „Nein, aber ich habe es immer als männlich angesehen, nicht als weiblich."

Sie studiert den Ledergriff und läuft mit dem Daumen darüber. „Fühlt sich weiblich für mich an."

Ich schaue sie an, bin mir nicht sicher, ob sie

mich oder das Taschenmesser beleidigt, das an einem Ende dick und zackig ist, aber ich lasse es mal so stehen. „Du kannst es nennen, wie du willst, Baby, solange du es benutzt, wenn du es brauchst."

Ich nehme ihren Ellbogen und führe sie zu einem schattigen Teil des Waldes, wo Feuchtigkeit die Luft erfüllt und unseren Duft leichter überdeckt.

Lucien kehrt wenige Augenblicke später zu uns zurück, mit weit aufgerissenen Augen und nickend. „Es gibt ein altes heruntergekommenes Bauernhaus den Hügel hinunter in der Nähe des Wassers. Aber sie würden uns sehen, wenn wir dort hingehen würden, also ist es vorerst keine Option."

„Dann verstecken wir uns hier und warten", sage ich.

Meira steckt mein Messer in ihren Stiefel und wir sinken in der Nähe von mehreren übergroßen Sträuchern auf die Knie. Sie werden uns verbergen, falls jemand schnell durch die Gegend ziehen würde. Das Problem hat mehr mit dem Geruch zu tun, den meine kleine Omega abgibt und der andere wie ein Gong zum Abendessen ruft.

Zuerst müssen wir sehen, womit wir es zu tun haben, dann beenden wir das hier. Wir sind zu weit von unserer Anlage entfernt, aber ich habe zwei meiner stärksten Krieger bei mir. Ich könnte jetzt einen guten Kampf gebrauchen.

Meira beißt auf ihre Unterlippe und starrt in den Wald um uns herum. „Wenn wir sie umgehen könnten, ist das vielleicht das Beste", schlägt sie vor.

Nur dass das nicht die Welt ist, in der ich lebe. Weglaufen ist keine Option. Die Eindringlinge sind auf meinem Gelände und niemand sonst wird sie vertreiben, bevor sie Schaden anrichten. Mein Puls rast, mein Herz pocht vor Adrenalin angesichts dessen, was da auf uns zukommt, und ich kann es kaum erwarten.

„Wir laufen nie vor dem Feind davon", flüstert Lucien Meira zu. „Wir kämpfen immer."

„Wenn wir zurückgehen, möchte ich, dass mir jemand beibringt, wie man richtig kämpft und Waffen benutzt", sagt sie, und zur Hölle, vielleicht liebe ich sie gerade deswegen.

Ich lehne mich vor und küsse ihre Wange und gleite dann sacht über ihre Lippen. „Einverstanden."

Ein raschelndes Blatt lenkt meine Aufmerksamkeit hinter mich, und ich reiße meinen Kopf hoch, meine Hände zu Fäusten geballt, bereit, mich auf was auch immer zu stürzen, und Lucien tut es mir gleich.

Bardhyl platzt aus dem Schatten, und ich trete ihm gegenüber, während er spricht. „Sieben Männer. Zwei Alphas, die anderen sind Betas. Und sie kommen in diese Richtung."

„Gut. Wir teilen uns auf und warten ab, dann schnappen wir sie uns. Greift zuerst die Alphas an." Ich zeige mit meinen Händen meinen Männern, wo wir am besten unseren Hinterhalt vorbereiten.

Die Windrichtung ist zu unseren Gunsten, und ich will das schnell beenden.

Ich hocke mich wieder neben Meira. „Bleib hier. Ich bleibe in der Nähe. Wenn dir jemand zu nahe kommt, schreist du sofort."

Sie nickt schnell und ihre Wangen sind blass. Ich kann es ihr nicht verübeln, dass sie Angst hat. Ich habe es so satt, dass diese Komplikationen uns daran hindern, nach Hause zu kommen.

Ich küsse sie auf die Stirn und stehe auf, bereit für die Schlacht, sie bleibt unter dem Busch hockend zurück.

Es vergeht kaum ein Sekundenbruchteil, als ein gutturales Knurren hinter mir ausbricht.

Ich werde blass und ich schieße herum, nur um einen riesigen braunen Wolf zu sehen, der über meiner erschreckten Meira steht, seine Zähne gefletscht, während ein Knurren durch seine Brust rollt und seine Ohren flach gegen seinen Kopf gedrückt sind. Hurensohn ... er hat die Absicht, Meira zu nehmen.

14

MEIRA

Ich grabe meine Finger in die weiche Erde, während mein Herz mir bis zum Hals schlägt. Kälte durchdringt mich und bringt die Realität mit sich, wie tief ich in der Scheiße stecke.

Ich zucke zusammen und schaue über meine Schulter, als ein grauer Wolf nur Zentimeter hinter mir steht. Heißer Atem fächelt über meinen Rücken, sein Knurren ist so laut, dass es in mir vibriert. Ich kann nicht aufhören zu zittern. Mein Blick gleitet zurück zu Dušan, der drei Meter entfernt ist und dessen Gesicht kreidebleich wird. Bardhyl ist in der Nähe und Lucien ist nirgendwo in Sichtweite.

Dušan richtet sich auf, seine Schultern breit, vor meinen Augen verwandelt sich seine Haltung in die eines mächtigen Alpha. Zorn überzieht jetzt über seine Gesichtszüge, seine Oberlippe ist angespannt.

„Warum bist du auf meinem Land?", bellt Dušan

laut, seine Nasenflügel beben und seine Stimme ist von der Drohung durchzogen. Schatten sammeln sich unter seinen Augen, und ich will ihn auf keinen Fall jemals ansprechen, wenn er so wütend aussieht. Aber im Moment begrüße ich es, möchte, dass er die Kreatur auseinanderreißt, die vor mir steht.

„Du hast eine Chance", warnt Dušan. Die Luft verdickt sich mit dem Duft seines Wolfes und der Energie einer bevorstehenden Wandlung. Seine Augen haben sich bereits in die seines Wolfes verwandelt.

Meine Haut ist übersät mit Gänsehaut von der Schlacht, die um mich herum vor sich geht.

Angst bemächtigt sich meiner Gedanken, fließt durch meine Adern, aber ich bin nicht mehr alleine. Ich habe drei Alphas, die für mich kämpfen werden ... *mit* mir kämpfen werden.

Ich spüre das Gewicht des Messers in meinem Stiefel, aber ich greife noch nicht danach. Ich knie weiter auf dem Boden und warte auf den richtigen Moment. Aber ich habe keine verdammte Ahnung, wann das sein wird.

Niemand wagt es, sich auch nur einen Zentimeter zu bewegen.

Schatten schwirren im Wald ums uns herum, kreisen um uns und treiben uns in die Ecke. Noch mehr Wölfe.

Ich möchte meine Männer warnen, aber ich

mache mir nicht vor, dass meine Alphas die zusätzlichen Eindringlinge noch nicht bemerkt haben.

Mein Herz beschleunigt sich.

Dann ändert sich alles in einem verrückten Moment der Stille.

Donnernde Schritte treffen von rechts auf die Erde. Ich drehe mich grade, als Lucien, immer noch in seiner menschlichen Form, sich auf den Wolf hinter mir stürzt.

Lucien knallt auf ihn, zerrt ihn weg, aber nicht bevor der Feind mir in die Schulter beißt.

Scharfer Schmerz schneidet durch mein Fleisch, und meine Schreie durchdringen die Luft, während ich vom Schwung mitgerissen werde.

Ich ertrinke in Qualen, während der Tumult um mich herum explodiert. Ich treffe mit einem lauten Schlag auf den Boden, und ich schwöre, dass ich vor Erschöpfung schreie, weil ich ständig verletzt zu werden und in Gefahr zu sein scheine.

Für diese paar Sekunden spüre ich nichts außer dem Adrenalin, das in mir rast und die Kontrolle über mich übernimmt.

Ich eile auf meine Beine, meine Hand geht in meinen Stiefel. Mit dem Messer in der Hand taumele ich rückwärts und ein Schauer geht durch mich.

Lucien würgt den Wolf mit bloßen Händen, während die Kreatur auf die Füße springt, und ich kann vor lauter Angst, die in mir hochkommt, nicht atmen.

Die Geräusche des Kampfes brechen auf meiner anderen Seite aus. Ich fahre herum und sehe Dušan gegen zwei Wölfe kämpfen. Bardhyl heult in seiner Form als weißer Wolf vor Wut, während zwei weitere Wölfe gegen ihn krachen.

Ich sollte helfen, aber ich kann nicht einmal aufrecht stehen.

Als ein Schatten von rechts kommt, drehe ich mich in seine Richtung. Ein brauner Wolf mit weiß gespitzten Ohren und dunklen Augen pirscht auf mich zu. Ich hebe meine Waffe hoch, weil ich nicht schnell genug bin, um vor ihm wegzurennen.

Ich hüte mich, wegzurennen. Es würde den Wunsch des Wolfes, seine Dominanz über mich zu zeigen, nur noch mehr anstacheln. Meine Beine zittern trotzdem wie Espenlaub.

„Komm nicht näher", drohe ich, meine Finger packen den Griff des Messers so fest, dass meine Knöchel weiß werden.

Das ist genauso mein Kampf, wie es der der Alphas ist. Ich schiebe mich langsam um eine Kiefer herum und behalte den Feind im Blick.

Den Kopf tief gesenkt schleicht er näher, ein tiefes, kehliges Geräusch grollt in seiner Brust. Ich drehe mich weg, die unerträgliche Angst treibt mir die Luft aus der Lunge.

Dann greift er an.

Ein unwillkürlicher Schrei entringt sich meinem Mund, während ich die Klinge schwinge und mit der scharfen Kante das Tier seitlich an der Schnauze erwische.

Er knurrt und knallt in mich hinein, stößt mich um. Doch genauso schnell reißt Lucien den Wolf wieder von mir runter.

Ich krieche rückwärts auf meinem Hintern über den Waldboden und schnappe nach Luft.

Lucien hebt den Wolf hoch und wirft ihn von mir weg. Woher zum Teufel hat er eine solche Stärke?

Er ist an meiner Seite, das Blut der Kratzer ist an seinem Hals und Arm verschmiert. Er lächelt so, als würde irgendwie alles gut werden. In diesem Moment entzündet sich ein brennender Schmerz im Biss an meiner Schulter und sinkt durch mich hindurch, als hätte jemand kochendes Wasser über meine Haut gegossen. Ich schrecke vor dem Blut zurück, das mein Oberteil befleckt.

„Bleib nah bei mir." Lucien hechelt bei jedem Atemzug. Er packt mich, seine Finger liegen fest um mein Handgelenk, während er mich neben ihm entlangzieht.

Dušan brüllt siegreich angesichts der zwei getöteten Wölfe zu seinen Füßen und springt dann Bardhyl zu Hilfe, da der weiße Wolf vier Angreifer um sich herum hat. Lucien eilt ihm nicht zu Hilfe, sondern hält mich fest, während in meinem Kopf die Angst wirbelt, dass wir gefangen genommen werden.

Dann hallt ein schriller Pfiff durch den Wald.

Wir erstarren und lauschen nach weiteren Geräuschen.

Eine Figur schlendert aus dem Schatten, ein Wandler in menschlicher Form, in Jeans und einen grauen Hoodie gekleidet. Der Fremde ist groß und aber nicht so breit wie meine Männer, doch ihn umgibt eine gewisse Energie. Weitere Wölfe in Tierform schließen sich ihm an. Das schlurfende Geräusch hinter mir lenkt meine Aufmerksamkeit auf das kleine Rudel, das sich von Bardhyl und Dušan zurückzieht, um sich ihrem Alpha anzuschließen.

Erst als dieser Fremde vollständig aus der Dunkelheit hervorkommt, sehe ich ihn klar. Er ist nicht alt—vielleicht Anfang dreißig—braune Haare, die sich unordentlich an der Seite teilen und über einem Auge hängen. Sein Kinn ist schief, als wäre es von einem schweren Unfall geheilt. Und er kommt mir bekannt vor … als wären wir uns schon mal begegnet. Ich zerbreche mir den Kopf darüber, aber ich habe so viele Leute kennengelernt und die meisten nur für eine kurze Zeit. Sie blitzen in meinen Gedanken auf, außer dass ich die meisten Erinnerungen schon vor langer Zeit verdrängt habe. Die meisten fallen in eine von zwei Kategorien. Diejenigen, die mir wehgetan haben, oder diejenigen, die gestorben sind und mich traurig zurückgelassen haben. Das heißt, wer auch immer dieser Typ ist, nun ja … er muss ein Arschloch sein.

„Meira", sagt er, und mir dreht sich der Magen um, weil er sich an meinen Namen erinnert, während ich mich kaum an sein Gesicht erinnere. „Ich habe nach dir gesucht. Ich hörte von einem kleinen Mädchen, das in diesen Wäldern von einer Meira sprach, also kamen wir, um das zu überprüfen."

„Wehe, du hast ihr wehgetan", schnappe ich und hebe meine Waffe. Ich werde das Wiesel ausweiden, wenn er Jae etwas angetan hat.

„Du sorgst dich um jemanden? Seit wann?"

Als ich das leichte Lispeln höre, das er hat, erinnere ich mich. Nicht lange nachdem Mama gestorben war, traf ich ihn während einer meiner Aufenthalte in einer Stadt im Norden Transsylvaniens, wo ständig kleine Fraktionen von Rudeln auftauchten. Es ist eine wilde Gegend, in der tägliche Kämpfe um kleine Landgebiete außerhalb von Dušans Territorium stattfinden. Ich habe diesen Mann in einem kleinen Gemeinschaftsbereich getroffen. Ich war jünger, komplett verloren, und ich vertraute ihm, als er mir Unterkunft und Nahrung anbot.

Aber im Gegenzug wollte er etwas, das ich ihm nicht geben wollte. In dieser Nacht nannte er mich seine Omega und versuchte mich zu vergewaltigen, also trat ich ihm in die Eier. Der Bastard verprügelte mich so sehr, bis meine Augen so angeschwollen waren, dass ich nichts sehen konnte. All diese Erinnerungen, die Hässlichkeit der Welt, meine Angst, waren zu einem Durcheinander verschmolzen, das ich in den entferntesten Tiefen meines Geistes verschwinden ließ. Ich hatte vor, sie zu vergessen … und ich wollte diese Erinnerungen jetzt ganz sicher nicht zurückbringen.

Das ist der Grund, warum ich schlussendlich alleine gelebt habe, weshalb ich ein Baumhaus gebaut habe, weshalb ich nie jemand anderem geholfen habe. Es ist so lange her, aber jetzt sehe ich ihn wieder und zittere.

„Du schuldest mir etwas", knurrt er. „Und ich bin hier, um es einzufordern."

„Wovon zur Hölle redet er?" Lucien schnappt und hält mich nah an sich gedrückt. Dušan in menschlicher Gestalt und Bardhyl als Wolf schließen sich uns an und stellen sich den Eindringlingen gegenüber. Vier von uns gegen vielleicht fünfzehn von ihnen. Gibt es noch mehr Wölfe, die uns aus dem Schatten beobachten? Wie lange haben sie uns schon verfolgt, wenn Bardhyl nur eine Handvoll vorhin entdeckt hat?

Ich spucke auf den Boden vor mir und grinse ihn verächtlich an. Es ist mehr, als Evan verdient. „Du bist ein Bastard. Du hast mich verprügelt und mich an einen verdammten Baum gebunden und mich dann tagelang dort gelassen."

Dušan versteift sich neben mir und tritt vor mich. „Sie schuldet dir nichts. Aber du hast unerlaubt mein Land betreten. Ich bin der Alpha des Shadowlands-Sektors, und du wirst mit Blut dafür bezahlen."

Evan spottet, als würde die Drohung nichts bedeuten. „Ich habe sie vor den Männern beschützt, die vorhatten, sie zu stehlen und sie zu vergewaltigen. Und sie hat wie am Spieß geschrien, als ich sie berührt habe. Frigides Miststück." Er schaut zu mir hinüber und schüttelt kurz den Kopf, um eine Haarsträhne aus seinen Augen zu bekommen, aber sie bewegt sich keinen Millimeter. „Ich habe dich als Lektion gefesselt. Aber du bist geflohen, nicht wahr? Weißt du, wie viel ich diesen Männern bezahlen musste, damit sie dich in Ruhe ließen und dir nicht hinterherjagten? Du solltest mir danken." Er legt eine gespreizte Hand auf seine Brust, als wären seine Worte irgendwie von Herzen. „Jetzt komme ich, um mir meine Bezahlung abzuholen, und ich werde sie mir nehmen, indem ich dich immer und immer wieder besteige."

Bardhyl knurrt so plötzlich und so laut, dass ich vor Schreck fast aus meiner Haut fahre.

„Ich habe verdammt noch mal keine Zeit für diesen Schwachsinn", knurrt Dušan. „Geh, oder du endest wie sie." Er zeigt mit seinem Kinn auf die toten Wölfe zu meiner Linken. „Das ist mein einziges Friedensangebot."

Niemand antwortet, und Evan rollt mit den Augen, verlagert sein Gewicht auf ein Bein, blickt erst auf seine große Gruppe und dann auf uns vier. Ja, das beunruhigt mich auch. Aber ich werde eher sterben, bevor ich mich von diesem Arschloch beanspruchen lasse. Sieht aus, als müsste ich kämpfen.

Luciens Hand ist auf meiner Hüfte und er hält mich fest an seiner Seite. Er schaut eine klitzekleine Sekunde lang zu mir herab und flüstert, während Evan meine Alphas beleidigt. „In einer Sekunde wird die Hölle los sein. Klettere so schnell du kannst auf einen Baum. Es wird einfacher für dich sein, dich zu verteidigen, da du sie mit einem Ast zurückschlagen kannst, um sie davon abzuhalten, hinter dir herzuklettern. Verstanden? Ich versuche, in der Nähe zu bleiben."

Bevor ich überhaupt antworten kann, schlägt die Energie aus der Wandlung meiner Alphas über mir zusammen. Die Luft ist erfüllt von ihren moschusartigen, pulverigen Düften.

„Deine Zeit ist um", erklärt Dušan. Er wandelt sich in seine Wolfsform und greift an, Bardhyl und Lucien auf seinen Fersen.

Ich springe zurück. Rennend suche ich nach dem besten Baum und finde einen mit niedrigeren Ästen und dickerem Laub, um mich besser zu verbergen.

Aber bevor ich meinen Zufluchtsort erreiche, knallt mir jemand in den Rücken und wirft mich Gesicht voran zu Boden.

Meine Schreie werden durch den Mundvoll Dreck gedämpft, den ich gerade abbekommen habe. Ich drehe mich in den Moment um, als sich das Gewicht von meinem Rücken hebt. Ich hole mit meiner Klinge aus und schneide den ahnungslosen bärtigen Mann quer über den Bauch. Es ist nicht tief, aber es reicht, dass Blut fließt und ihn ablenkt.

Ich trete ihn hart gegen sein Schienbein, und als er losheult, renne ich, um da wegzukommen. Ich wähle einen anderen Baum aus, einfach um diesem Arschloch zu entkommen, springe an der Schlacht vorbei und klettere schließlich auf einen perfekten Baum mit enorm hohen Ästen und viel Laub.

Meine Hände ergreifen den unteren Ast, schwinge meine Beine nach oben, als eine plötzliche Schärfe in meinen Knöchel beißt und an mir zieht. Aber ich halte mich verzweifelt fest und trete wild umher. Ich schaue auf den grauen Wolf, der sich an meinem Bein festhält, und sehe ein anderen näherkommen. Ich trete ihm aggressiv gegen die Nase, und mit einem Wimmern lässt er mich frei.

Hastig klettere ich den Baum rauf und schiebe mich an den stacheligen Ästen vorbei, die dicht mit runden, tiefgrünen Blättern überzogen sind. Die Rinde des Stamms kratzt meine Haut wie die Hölle.

Von hier oben aus überschaue ich das Gebiet. Die Wölfe kämpfen. Zähne, Pelze und Knurren. Die aggressiven Geräusche, die sie von sich geben, verursachen eine Gänsehaut. Ich weiß nicht, ob ich jemals so kämpfen könnte.

Ein Knurren erklingt unter mir. Ich blicke nach unten, und der verdammte bärtige Mann ist zurück, seine Augen sind so grau wie seine wettergegerbte Haut, seine Oberlippe sitzt in einem seltsamen Winkel vor einer alten Verletzung. Ich zittere vor Wut.

Ich stecke mein Messer in meinen Stiefel und greife nach oben, um einen dünneren Zweig mit stacheligen Ästen zu greifen. Mit beiden Händen reiße ich daran, das Holz knackt und der Ast bricht ab. Ich taumle von der Bewegung zurück, reiße meine Hand hoch und greife nach dem Baumstamm, um mich abzufangen.

„Es bringt nichts, dich zu verstecken, Miststück", knurrt er.

Ich gehe zur Seite, um auf einem Ast direkt über ihm zu stehen. Er ist glücklicherweise nicht so geschickt darin, hier hochzukommen. Also schnappe ich mir den Ast und lehne eine Schulter gegen den Baumstamm, um mein Gleichgewicht zu behalten. Ich stehe auf einer Plattform aus gekreuzten Ästen und ich spieße mit meiner Waffe nach unten.

Sie trifft ihm direkt am Kopf und zerkratzt ihm die Seite des Gesichts. Er schreit vor Schock auf, seine Arme rudern, während er fällt und hart auf den Boden auftrifft. Sein Gesicht ist blutig und *autsch*, ich habe viel mehr Schaden angerichtet, als ich dachte. Scheiße, ja!

Lucien hatte da eine gute Idee, als er mir sagte, ich solle mich hier oben verstecken.

Die quälenden Geräusche aus der Schlacht bringen mich dazu, mich den Wölfen zuzuwenden, die in meine Richtung eilen. Ich klammere mich an meinen Ast, mein Inneres ist so verkrampft, dass ich mich übergeben könnte.

Sie knurren am Fuß des Baumes, während der bärtige Mann aufsteht. Ich steche mit der Waffe nach ihm, aber der Wichser packt den Ast und reißt ihn mit unvorstellbarer Kraft zu sich und nimmt mich mit, während ich meinen Halt verliere.

Mein Tod steht mir vor den Augen, während der Boden auf mich zukommt. Ein Strauch fängt meinen Sturz etwas ab, sticht und pikt mich. Ich stöhne, denn jeder Zentimeter meines Körpers fühlt sich an, als würde er in Flammen stehen. Ich erwarte immer noch, dass Zähne in mich schlagen und mich auseinanderreißen.

Starke Hände greifen nach meinen Knöcheln und ich werde über den Boden gerissen. Ich schreie und greife nach allem, was ich als Waffe benutzen könnte. Fäuste voller getrockneter Blätter werden mir nicht helfen.

Ich drehe mich auf meine Seite und trete nach dem bärtigen Arschloch, das mich angrinst, die

Zähne fleckig vom Blut seiner Verletzung. Er verdient hundertmal Schlimmeres.

„Lass mich gehen." Ich werfe alles, was ich greifen kann, auf ihn, und versuche, mich nach oben zu drücken, um in meinem Stiefel nach meiner Klinge zu greifen, aber es ist unmöglich. Er reißt mich so schnell mit sich, dass sich Blätter und Zweige in die Innenseite meines Oberteils schieben.

Ich werfe mich immer wieder hin und her, winde mich und schreie, während zwei der feindlichen Wölfe in der Nähe folgen. Als er endlich meine Beine fallen lässt, kann ich weder meine Alphas noch den Kampf sehen.

Ich greife nach dem Messer in meinem Stiefel, während Wölfe mir ins Ohr knurren und der Typ vor mir seinen Gürtel aufschnallt.

„Ich rieche deine Nässe", murmelt er, und plötzlich wird mir übel.

Dunkelheit dreht sich um mich und Galle kommt meinen Hals hoch. Meine Finger fassen um das Messer.

Ich zittere schrecklich, denn falls wir diesen Kampf verlieren, schneide ich mir die Kehle durch, bevor ich mich von diesen Monstern berühren lasse.

Bevor er überhaupt seine Hose runterziehen kann, stürze ich mich mit der Klinge auf ihn. Das Arschloch dreht sich aus meinem Weg, schnellt herum und schnappt sich meine klingenschwingende Hand und drückt zu, bis ich vor Schmerzen schreie.

Die Waffe fällt mir aus der Hand und er ergreift meine Kehle. „Es wird Spaß machen, dich wildes Miststück zu brechen."

„Fick dich." Ich spucke ihm ins Gesicht.

Er hebt eine Hand und schlägt mir hart auf die Wange, der Schmerz hallt an der Seite meines Schädels nach oben. Weiße Sterne tanzen vor meinen Augen, während sich die Welt die Welt dreht.

In einer Sekunde ist er da, in der nächsten ist er weg und ich taumle, um mein Gleichgewicht zu finden.

Das Knurren und die Schreie sind ohrenbetäubend laut. Panik befällt mich, während ich mir die Augen reibe, um wieder klar sehen zu können. Luft um mich herum wogt vom Tumult. Die Wölfe hinter mir wimmern und sie sind in Sekunden verschwunden. Ich fasse mir ins Gesicht an die Stelle, an der es wehtut, und vor mir steht Dušan in Wolfsform, Blut tropft aus seinem Maul. Zu seinen Füßen liegt regungslos der bärtige Mann mit einem klaffenden Loch in seiner Brust, als ob Dušan direkt durch seine Rippen gebrochen ist, um sein Herz herauszureißen.

Das blutige Bild sollte mir Angst machen, aber ich habe mich noch nie in meinem Leben so beschützt gefühlt. Zu sehen, wie extrem er mit jemandem verfährt, der mich verletzt hat, lässt Schmetterlinge in meinem Bauch flattern.

Er verwandelt sich und innerhalb weniger Augenblicke steht er als Mann vor mir, sein Körper zerkratzt und blutend. Aber ich stürze mich trotzdem in seine Arme.

In der Gegenwart meiner Alphas fühle ich mich zu Hause. Ich kann diesen Gedanken nicht einmal verstehen, aber es ist die Wahrheit.

Ich löse mich, als Lucien sich uns anschließt, nackt und ramponiert, aber grinsend. „Nun, das hat Spaß gemacht." Er lacht und wischt sich über den blutenden Schnitt an seiner Lippe.

Ein Schatten eines Wolfs sprintet inmitten der Bäume irgendwo in der Ferne, gejagt von einem anderen. Ein erwürgter Schmerzensschrei durchflutet den Wald.

„Was geht hier vor sich? Ist Bardhyl in Ordnung?"

Als ob er meinen Ruf beantwortet, rast er durch den Wald direkt an uns vorbei, sein weißes Fell verfilzt und mit Blut durchtränkt. Er ist größer, als ich mich erinnern kann, seine Zähne sind gefletscht und es gibt keinen Hauch Menschlichkeit in seinen Augen. Er verschwindet im Schatten und ein weiterer Schrei schrillt durch die Luft.

„Bardhyl hat sich im Kampf verloren, also lassen wir ihn den Rest aufräumen, damit sein Berserker es aus seinem System kriegen kann."

Ich blinzle in die Richtung, in die er verschwunden ist, und ich kann nicht leugnen, dass es mir Angst macht, ihn auf diese Weise zu sehen. Er

nimmt den Rest des Rudels alleine auseinander?
„Wie oft wird er so?"

„Wenn er so wütend ist, dass er sich nicht zurückhalten kann", antwortet Lucien.

„Was sollen wir machen?", frage ich. „Und was ist mit Evan?"

„Evan wird nie wieder jemandem wehtun, Babe. Jetzt setzen wir uns hin und warten darauf, dass Bardhyl das Rudel erledigt. Dann versuchen wir, ihn zu beruhigen."

Dieser Teil klingt beängstigend. Ich weiß nicht, wie viel Zeit vergeht, bevor Bardhyl wieder auftaucht, immer noch in seiner Wolfsform. Er atmet schwer, seine lange, spitz zulaufende Schnauze ist blutverschmiert. Seine Brust hebt und senkt sich wild, seine Lefzen ziehen sich zurück, seine Ohren sind flach an den Kopf gelegt.

Ein Schauer läuft mir den Rücken hoch und meine Knie versteifen sich. Er starrt mich direkt an, und in diesen Augen gibt es kein Anzeichen von Bardhyl. „Ähm, Leute, was macht er da?"

Dann stürzt er sich auf uns.

15

MEIRA

Ich bin voller Angst und starre auf den weißen Wolf, der sich direkt auf mich stürzt.

Meine Beine wollen sich nicht bewegen. Mein Schrei steckt in meinem Hals fest.

In diesen tiefen, grünen Augen gibt es keine Spur von Bardhyl. Nur seine wilde animalische Seite.

Lucien legt mir eine Hand auf den Bauch und schiebt mich hinter sich, während er und Dušan ihn abfangen.

Sie springen auf den Wolf zu, prallen mit Bardhyl zusammen.

Ich ziehe mich zurück, mein Herz hört auf zu schlagen, als die drei in einem großen Haufen aufeinander landen. Eine Explosion von Knurren durchdringt die Luft, die Zähne des Wolfs schnappen zu, seine Lippen ziehen sich zurück.

Bardhyl knurrt und lässt mich nicht eine Sekunde aus den Augen—als wäre ich seine Mahlzeit und er würde jeden, der sich ihm in den Weg stellt, töten, um mich zu erreichen. Dušan klemmt seinen Hals mit seinem Arm ein, während Lucien sich auf ihn wirft.

Das ist nicht Bardhyl. Nicht mein Bardhyl ... der Mann, der mich in der Höhle in den Wahnsinn getrieben hat und in den ich mich verliebt habe. Wie kann er mein Schicksalsgefährte sein, wenn er bereit ist, mich zu töten?

Er ist ein Monster.

Unkontrollierbar.

Barbarisch.

Dušan und Lucien haben ihn auf den Boden gedrückt, während er bedrohlich knurrt.

„Meira!", schreit Dušan. „Komm her."

Ich lache ungläubig und trete weiter zurück. „Das wird niemals passieren. Schau ihn dir an."

„*Meira*", knurrt er. „Er sucht eine Verbindung mit dir, um sich zu beruhigen und den Wolf zurückzudrängen."

Ich blinzle die beiden fassungslos an, während sie sich bemühen, den wilden Wolf am Boden zu halten. Er will, dass ich ihn *streichele*? „Er wird mir den Arm abbeißen, nicht wahr?"

„Das werden wir nicht zu lassen, aber beeil dich verdammt noch mal."

Lucien blickt zu mir hoch, seine Kieferlinie angespannt und er kämpft mit aller Macht, um Bardhyl unten zu halten. „Er braucht dich."

Oh Mann, ich werde es tun, oder? Ich trete vor und lecke meine trocknen Lippen, meine Arme sind steif an meiner Seite. Je näher ich komme, desto heftiger windet sich und knurrt Bardhyl. Weiß er, was wir tun, oder kommt das, nachdem er mich aufgefressen hat?

Ich gehe um sie herum und gehe Bardhyls Kopf aus dem Weg. Seine Augen folgen mir, als ich an seiner Seite ankomme. Meine Arme zittern, als ich sie ausstrecke und meine Finger durch sein dickes, üppiges Fell gleiten lasse. Es ist verfilzt mit Blut und sein Körper vibriert und ist glühend heiß.

Er bäumt sich auf, und mit der Berührung kommt ein elektrischer Schlag, der mir die Arme hochschießt.

Ich zucke zurück, als Bardhyl die anderen Alphas abwirft. Ein Sekundenbruchteil ist alles, was er braucht, um mich zu beißen.

Ich schreie, mein Körper wird taub, und alles, was ich sehe, ist mein Ende.

Sein Kopf trifft meine Brust, wirft mich zu Boden und ich schreie vor Schmerzen. Dann springt der Arsch über mich und in den Wald. Ich schreie und presse eine Hand auf die Stelle, wo er mich getroffen hat.

Ich schaue nach hinten, nur um zu sehen, wie er im Schatten verschwindet.

Dušan packt meine Arme und hat mich in wenigen Augenblicken auf meinen Beinen. Er hält mich mit einer Hand nah und entfernt mit der anderen die Zweige aus meinen Haaren.

„Was zur Hölle war das?", fauche ich zurück. „Du hast gesagt, ihr würdet ihn festhalten."

„Sobald du ihn angefasst hast, würde er dir nicht wehtun", erklärt Dušan, während Lucien zu uns kommt und sich den Staub abklopft.

„Das hättest du früher sagen können. Ich bin mir ziemlich sicher, dass ich gerade meinen ersten Herzinfarkt hatte."

Lucien grinst mich an. „Du bist so dramatisch. Wir hatten ihn unter Kontrolle. Denkst du, wir haben uns noch nie so mit ihm so auseinandergesetzt?"

„Na, *ich* aber nicht." Ich befreie mich aus Dušans Griff und atme langsam, um meinen Puls zu beruhigen und die Angst zu vertreiben, die mich zu erwürgen droht. „Und wo ist er jetzt? Kommt er als er selbst zurück?"

„Er braucht Zeit, um sich zu erholen", erklärt Dušan. „Im Herzen ist er ein Berserker, Meira. Etwas Schreckliches ist ihm und seinem Rudel in Dänemark widerfahren, und die Narbe der Gräueltat hat seinen Wolf in eine wilde Kreatur verwandelt, dass sogar er selbst manchmal um die Kontrolle kämpft."

Ich schlucke an dem felsbrockengroßen Kloß in meinem Hals vorbei. Worauf habe ich mich da eingelassen? „Wird es ihm alleine da draußen gutgehen?", frage ich. Ich würde lügen, wenn ich sagen würde, dass ich nicht eingeschüchtert oder ein bisschen verängstigt bin, aber was letzte Nacht zwischen uns erblühte, pulsiert jetzt genauso schwer in meiner Brust.

Das Knistern des Laubs lässt mich den Kopf heben, während Lucien zurückkehrt, angezogen und Kleidung haltend, die er seinem Alpha übergibt. Bei allem, was passiert ist, fällt mir erst jetzt wirklich Dušans Nacktheit auf. Seine unglaublichen Muskeln bedecken seine Brust, Bauch und Arme. Unordentliches, dunkles Haar hängt über seinen Schultern und seinem Gesicht, während er sich nach vorne beugt, um in seine Hose zu steigen. Ich kann meine Augen nicht davon abhalten, auf seinen Schwanz zu schauen, zu sehen, wie perfekt er ist, und erinnere mich daran, dass er mich beansprucht und sich in mir verknotet hat. Alles an ihm—wie bei all meinen Alphas—ist mehr als sexy. Sie sind schmerzhaft schön, diese Männer, die Monster, die sie in sich haben ... genau wie ich, wenn wir es jemals schaffen können, meine Wölfin herauszubringen.

Als Dušan mich beim Starren sieht, ziehen sich seine Mundwinkel zu einem teuflischen Grinsen, seine Augen geben ein stilles Versprechen darüber ab, was kommen wird. „Lass uns gehen. Wir verbringen die Nacht in der Hütte am Fluss." Er presst seine Lippen zusammen und blickt auf Lucien. Lucien nicht wortlos und geht in die entgegengesetzte Richtung.

„Wo geht er hin?" Ich schaue hinter ihm her.

„Essen finden. Wir schaffen es bis zur Dunkelheit nicht nach Hause, und ich möchte auf Bardhyl warten."

Wärme bildet sich in meinem Bauch. Dušan kümmert sich um diejenigen, die ihm nahestehen, und das bewundere ich an ihm. In dieser Welt sorgt sich niemand um andere. Vielleicht hat er deshalb so ein großes Rudel, und deshalb bleiben sie und kämpfen für ihn. Ich greife hoch und ziehe ihm ein Blatt aus den Haaren. Er packt meine Hand und hebt sie an seinen Mund. Der Kuss schickt kleine Funken meinen Arm hinauf und durch meinen Körper. Etwas in seinen blauen Augen flackert auf, als würde er das Gefühl auch spüren.

„Bist du verletzt?", fragt er, als er mich auf ihn zieht und mich so dicht an sich presst, dass ich seine Erektion fühle. Zum Teufel, das ging schnell.

Seine Finger streichen vorsichtig durch mein unordentliches Haar. Sein Duft, männlich und dunkel, ist wild und überflutet meine Sinne. Schauer laufen durch mich, während seine andere Hand unter mein Oberteil gleitet und eine Brust ergreift, wobei seine Finger meine Brustwarze kneifen.

Ich schreie auf vor Verlangen.

„Lauf nie wieder vor mir weg. Wir sind eins. Und du gehörst mir."

Mein Höschen ist innerhalb von Sekunden feucht, und mein Körper hat keine Kontrolle, wenn es um diese Wölfe geht. Seine Dominanz ist ein Aphrodisiakum.

Ich keuche, starre auf seine vollen Lippen, stelle mir vor, wie sie meinen Körper hinunterwandern, sich gegen meinen Schritt drücken. In einer Minute habe ich Angst um mein Leben, in der nächsten möchte ich Dušan bespringen. Das scheint für mich in der Nähe dieser Alphas normal zu sein.

„Ich werde dich nie wieder verlieren", knurrt er und schluckt laut, die Sehnen in seinem Hals bewegen sich, während er spricht. „Ich würde selbst ins Jenseits gehen, um dich wiederzuholen, wenn du vor mir stirbst."

Dušan

Ihre Augen werden groß.

Ich meine jedes verdammte Wort auch so, wie ich es gesagt habe. Die letzten paar Tage waren pure Folter. Wenn ich jetzt in ihre blassbronzenen Augen schaue, sehe ich eine Frau, die nicht mehr dem verlorenen Mädchen ähnelt, das ich im Wald gefunden habe. Sie hat sich verändert, ist mutiger geworden, hat begonnen, sich selbst zu finden.

Ich senke meinen Kopf und nehme einen Hauch ihres süßen Dufts nach Kirschen wahr, wobei sich ihre tiefroten Lippen erwartungsvoll öffnen. Ich drücke ihre Brust, ihre Nippel werden hart … so verdammt perfekt. Mein Schwanz zuckt in meiner Hose und wird härter. Ist ihr überhaupt klar, welche Auswirkungen sie auf mich hat … auf uns alle hat? Ich habe die Verbindung zwischen schicksalsbestimmten Gefährten nie wirklich verstanden, selbst als Lucien es erklärte und ich seinen qualvollen Schmerz miterlebte. Nichts bereitete mich auf die Kraft vor, die jetzt in meinem Herz Chaos anrichtet.

Sie schaut zu mir hoch, ihre Finger krallen sich in den Stoff meines langärmligen T-Shirts und sie reibt ihren Körper an mir. Unsere Lippen verschmelzen miteinander. Hitze und Süße erfüllen mich, als ihre Zunge sich mit meiner trifft. Ich ziehe sie näher und küsse sie leidenschaftlich zurück und ertrinke in ihrem stärker werdenden nassen Duft, der meine Leistengegend pulsieren lässt. Ich treibe meine Härte gegen sie und sie stöhnt in meinen Mund. Mein Herz pocht schneller.

Fuck, ich habe sie vermisst. Alles, was ich mir vorstellen kann, ist, sie auszuziehen und an einen Baum gelehnt zu nehmen. Bevor ich mich selbst aufhalten kann, schiebe ich sie rückwärts, drücke sie gegen einen Baumstamm und presse mich gegen ihren kleinen Körper.

Ich gehörte zuerst ihr und sie wird für immer mein sein. Wunderschön und feurig. Aber sie jetzt zu ficken wird nicht funktionieren. Wir sind draußen und in gefährlichem Gebiet.

„Du machst mich verrückt", keucht sie. „Mein Körper reagiert auf eine Weise, die ich nicht verstehen kann." Sie küsst mich wieder und drückt ihre Brüste gegen meinen Oberkörper. Dann gleitet ihre Hand unten und in die Vorderseite meiner Hose. Sie ergreift meinen Schwanz und ich zische vor verzweifeltem Bedürfnis.

„Nimm mich", bittet sie, und es treibt mich in den Wahnsinn. Ihr Mund ist wieder auf meinem, und sie beißt meine Lippen, ihr Duft verschlingt und ertränkt mich.

Mit meinem letzten Rest Selbstbeherrschung löse ich mich von ihrem Mund. „Nicht hier, Meira. Wenn ich dich ficke, werde ich mir Zeit nehmen und dich zum Schreien bringen."

Sie protestiert mit einem Stöhnen, das mich wahnsinnig macht, dann fällt sie vor mir auf die Knie. Ihr Hunger erschaudert mich bis ins Mark, und es fällt mir schwer, mich zurückzuhalten. Ich hätte nicht damit anfangen sollen, denn eine einzige Berührung weckt die wilde Essenz, die eine Omega und einen Alpha zusammenbringt. Ihr Bedürfnis wächst.

Ihre Finger ziehen an meiner Hose, knöpfen sie auf, und mein Schwanz springt heraus, so verdammt hart, dass es fast schon weh tut.

Ich sollte *nein* sagen, aber das unwiderstehliche Verlangen treibt mich immer weiter an.

Diese wunderschönen, sexy Lippen gleiten über die Spitze meines Schwanzes und ich bin weg. Ihr warmer Mund ist wie ein Wildfeuer und ihre Zunge schnellt gegen mich, leckt mich, saugt härter an mir.

Ich knurre, mein Wolf brüllt in mir. Ich lege eine Hand auf den Baum hinter ihr, während sie mich tiefer schluckt, und meine andere Hand liegt an ihrem Hinterkopf, hält sie fest und führt sie.

Ich bin ihr ausgeliefert, wanke, mein Blick auf sie gerichtet, während sie mich mit Intensität in den Augen ansieht, und ihr Mund auf meinem Schwanz auf und ab gleitet. Allein zu sehen, wie sie mich beansprucht, lässt das Blut in meinen Schwanz fliegen.

Tief in mir vermischen sich sprühende Funken mit meiner Lust.

Heute Abend werde ich sie ficken ... und das nur, falls ich es bis zur Hütte schaffe, ohne meinen Schwanz in ihre süße, enge Muschi zu tauchen.

Sie saugt mich härter und ich heule auf, die Lust pulsiert mit der Wildheit eines Sturms über mich. Ich danke dem Universum, dass sich die Schwänze der Wölfe nur beim Ficken verknoten, nicht während eines Blowjobs, denn ich wäre total sauer, wenn ich das hier nicht genießen könnte.

Ich stöhne lauter und ich möchte, dass das andauert ... was hier draußen ein Problem ist. Wir sind Zielscheiben, während ich abspritze.

Verdammt noch mal.

Ich ziehe mich aus ihrem wunderschönen Mund zurück und sie starrt mich mit flehenden Augen an.

„Sieh mich nicht so an. Ich kann mich kaum zusammenreißen." Ich nehme ihre Hand und helfe ihr auf die Beine, dann knöpfe ich meine Hose zu. Mein Schwanz ist eine verdammte Anakonda und passt in seinem aktuellen Zustand kaum hinein.

„Bitte, Dušan."

Ich streichele ihre Wangen und küsse ihre köstlichen Lippen. „Das war höllisch sexy, aber wir müssen uns zuerst in Sicherheit bringen. Die Dämmerung nähert sich und wir müssen einen Unterschlupf finden."

Ich blicke über meine Schulter. Es ist zu still. Eine Unruhe kriecht mir über den Rücken, während ich mir vorstelle, wie die Untoten auf uns zukommen.

Sie nickt mir einmal zu, und die Lust, die uns beide eingenommen hatte, verfliegt mit der kalten Brise, die an uns vorbeiweht.

Ich führe sie durch den Wald in die alte Hütte am Fluss und hebe unterwegs Äste in der Hoffnung auf, dass Lucien einen großen Fang mit zurückbringt.

„Ich habe dich vermisst", murmelt Meira.

Ich drücke sanft ihre Hand und blicke zu ihr, während sie mich anlächelt. Sie sagt es vielleicht nicht, aber das ist wahrscheinlich das, was einer Entschuldigung am nächsten kommt, dafür, dass sie weggelaufen ist. Und ich bin damit einverstanden.

16

MEIRA

Die Tür zu dem Häuschen knarrt, als Dušan sie aufschiebt. Ein abgestandener, muffiger Geruch begrüßt uns. Ich erschaudere und starre in die Dunkelheit im Inneren. Dušan tritt zuerst ein, die Holzdielen stöhnen unter jedem Schritt, den er nimmt. Er geht zum Kamin und wirft den Armvoll Holz hin, den er aufgesammelt hat. Ich greife mein Bündel und warte in der Tür. Als er in einem Korridor verschwindet, blicke ich hinter uns. Es gibt keine Anzeichen von Lucien, der nach Essen sucht, und ich habe keine Ahnung, wo Bardhyl steckt.

Kurz darauf kommt Dušan zurück und winkt mich rein. „Alles sicher."

Dann zieht er die alten gelben Vorhänge auf, die mit kleinen roten Chilischoten verziert sind, und es bildet sich eine Staubwolke in der Luft.

Ich huste. „Hier liegt ja bergeweise Staub."

Ich gehe hinein, lege mein gesammeltes Holz in der Nähe des Kamins ab und helfe ihm, die Fenster zu öffnen, um zu lüften. Der Hauptraum hat eine lange Couch, die vor einem übergroßen, alten Kamin positioniert ist. Dort hängt ein Kessel an einem Metallhaken. In einer Ecke stehen mehrere Stühle auf einer Seite, und das war's. Keine weiteren Möbel. Der Ort ist einsam, karg und traurig. An den Wänden hängen keine Bilder oder irgendwelche Zeichen der Familie, die einst hier gelebt hat. Wer auch immer sie waren, sie hatten Zeit zu packen und zu gehen, nachdem der Fluch sich ausgebreitet hatte. Ich finde einen Besen und fange an, den Boden zu fegen, damit ich nicht die ganze Nacht niesen muss. Sobald die Nacht hereinbricht, müssen wir die Fenster und Vorhänge schließen, um zu vermeiden, dass wir die Aufmerksamkeit der Untoten aus der Ferne mit dem flackernden Licht auf uns ziehen.

Dušan betritt das Zimmer und hat die Arme voller Decken und Handtücher. „Guck mal, was ich im Schrank gefunden habe. Sie werden uns warmhalten." Er wirft sie auf die Couch, und ich schnappe mir schnell jene, die am größten aussieht, und bedecke damit die Couch.

Er geht nach draußen und kehrt mit einem Eimer Wasser zurück. „Setz dich. Lass mich deine Bisswunde säubern."

„Es sollte schnell genug von allein heilen", sage ich, aber ich setze mich trotzdem auf die Couch.

Er lässt sich mit einem nassen Lappen neben mich fallen, während ich mein Oberteil über meine Schulter ziehe, um die Wunde zu enthüllen. Blut verschmiert meine Haut und haftet am Stoff. Sanft wischt er das Blut weg und konzentriert sich auf das, was er tut.

„Danke, dass du meinetwegen gekommen bist, mich beschützt hast, dass du mich pflegst. Ich bin nicht wirklich daran gewöhnt, dass jemand so ..." Ich kann mir nicht das richtige Wort dafür vorstellen.

„Liebevoll, fürsorglich, und so umwerfend ist?", scherzt er.

Ich will lachen, aber die offene Wunde brennt und ich zucke zusammen. Als ich auf meine Schulter schaue, sehe ich, dass es vier klare Punkte und mehrere kleinere Zahnvertiefungen gibt. Eine perfekte Bissmarkierung.

„Tut es sehr weh?", fragt er.

„Es ist nicht das erste Mal, dass ich gebissen wurde. Das wird auch nicht das letzte Mal sein, da bin ich mir sicher."

Er wischt einen perlenden Blutstropfen weg und drückt den Lappen auf die Verletzung, bis das Blut gerinnt. „Von jetzt an sind die einzigen Bisse, die du erhältst, von uns dreien." In seinem Blick ist ein brennendes Feuer, und mein Verstand geht zurück in den Wald, zu dem Moment als ich ihn in meinen

Mund nahm. Ich habe das noch nie zuvor gemacht, aber es fühlte sich so natürlich an, und der Hunger in mir nach ihm war anders als alles, was ich je erlebt habe. Es war stärker als zuvor. Nur der Gedanke daran lässt den Puls zwischen meinen Schenkeln tanzen.

Als ob er das sexuelle Verlangen in mir wachsen spürt, weiten sich Dušans Augen, und ich höre, wie sein Atem aussetzt. Er ist in wenigen Augenblicken auf den Beinen. „Lass mich das Feuer anmachen. Geh und schau, ob du was in den anderen Räumen findest, das wir nutzen könnten."

Als er sich mir entzieht, kribbeln meine Finger, nach oben zu greifen und ihn an meine Seite zu zerren. Ein brennender Rausch kriecht über mich, und vielleicht hat er recht. Ich sollte mich mit etwas anderem ablenken, bevor wir am Ende vögeln, und Lucien mit unserem Essen zurückkehrt, nur um festzustellen, dass wir nichts anderes getan haben.

Dušan verschwendet keine Zeit, kniet vor dem Kamin und macht sich dran, das Feuer zu entzünden.

Ich stehe auf, lecke meine Lippen und ignoriere das wachsende Jucken, ihn zu küssen, und gehe dann in die Küche. Die Schränke sind leer. Es gibt nur eine Handvoll Teller, etwas Besteck und sogar einige Kerzen in den Schubladen verstreut. Kein Ofen. Ich wandere durch den dunklen Flur und in ein düsteres Badezimmer. Der Gestank lässt mich zum Würgen, als ich die tote Ratte in der Dusche sehe, also schließe ich schnell die Tür. Das nächste Zimmer hat ein Bett, dessen Drahtfederung man sieht, keine Matratze; Lumpen und Papier sind auf dem Boden verstreut.

Das letzte Zimmer bietet ein großes Bett und sogar einen alleinstehenden Kleiderschrank an. Ich ziehe die Vorhänge zurück und huste vom Staub, den sie in der Luft verteilen. Vom Fenster aus hat man einen perfekten Blick auf den Fluss, der etwas mehr als fünf Meter entfernt ist, Wasser spritzt gegen die Felsen am Ufer und dahinter liegt der Wald. Es sieht beinahe friedlich aus, was völlig trügerisch ist.

Hastig überprüfe ich den Kleiderschrank, der nach Mottenkugeln riecht. Keine Kleidung oder Schuhe, aber in der unteren Schublade finde ich mehr Decken. Sie sind blau, meine Lieblingsfarbe, also schnappe ich sie mir und breite sie auf dem Bett aus. Dann werfe ich mich drauf und lächle.

Jahrelang habe ich auf dem Holzboden meines Baumhauses oder auf Ästen in Bäumen geschlafen, also ist dies der absolute Himmel, so wie es in den Betten in der Anlage der Ash-Wölfe gewesen ist.

Die provisorische Matratze senkt sich in der Nähe meiner Beine. Mein Herz setzt einen Schlag aus, und ich schrecke auf, nur um Dušan zu sehen.

Er schiebt sich langsam über mich, während ich auf dem Bauch liege; und seine blauen Augen finden meine. Dieser Alpha ist ein Krieger, ein

Anführer, ein Überlebender. Viele folgen ihm aus Achtung vor seinen Überzeugungen und genau das bewundere ich an ihm. Es scheint unmöglich, dass ein solcher Mann jetzt hier bei mir ist und mich so ansieht, als wäre ich schon nackt und er mich erst gehen lassen wird, nachdem er seinen Anspruch klargemacht hat.

Er ist auf allen Vieren über mir und seine Finger streichen über meinen Hals, während er meine Haare beiseiteschiebt. Heiße Lippen finden die verletzlichste Stelle meines Halses, sein Atem brennt, während sich seine Erektion an die Kurve meines Hintern drückt.

„Seit Tagen denke ich darüber nach, dich zu ficken", flüstert er mir ins Ohr und lässt mich vor Erregung erzittern.

Er braucht nicht viel, um mich anzutörnen. Ein Kuss, eine Berührung, ein paar Worte und ich bin Wachs in seinen Händen.

„Würde dir das gefallen?" Sein Gewicht hebt sich von mir und seine Hände sind am Bund meiner Hose. Er reißt sie mir sofort runter und mein ganzer Körper erzittert durch seine Aggressivität. Ein harter Schlag trifft meinem Hintern.

Ich zucke und blicke ihn über meine Schulter an. Aber seine Augen sind auf meinem Hintern gerichtet, seine Hände fummeln an der Schnalle seines Gürtels.

Er belohnt mich mit einem sündigen Grinsen

voller Absichten. Ein einfacher Blick und ich zittere vor Aufregung, die sich in mir aufbaut.

„Im Wald hast du mich in den Wahnsinn getrieben", sagt er und schaut mir in die Augen. „Du lässt mich Dinge fühlen, die mich keine Frau sonst je hat fühlen lassen."

Seine Worte sind leidenschaftlich und stark. Bei unserem ersten Mal war er sanfter mit mir, geduldiger, aber der Mann vor mir ist zu weit fortgeschritten, um etwas anderes zu tun, als wild in mich zu stoßen. Und ich finde es verdammt sexy, dass ich ihn die Kontrolle verlieren lasse.

„Auf die Hände und Knie", befiehlt er. Er ergreift meine Hüften und hebt sie an.

Ich gehorche ihm, während seine Hand zwischen meine Oberschenkel gleitet, um meine Beine zu spreizen. Gierige Finger rutschen über meine Schamlippen, zuerst sanft, dann spreizt er sie mit zwei Fingern, seine Berührung reibt über mein geschwollenes, zartes Fleisch.

Ich erstarre und mein Herz rast, als ich einen schnellen Atemzug nehme.

Seine Berührung wiederholt sich und gleitet über die feuchte Hitze, welche die Innenseite meiner Oberschenkel bedeckt. Er verzehrt mich mit seiner bloßen Anwesenheit. Er schiebt zwei Finger in mich, stößt hart und dringlich in mich. Ich wölbe meinen Rücken, liebe die Euphorie und recke mich ihm entgegen. Er zieht seine Finger heraus und steigt vom Bett.

Ich reiße meinen Kopf herum, aber er schüttelt seinen Finger vor mir. „Ich habe nicht gesagt, dass du dich bewegen darfst. Bleib genauso, damit ich sehen kann, dass dein saftiges Angebot auf mich wartet."

Mein Inneres verkrampft sich, als ich seine Worte höre, und er lacht, als könnte er die Auswirkungen sehen, die er auf mich hat.

Er zieht seine Hose und sein Hemd aus, steht nackt und beeindruckend am Fußende des Bettes.

„Deine Muschi ist verdammt sexy."

Das ist das Schönste, was ich je gehört habe.

Er ist mein und ich bin sein ... Das sind die Worte, die mir durch den Kopf gehen, während mein Körper für ihn brennt. Er ist zurück, kniet hinter mir, seine Finger gleiten meinen Rücken hoch, er wickelt meine Haare um seine Hand. Sanft zieht er meinen Kopf zurück, während er die Spitze seines Schwanzes an meinen Eingang drückt.

Er knurrt wild, und mein Körper reagiert, pulsiert vor Adrenalin, meine Muschi saugt bereits an seinem Schwanz.

Mein Herz rast, ich stöhne, während er in mich drückt, eine Hand zieht an meinen Haaren, die andere ergreift meine Hüfte. Er dringt tief in mich ein, kraftvoll und dominierend.

Ich schreie auf, als die Erregung mich überwältigt

und mich mit unerträglichem Verlangen zerreißt. Er fickt mich hart und ich schaukele mein Becken hin und her, um seinen Stößen entgegenzukommen. Die Bettfedern knarren, das Metallkopfteil trifft gegen die Wand.

Er beansprucht mich und erinnert uns beide daran, was er verpasst hat, was er verloren geglaubt hat.

Ich stöhne vor Lust, während er tiefer in mich stößt, sein eigenes Grollen ist donnernd. Er lässt meine Haare los, ergreift meine Hüfte, seine Finger graben sich in meinem Fleisch und er stößt zu und verliert sich in mir.

Feuriges Verlangen und sexuelle Lust brennen zwischen uns. Seine Stärke überwältigt mich, und ich lasse mich von ihm mitnehmen, öffne mich und will, dass meine Wölfin sich mit seinem Wolf verbindet. Wir sind durchdrungen von Sex und befürchten, dass uns das, was wir haben, genommen wird.

Sein Schwanz wächst in mir, die Spitze schwillt an, während er mich nagelt.

Es ist die perfekte Art, wie er mich fickt. Ich wollte mich von Anfang an vor ihm verstecken, weglaufen, aber ich habe mich geirrt. Er ist die Antwort auf alles, von dem ich nie wusste, dass ich es wollte.

„Geh nie wieder weg ...", murmelt er, der Klang ist kaum hörbar, aber ich höre es zusammen mit der Qual in seiner Stimme. Deshalb nimmt er mich so grob, deshalb ist er an der Grenze, sich selbst zu verlieren. Dies ist seine Strafe für mich, weil ich ihn leiden ließ. Ich verstehe es und ich sollte sauer sein, aber alles, was ich sehe, ist ein Mann, der mit ungewohnten Emotionen zu kämpfen hat.

Ich stöhne mit jedem Stoß, meine Hände umklammern die Decke, meine Zehen verkrampfen sich. Der Rausch fegt so schnell über mich hinweg, dass sich der Raum dreht. Meine Nippel sind hart und schmerzen. Er fasst nach vorn um meine Hüfte herum und fängt an, meinen Kitzler zu reiben. Erregung entzündet sich in mir, als hätte ich auf den Auslöser gewartet, und verdammt ... ich schreie den Orgasmus, der mich durchdringt, mich schüttelt, mich in den Himmel schleudert und mich alles vergessen lässt, heraus.

Alles in mir zieht sich durch den Höhepunkt zusammen.

Dušan knurrt, als ich mich um seinen Schwanz verkrampfe, und er stößt schneller zu.

Plötzlich hält er inne, er brüllt und sein Samen ergießt sich in mir. Es gibt so viel davon. Ich spüre seine Wärme, sehne mich danach, brauche sie. Ich schnappe nach Luft, als mein Körper endlich vor Erschöpfung nachgibt, und ich lasse mich flach aufs Bett fallen, mit Dušan auf mir. Wir beide schnappen nach Luft, unsere Körper sind verschwitzt und unsere Herzen rasen. Er packt mein Kinn und zwingt mich, mich ihm zuzuwenden, dann küsst er mich sengend heiß.

Er ist tief in mir vergraben, sein Schwanz in mir verknotet. Es ist alles, wonach ich mich sehne. Ein Teil von mir denkt immer wieder, dass er, Lucien und Bardhyl eine Komplikation wie mich nicht verdient haben. Dass ich nur Kummer in ihr Leben bringen werde. Aber ich erinnere mich daran, dass es jetzt viel zu spät ist. Diese Gedanken stammen aus meiner Vergangenheit. Wir sind so weit gekommen, dass sich unsere Verbindung mit jeder Sekunde, die wir zusammen verbringen, festigt. Das neue Ich möchte Veränderungen annehmen, und erkennen, dass es keine Option mehr ist, alleine zu sein.

Dušan unterbricht unseren Kuss und rollt uns auf die Seite, seine Arme sind vorne um meine Schultern und meinen Bauch geschlungen.

Unsere Atemzüge werden leiser und ich kuschle mich an seine Brust, seine Leidenschaft lässt meine Gefühle für ihn noch weiter wachsen.

„Geh nie wieder weg …"

Seine Worte gehen mir durch den Verstand. Es kam mir nie in den Sinn, dass meine Abwesenheit die Alphas so stark beeinflussen würde.

Seine Lippen streichen an meinem Ohr entlang. „Ich konnte nicht widerstehen, als ich dich auf dem Bett liegen sah."

„Ich habe mich nach dieser Erlösung gesehnt", gestehe ich. Nach dem aufgestauten Verlangen im Wald brauchte ich das mehr, als mir überhaupt klar war.

Er hält mich fest und ich schließe meine Augen und gestatte mir die Illusion, dass wir in seiner sicheren Anlage sind. In seiner Gegenwart breitet sich eine sanfte Hitze über meiner Brust aus, und ich spüre, wie meine Wölfin sich dort bewegt, als wäre sie darin gefangen und wüsste nicht, wie sie herauskommen soll. Nun, dann sind wir ja schon zwei.

„Spürst du deine Wölfin?", fragt er mich und legt eine flache Handfläche gegen meine Brust. „Ich habe gespürt, dass sie versucht, herauszukommen, als wir eins waren."

„Ja, zum ersten Mal tue ich das wirklich. Als würde sie knapp unter der Oberfläche lauern, aber sie fühlt sich verloren."

„Ich erinnere mich, dass sie versuchte, meinen Wolf zu erreichen. Das ist ein Fortschritt, Meira. So habe ich das nicht empfunden, als wir das erste Mal zusammen waren."

Ich lächle und halte mich an seinen starken Arm, den er um mich gelegt hat, fest und glaube, dass es vielleicht Hoffnung geben könnte, dass ich irgendwie aus all dem lebendig herauskomme. Es ist seltsam ... nach all der Zeit, in der ich mich gesehnt habe, nicht gefunden zu werden, dass andere mich in Ruhe lassen und dass die Welt mich nehmen kann, wenn sie will. Einsamkeit tut seltsame Dinge mit deinem Verstand. Aber jetzt wünsche ich mir nur, mein Leben nicht zu verlieren. Und das ist einzig und allein wegen dem, was meine drei Alphas mir bieten.

Sie sind mein. Ich habe sie genauso so sehr beansprucht, wie sie es mir gegenüber getan haben, und das Universum kann sich selbst ficken, wenn es glaubt, dass es uns im Weg stehen kann. Obwohl die Beklemmung mich nicht ganz verlässt. Sie ist in meinem Hinterkopf und erinnert mich ständig an meine tödliche Krankheit und die Angst, dass meine Wölfin verrückt wird und mich und die, die ich liebe, tötet, wenn ich mich endlich wandle.

Lucien

Die Dämmerung vertreibt bereits das Licht, als ich den Hügel hinunter zum baufälligen Häuschen in der Nähe des Wassers gehe. Ich habe es vorhin gefunden, und die Hütte hat intakte Türen und Fenster, also hoffe ich, dass niemand hier reinkommt, während wir schlafen. Nach dem Angriff dieses Wichsers Evan habe ich drüber nachgedacht, dass wir die Nacht durchmarschieren, um nach Hause zu kommen. Aber es ist besser, dass wir uns über Nacht ausruhen und früh morgens losgehen. Mein Magen krampft sich bei der Erinnerung an den Kampf zusammen. Ich wollte derjenige sein, der Evan den Kopf abreißt, aber Dušan hatte ihn erledigt, und es fühlte sich genauso gut an.

Jetzt gehe ich zurück zur Hütte, in der Hand zwei

Hasen und einen Fasan; die Jagd hat länger gedauert als erwartet, weil mal Tiere heutzutage nicht mehr so leicht findet. Aber sie werden unsere Bäuche füllen, und ich wette eines meiner Beine darauf, dass Bardhyl bereits alles, was er im Wald verfolgen konnte, gefressen hat, um das Adrenalin seines Wolfes zu erschöpfen. Mehr Hase für mich. Ich stochere zwischen meinen Zähnen rum und versuche, die eingeklemmten Fellreste zu entfernen, die noch davon stammen, dass ich diese Tiere in meiner Wolfsform gejagt habe. Eines oder zwei könnte ich versehentlich roh gefressen haben.

Ich schlendere zum einstöckigen Haus. Splitter schälen sich von der verwitterten Holzfassade, das Dach ist rostig und wildes Gras und Unkraut überwuchern die Umgebung. Rauch kommt aus dem Schornstein, das heißt, Dušan und Meira sind bereits hier und bereiten alles für eine Mahlzeit vor.

Die Realität, dass wir Meira endlich gefunden haben und sie uns gehört, lässt mein Herz immer noch vor Aufregung jubeln. Ich weiß nicht, was ich getan hätte, wenn wir sie im Wald verloren hätten.

Ich blicke über meine Schulter und sehe keine Untoten, die mir folgen. Gut. Es gibt eine alte Bank an der Seite des Hauses, wo ich das Wild ablege. Dann schnappe ich mir einen Holzeimer und fülle ihn mit Wasser am Fluss. Ich kehre zurück und nehme Platz, häute die Hasen und bereite sie zum Braten vor.

Die Eingangstür öffnet sich knarrend und Meira schaut um die Ecke und starrt mich überrascht an. Ihr Haar ist nass und ihre Wangen rosig, als wäre sie im Fluss getaucht. „Ich dachte, ich hätte das grausamen Geräusch des Häutens gehört." Sie grinst über ihren eigenen Sarkasmus, und ich liebe, dass sie nach allem, was wir heute durchgemacht haben, immer noch Witze machen kann.

„Mach dich nützlich." Ich greife rüber und übergebe ihr den Fasan.

Sie setzt sich ans gegenüberliegende Ende der Bank, kaum eine Armlänge entfernt. Sie nimmt das Tier in den Schoß und fängt ohne zu zögern an, es zu rupfen. Ich bemerke das leichte Herabhängen einer ihrer Schultern, in die sie von diesem Arschloch gebissen wurde. Es sind widerliche Kerle wie diese, die unsere Welt ruiniert haben.

„Dušan bereitet einen Spieß vor, und es gibt einen Kessel im Kamin. Er macht eine Suppe mit wilden Zwiebeln und Pilzen, die er gefunden hat, und er wartet nur auf das Fleisch." Sie hält einen Moment inne und konzentriert sich auf die Reinigung des Vogels. „Denkst du, hier haben einst Hexen gelebt?" Es liegt Heiterkeit in ihrer Stimme. „Ich meine, wer benutzt einen Kessel zum Kochen?" Sie kichert vor sich selbst hin, und es gibt eine neue Energie um sie herum, als ob sie geschlafen hätte und verjüngt aufgewacht wäre.

Und genau als ich den Gedanken habe, finde ich

die Antwort. Sie ist high vor Adrenalin, und als die Brise an mir vorbeiweht, atme ich ihren Duft ein, ihre Hitze ... und auch den von Dušan. Was auch immer zwischen ihnen passiert ist, hat ihr den Stress genommen.

Das ist die Sache ... der Einfluss eines Alphas auf eine Omega ist mehr als nur die Befriedigung eines sexuellen Verlangens nach Fortpflanzung. Es hilft, Emotionen zu stabilisieren, was viele Omegas nicht erkennen.

„Das Letzte, was wir auf dieser Welt wollen, sind mächtige Hexen, die uns alle in Frösche verwandeln können." Ich lache über das Bild in meinem Kopf.

„Vielleicht wäre es nicht so schlimm, Hexen als die Verantwortlichen zu haben. Dann würde endlich mal was wegen der Untoten passieren." Sie rupft die Federn aus und wirft sie auf das Gras, wodurch der Ort wie ein Hühnerschlachthaus aussieht.

„Du denkst also, dass das größte Problem auf dieser Welt die Untoten sind?", frage ich.

Ihr Kopf neigt sich, um mich anzusehen. „Nun, ja, meinst du nicht? Das Virus hat die Welt zerstört, und jetzt ist es nicht sicher, irgendwohin zu gehen."

„Es gibt Schlimmeres da draußen als die Untoten, meine Schöne. Alphas, die jeden in Sichtweite töten, die Frauen zur Zucht einsperren ... diese Art von Wölfen vermehrt sich, und *sie* sind die wahre Plage, die die Lage dieser Welt verschlimmern. Wenn wir die Kriegsherren vernichten würden, hätten wir die Chance, unserer Welt ein Gefühl von Gemeinschaft und Menschlichkeit zurückzubringen."

„Wow, das ist ziemlich tiefgreifend." Sie dreht sich zu mir und zieht ein Bein nach oben auf die Bank. „Du, Dušan und Bardhyl, ihr seid nicht wie andere Männer, denen ich begegnet bin. Warum?"

Mit einem Ruck reiße ich das letzte Stück Fell vom Hasenbein. „Dušans Überzeugung, dass wir die Welt zum Besseren verändern können, hat auf uns abgefärbt."

„Du vertraust ihm mit deinem Leben, nicht wahr?"

Ich nicke. „Natürlich. Er hat mich vor den Untoten gerettet, als ich jung war, und seitdem habe ich mich ihm verpflichtet. Es gab keinen Tag, an dem ich diese Entscheidung bedauert habe."

Sie ist für einen Moment still und rupft den Fasan weiter, bis er abgesehen vom Kopf fast frei von Federn ist. „Es tut mir leid, was mit deiner ersten Gefährtin passiert ist." Sie sieht auf den gerupften Vogel hinab. „Seit all dem hier sind die Gefühle, die ich habe, so überwältigend, dass sie mich zu kontrollieren scheinen. Ich kann mir also nur vorstellen, wie es sich angefühlt haben muss, als du deine Schicksalsgefährtin verloren hast."

„Es ist in Ordnung. Das Leben nimmt und gibt wieder. Das akzeptiere ich", antworte ich fast sofort. Viele Leute haben mir diese Frage gestellt, und meine Antwort kommt automatisiert heraus. „Aber ich denke, ich habe mich geweigert, mich über sie hinwegkommen zu lassen ... und habe das als Grund benutzt, nicht mit jemand anderem auf einer ernsthaften Ebene zusammen zu sein. Ich meine, Wölfe können zusammen sein, auch wenn sie keine schicksalsbestimmten Gefährten sind, aber es fühlte sich immer so an, als würde ich sie betrügen."

Meira legt ihren sauberen Vogel neben meine beiden gehäuteten Hasen. „Lucien, ich weiß nicht ..." Sie leckt sich die Lippen und sieht mich an, als müsste sie die Worte erst finden. „Ich möchte nicht der nächste Grund sein, warum du wieder keine neue Liebe finden willst."

Ich brauche eine Sekunde, um zu kapieren, dass sie sich darauf bezieht, an ihrer Krankheit zu sterben. Der Gedanke dreht mir den Magen um und das Gefühl, dass ich das schon einmal durchgemacht habe, strömt durch meine Adern.

„Ich weigere mich, an das schlimmste Szenario zu denken, Meira. Ansonsten würde ich morgens nicht aus dem Bett steigen. Wir haben uns aus einem bestimmten Grund gefunden, und ich werde sicher nicht rumsitzen und dich einfach verlieren. Sobald wir wieder zu Hause sind, werden wir mit unseren Medizinern sprechen und das klären." Ein Hauch von Verzweiflung dringt in meine Stimme und ich hasse es, schwach zu klingen.

Sie greift rüber, ihre kleinen Finger legen sich über meine. „Ich bin vor euch allen davongelaufen, weil ich lieber von dir gehasst werden möchte, weil ich weggelaufen bin, als dass hätte, dass du dich schuldig fühlst, weil du mich nicht retten konntest. Oder verantwortlich für deinen Tod zu sein, wenn meine Wölfin sich herausreißt und dich abschlachtet." Ihre Augen glitzern und verdammt noch mal, meine Brust zieht sich zusammen. Sie hat es für uns getan, und in diesem Moment sehe ich, wie tief sie sich auch in uns verliebt hat. Selbst wenn sie uns weiterhin bekämpft, weiß ich, dass das aus Angst ist und nicht aus Hass. Angst um unsere Sicherheit. Angst vor dem, was wir haben könnten. Angst vor dem, was wir verlieren könnten.

„Meira, ich habe lieber ein paar Wochen mit dir als gar keine."

Ihr Kinn zittert plötzlich und Tränen laufen über ihre Wangen. *Mist.* Ich bin schnell auf den Beinen und ziehe sie in meine Arme. „Nicht weinen. Wir finden ein Heilmittel, das verspreche ich dir."

Sie blickt zu mir hoch und ich wische eine einsame Träne weg. „Ich weine nicht um mich, sondern über den Schmerz, den ich euch drei bereiten werde, falls ich meine Wölfin nicht rausholen kann."

„Es gibt also nur eine Lösung." Ich lege einen Finger unter ihr Kinn. „Wir bringen diese verfluchte Wölfin dazu, herauszukommen, auch wenn wir uns für die nächsten Wochen in ein Schlafzimmer einschließen müssen."

Sie lacht und ich umarme sie, aber Angst drückt mein Herz zusammen beim Gedanken, dass wir sie vielleicht nicht heilen können. Fuck, ich hasse diesen Gedanken.

Sie zieht sich zurück und lächelt, ihre Augen glitzern in der untergehenden Sonne. Ihre Iris scheint fast im rötlichen Licht zu leuchten, und ihr fröhliches Lächeln zieht verzweifelt an meinem Herz. Ich greife rüber und drehe einen Finger in ihr dunkles Haar.

„Wenn du mich weiterhin so anschaust, schaffen wir es nie hinein", neckt sie mich, und ein winziges Grübchen erscheint, wenn sie so tief lächelt.

„Und warum noch mal ist das so schlimm?"

Sie hebt ihre Schultern an. „Ich habe nie gesagt, dass es schlimm ist, nur dass wir es nie reinschaffen würden."

Dušan kommt um die Ecke des Hauses, trägt einen Eimer und hält inne, als er uns findet. „Verdammt, ich bin am Verhungern. Bringt die rein", knurrt er und wirft mir den hölzernen Eimer zu. „Mach dich nützlich und bring mehr Wasser für die Suppe und den Tee rein. Wir können die Minze, die ich gefunden habe, dafür benutzen."

Ich lache und spaziere zum Fluss. Als ich zurückblicke, lehnt sich Dušan mit einer Schulter gegen die Hauswand und studiert Meira, während sie die Hasen und den Fasan einsammelt. Er ist völlig verloren, genauso wie ich, wenn es um sie geht.

Nachdem ich Cataline verloren hatte, hatte mich meine herzzerreißende Qual nutzlos und zerbrochen zurückgelassen. Gott helfe also dem ganzen Rudel, wenn Meira nicht überlebt, denn Dušan wird nicht wissen, was ihn getroffen hat. Ihr Überleben ist jetzt so viel mehr als nur für sie und uns wichtig geworden ...

Wenn Dušan untergeht, wird es das Rudel auch tun.

17

MEIRA

Ich kann mich nicht erinnern, wann ich mich das letzte Mal so gesättigt, so warm und so zufrieden gefühlt habe. Lucien liegt vor dem Feuer auf dem Boden, als wäre er eine Katze, die sich mit einem Bauch voller Essen dort ausgestreckt hat, während Dušan neben mir auf der Couch sitzt, meine Füße auf seinem Schoß hat und seine magischen Finger an den richtigen Stellen auf meinen Fußsohlen drücken.

„Wenn du mir diese Massage einfach gegeben hättest, als wir uns das erste Mal im Wald getroffen haben, Dušan, wäre ich nie davongelaufen." Ich kichere über meine Albernheit und Lucien schaut uns an und rollt mit den Augen.

„Wenn es nur so einfach wäre, mein Höllenkätzchen", sagt Dušan.

Lucien sieht mich mit Schalk im Blick an.

Die Wärme des Feuers legt sich wie eine Decke über mich, und ich bin kurz davor, hier draußen zu schlafen anstatt im Schlafzimmer. Ich blicke zur Tür und wende mich dann zu Dušan. „Glaubst du, dass Bardhyl alleine da draußen zurechtkommt?"

„In seinem derzeitigen Zustand tut er das, und wir können nichts für ihn tun, bis er sich beruhigt hat."

Lucien liegt auf dem Rücken auf der Decke, die wie ein Teppich über den Holzdielen vor dem Kamin ausgebreitet ist. „Letztes Jahr war er drei Tage weg und kam komplett rasiert zurück. Kopf und Körper, alles kahl."

„Was war passiert?"

Lucien setzt sich auf und wendet sich jetzt schon lachend zu uns. Auch Dušan kichert bereits bei der Erinnerung daran.

„Es ist nur witzig, wenn ihr es mir auch erzählt", erkläre ich, mein Blick springt von einem Mann zum anderen.

„Nun, er war ausgerutscht und eine Schlucht runtergefallen und direkt in einem Bereich mit Giftefeu gelandet", beginnt Lucien. „Das juckte wie verrückt, sodass er direkt vor einer kleinen Wohnanlage für Menschen ohnmächtig wurde." Er bricht in hysterisches Gelächter aus, während ich immer noch auf die Pointe warte.

Dušan übernimmt. „Zwei Mädchen, die laut

Bardhyl siebzehn oder achtzehn Jahre alt waren, fanden ihn nackt in menschlicher Form und rot vom Juckreiz vor. Sie dachten, er sei ein Mensch wie sie und sei angegriffen worden, also schleppten sie ihn in ihr Haus und rasierten seinen ganzen Körper, einschließlich seines Kopfes, und bestanden darauf, dass er Flöhe hätte und diese nicht ihr Haus befallen dürften."

Mein Mund klappt auf. „Sie haben ihn *überall* rasiert?" Ich betone das Wort überall.

Lucien heult vor Lachen, Lachtränen strömen ihm aus den Augen. „Hör dir das an. Sie haben ein Herz in seine Schamhaare rasiert."

Ich kann mich diesmal nicht zurückhalten, da ich mir diesen mächtigen Wikingerwolf vorstelle, der völlig kahl rasiert ist, bis auf das Herz über seiner Leistengegend. Mein Bauch tut so weh, weil ich mir nur vorstellen kann, wie wütend er gewesen sein muss.

Als ich nicht mehr lachen kann, weil es zu weh tut, lege ich mich auf die Couch und wische meine Tränen weg. „Oh mein Gott, das ist urkomisch. Er muss so angepisst gewesen sein."

„Er wachte auf und erschreckte die Mädchen, die schrien, er sei ein Flohsack, und dann ist er von dort geflüchtet und erkannte, dass er rasiert worden war. Wir erinnern ihn immer wieder dran. Es hat lange gedauert, bis seine Haare wieder nachgewachsen waren", sagt Lucien.

„Und deshalb schwört er, sie nie wieder zu schneiden", murmelt Dušan.

„Armer Kerl. Aber ich wette, diese Mädchen hatten Spaß daran, einen riesigen Mann zu rasieren, und sie haben seinen großen Schwanz aber *sowas* von berührt."

Ich grinse über das Bild in meinem Kopf, weil ich es wahrscheinlich aus Neugierde auch getan hätte.

Beide Männer sehen mich dann seltsam an.

„Was?"

„Er war wahrscheinlich schlaff", betont Lucien, und ich wölbe eine Augenbraue. *Das* ist der Teil, an dem sie sich aufhängen? Wirklich?

„Wenn du dich besser fühlst ... Ich denke, dass ihr alle verdammt groß seid", sage ich. „Ich habe nur hier und da ein paar gesehen, und ihr drei habt unglaubliche Waffen."

Lucien geht auf die Knie und zieht an seiner Schnalle. „Ich glaube, sie möchte, dass wir für sie vergleichen. Was sagst du, Dušan?"

„Nein, das ist nicht das, was ich gesagt habe. Oje, behalt ihn in deiner Hose." Ich rolle mit meinen Augen, aber das Innere der Hütte fühlt sich plötzlich wie ein Inferno an.

Dušan kichert uns an, und ich bin überzeugt, dass meine Wangen leuchtend rot brennen.

„In Ordnung. Wenn Bardhyl zurückkommt, stellen wir uns für dich auf. Dann wirst du sehen, dass ich der Gewinner bin", sagt Lucien.

Dušan räuspert sich.

Ich erhebe mich von der Couch. „Ich überlasse es euch beiden, das zu klären, und vielleicht machst du mir eine heiße Tasse Tee, wenn du schon dabei bist."

Während meine erste Möglichkeit darin besteht, nach draußen zu gehen, um auf die Toilette zu gehen, überlege ich es mir doch anders und gehe stattdessen in das nach Ratten stinkende Bad im Haus. Ich möchte mich beim Pinkeln nicht überraschen lassen, und höchstwahrscheinlich würden Dušan oder Lucien darauf bestehen, sich mir anzuschließen und wahrscheinlich zuzusehen.

Das Badezimmer stinkt so widerlich und der beißende Geruch, der verfaulten Eiern ähnelt, brennt in meinen Nasenlöchern. Es kann wirklich nicht nur von einer Ratte sein, aber was weiß ich, es könnten auch ein halbes Dutzend mehr in den Wänden sein. Eine kleine Kerze, die ich vorhin in einer Küchenschublade gefunden habe, steht jetzt auf dem schmutzigen Waschbecken, die Flamme flackert und wirft Schatten über die Wände.

Ich starre auf die dreckige Toilettenschüssel. Ich bezweifle, dass die Spülung funktioniert, aber ich muss nur pinkeln, also wird das schon gehen. Schnell bringe ich es hinter mich, und die ganze Zeit liegt mein Blick auf der Ratte. Was hat sie überhaupt getötet? Hunger? Es schwirren keine Fliegen herum, also ist sie wahrscheinlich schon vor einiger Zeit gestorben.

In kürzester Zeit bin ich fertig und raus aus dem Zimmer und sehe Dušan und Lucien lachen, während sie vor die Tür gehen. „Verdammt, ich muss so sehr pinkeln", murmelt Lucien.

Ich rolle mit den Augen und gehe ins Hauptschlafzimmer, um mir eine weitere Decke zu schnappen, da es selbst mit dem Feuer kalt wird.

Zurück im Hauptraum spaziere ich auf die Couch, als mich eine Bewegung in einem Schatten an der Tür erschreckt und ich fahre vor Schreck aus meiner Haut. Ein kleines Quietschen entkommt meinen Lippen. „Ich schwöre bei Gott, Lucien, wenn du das bist, werde ich dich lebendig häuten, weil du mich erschreckt hast."

Meine Klinge ist in meinen Stiefeln in der Nähe des Kamins, und ich suche verzweifelt nach einer Waffe, die in Reichweite ist, als die Figur ins Licht des Feuers tritt.

Bardhyl.

Er ist nackt.

Er hat einen wilden Ausdruck auf seinem Gesicht.

Seine grünen Augen sind auf mich gerichtet.

Wenn man's positiv sieht, ist er immerhin nicht mehr in seiner Wolfsform, obwohl er immer noch gefährlich erscheint, auch wenn er verlockend ist.

Meine Gefühle führen Krieg mit meinem Verlangen nach ihm.

„Oh! Wann bist du zurückgekehrt?" Ich blicke zur Tür und denke, dass ich sprinten kann—oder besser noch, schreien—falls Bardhyl etwas anstellt.

Er neigt seinen Kopf zur Seite, wie es ein Tier tun würde, und dieses Mal kriecht mir der Schrecken über den Rücken.

„Wir haben etwas zu essen für dich aufgehoben."

Er schaut auf den Kessel. Okay, er versteht also meine Worte.

„Bardhyl, du machst mir Angst", gestehe ich.

Er kommt so schnell auf mich zu, dass ich keine Zeit habe zu reagieren. Er prallt gegen mich, mein Rücken drückt gegen die Wand, sein Mund ist auf meinem und dämpft meinen Schrei.

Immer noch nervös versuche ich zu verstehen, welcher Bardhyl das ist ... der verrückte Wolf oder der Dominante.

Aber so sehr meine eigene Erregung aufflammt und sich zwischen meinen Oberschenkeln in Flüssigkeit verwandelt, möchte ich nicht seine Beute werden. Was ist, wenn er den Unterschied zwischen Sex und Essen nicht erkennen kann?

Ich entziehe mich seinem Kuss. „Bardhyl, stopp." Ich stampfe mit der Ferse auf seinen Fuß.

Er gibt einen Schmerzenslaut von sich, macht mir genug Platz, um ihm zu entkommen und den Korridor hinunterzustürmen. Verdammt, natürlich bin ich in die falsche Richtung gerannt. Ich stürze ins Schlafzimmer.

Bardhyl stürmt hinter mir her, die Kiefer zusammengepresst. Die Kerze, die auf dem Schrank steht, beleuchtet ihn und erhellt seine Augen, in denen der Hunger nach mir tobt.

Mein Körper verrät mich, sehnt sich nach ihm und pulsiert, was doch so falsch ist. Er ist ein Tier, ich sehe es in seinen Augen und ich bin hin und her gerissen, zu ihm zu gehen, um ihn zu beruhigen, oder aus dem Fenster zu springen.

„Meira", knurrt er, so dunkel und schwer, und mein Körper reagiert mit einem Flattern in meinem Bauch. Wirklich, Wölfin, willst du ihn, während er im verrückten Berserker-Modus ist?

„Bardhyl ... das bist nicht du. Lasst uns zuerst darüber sprechen."

Er schüttelt seinen Kopf und ist in Sekundenschnelle auf mir und drückt mich gegen die Wand. Sein Mund ist auf meinem Hals und er leckt mich vom Schlüsselbein bis zu meinem Ohrläppchen.

Ich sollte das nicht erregend finden, während ich vor Angst zittere, aber je mehr er mich leckt, desto heißer brenne ich. Schwielige Finger greifen unter mein Oberteil, und er reißt es über meinen Kopf weg, meine Arme werden hoch gezwungen, während er mich mit Leichtigkeit auszieht.

Verdammt. Ich atme schwer, mein Kitzler pocht, während er mir die Hose die Beine runterschiebt. Zu dem Zeitpunkt, als er sich runterbeugt und sie mir von den Knöcheln zieht, habe ich mich selbst genug gesammelt und trete ihm mein Knie gegen das Kinn. Er stolpert und stöhnt, als ich an ihm vorbei springe und zur Tür sprinte.

Starke Hände schnappen sich mein Handgelenk. Ich drehe mich, um mich einem meiner schicksalsbestimmten Gefährten zu stellen, dem Wolf, der gerne herumspielt und Wetten macht, damit er gewinnt, der mit mir flirtet und jetzt bereit zu sein scheint, mich zu besteigen. Ich kämpfe zwischen *Fuck yeah* und *Das geht mir zu schnell*, nachdem ich gesehen habe, wie er im Wald den Verstand verloren hat.

Unsere Körper prallen aufeinander, und seine große Hand hebt mich an meinem Hintern hoch, seine Fingerspitzen findet die Hitze meiner Muschi. Ich stöhne unter seiner Berührung, als wäre ich darauf programmiert, auf ihn zu reagieren. Als ob Kontrolle der Vergangenheit angehört, wenn es um mich und diese Alphas geht.

„Bardhyl, bitte, lass es uns einfach langsam angehen." Nicht dass es das ist, was mein Körper will, aber ich bin mir nicht sicher, was passieren wird, wenn ich ihn einfach die Führung übernehmen lasse.

Er sieht mich an, leckt seine Lippen und schiebt mich dann aufs Bett.

Ich lande auf dem Rücken und hüpfe, die

Sprungfedern stöhnen unter mir. Schnell schnappt er mich an den Kniekehlen, zieht mich an den Rand des Bettes und spreizt meine Beine. Ich drücke nach vorne und schiebe meine Hand gegen seinen Kopf, während ich versuche, wegzukriechen.

„Sei still", knurrt er und presst seinen Mund auf meine Muschi. Er taucht rein und saugt sich an meinen Schamlippen fest und nimmt alles von mir.

Ein Schauer rast mir den Rücken hoch, und wenn ich vorhin gedacht hab, ich wäre erregt gewesen, dann bin ich jetzt eine Pfütze, die vor ihm schmilzt.

Er leckt mich verzweifelt und, Gott, hat er eine weite und lange Zunge. In dem Moment, in dem er sie in meinen Schlitz taucht, wölbe ich meinen Rücken und schreie vor Verlangen. Er schiebt meine Beine weiter auseinander und leckt mich wild. Die nassen, schlürfenden Geräusche, die er macht, sollten verboten sein.

Ich winde mich unter ihm und ertrinke vor Lust, auch wenn ich den Moment nutzen sollte, um von ihm wegzukommen. Obwohl ich jetzt eher zerrissen bin, warum ich überhaupt erst von ihm wegkommen wollte. Meine Gedanken drehen sich, während ich schreie, da er an meinen brennenden Lippen saugt, und das Gefühl macht mich wahnsinnig. Meine Augen sind geschlossen, und ich kann im Moment nicht klar denken, oder es ist mir egal, dass Bardhyls Bestie mich beansprucht.

Ich greife nach unten und balle sein Haar in meinen Fäusten und schiebe sein Gesicht auf meine Hitze, während ich mich an ihm reibe. Seine Finger graben sich in meine inneren Oberschenkel. Er liebt jeden Moment.

„Fick mich!", knurrt Lucien.

Meine Augen öffnen sich, um ihn und Dušan dort zu finden, beide mit den Händen auf ihren Schwänzen, und beobachten, wie Bardhyl es mir mit der Zunge besorgt. Wo zur Hölle waren sie ... oder haben sie das die ganze Zeit beobachtet?

Er lässt mich frei und ich falle auf den Rücken zurück und drücke schüchtern meine Knie zusammen, was verrückt ist.

„Wie lange habt ihr zugeschaut?", frage ich, während ich weiter zurück auf das Bett krabbele und meine Knie an die Brust ziehe, das Kissen in meinem Rücken. Ich vibriere innerlich, der Orgasmus direkt unter der Oberfläche. Meine Erregung bedeckt die Innenseite meiner Oberschenkel, und ich bin kurz davor zu sabbern.

„Lang genug", antwortet Dušan, seine Stimme rau, und seine Augen sind schon vor Lust glasig.

„Und ihr wart damit einverstanden, dass er mich angreift, während er von seinem Wolf kontrolliert wurde?"

Lucien zuckt mit den Schultern. „Du schienst Spaß zu haben." Er wendet sich an Bardhyl. „Wann bist du zurückgekommen, Kumpel?"

„Vorhin. Bin angekommen, und hab das Haus zuerst leer vorgefunden."

Die Wut steigt in mir auf. „Was zur Hölle? Du bist also nicht außer Kontrolle?"

Bardhyl blickt über mich und zwinkert mir zu. „Oh, Cupcake, das ist nur eine kleine Revanche, weil du mich in der Höhle gefesselt hast."

Meine Kinnlade fällt bei der Offenbarung herunter, dass er das alles aus Rache getan hat. Ich schnappe mir das Kissen in meinem Rücken, werfe es auf ihn und treffe ihn mittig gegen die Brust. „Du Mistkerl."

„Und du, mein süßes Engelchen, bist ein notgeiles kleines Mädchen mit der perfektesten und süßesten Muschi der Welt."

Ich suche nach Worten und weiß nicht, was ich sagen soll. Ich runzle die Stirn, denn jetzt bin ich unzufrieden und zeige Bardhyl ganz sicher nicht, dass ich ihn brauche. Er kann meinetwegen leiden.

Aber bevor ich vom Bett aufstehen kann, überwindet Dušan die Distanz und schält sich aus seinem Hemd. „Du bist noch nicht fertig, meine Schönheit."

Seine Worte schicken mir einen Schauer über den Rücken, und mein Kitzler zuckt, als würde der Orgasmus in dem Moment kommen, in dem sie mich berühren.

„Einverstanden." Lucien ist neben ihm und zieht seine Hose und sein Hemd aus, sein Schwanz ist aufrecht. Ich kann nicht aufhören, sie anzustarren. In Sekundenschnelle stehen alle drei nackt vor mir und reiben ihre Schwänze. Heilige Scheiße ... wie genau soll das funktionieren?

„Vielleicht sollten wir eine Wette schließen?", fängt Bardhyl an und beäugt mich. „Mal sehen, ob du widerstehen kannst, heute Abend zu kommen?"

„Halt die Klappe mit deinen blöden Wetten", sage ich. „Sie führen irgendwie immer dazu, dass du gewinnst."

Er zwinkert und lächelt neckisch. Im Moment bin ich nackt im Bett, umgeben von sexhungrigen Wölfen, und meine Libido sehnt sich nach ihnen. Und Bardhyl ist wieder sein gewohntes Selbst.

Dušan klettert mit mir auf das Bett und kommt näher, und im Nu vergesse ich alles. Ich schaudere vom Zittern, das über meine glatte Hitze rast.

Ich schätze, es ist zu spät, um jetzt umzukehren, oder? Das hier muss das Wildeste sein, was ich je getan habe, und ich bin verdammt gespannt auf die Aussicht, was passieren wird.

Ich kaue auf meiner Unterlippe, und Dušan ist in Sekundenschnelle auf mir, sein Mund auf meinem. Er küsst mich aggressiv und nimmt, was er will. Ich mache ein seltsames Geräusch in meinem Hals, während sich sein Bann über mich legt. Sein Körper liegt brennend heiß auf meinem. Seine Hand umschließt meine Brust, und ich stöhne und schiebe meine Brust ihm entgegen. Seine Berührung, sein Kuss, seine Stimme zerren an meinen Nervenenden.

Hitze flammt zwischen meinen Schenkeln auf. Ich bin noch so erregt von dem, was Bardhyl vorhin begonnen hat, und Dušan heizt es noch einmal kräftig an. Seine Finger gleiten meinen Bauch hinunter, über den kleinen Venushügel und zu meiner Hitze. Ich spreize meine Beine und brauche ihn, während er sich bewegt, um sich zwischen ihnen zu positionieren.

Lucien und Bardhyl sehen uns zu, als wäre das eine Show für sie ... aber sie wissen, dass sie warten müssen, bis sie dran sind. Und ich kann nicht glauben, dass ich davon so angetörnt bin. Ein Finger gleitet in mich hinein, dann ein anderer, und jedes Nervenende meinem Körper knistert.

Ich werfe meinen Kopf zurück und falle mit meinem Rücken auf das Bett. Mein Herz pocht, ich stöhne, als Dušan mich fingert und einen Nippel in seinen Mund nimmt, saugt und nagt.

Blut sammelt sich in meiner Lendengegend, und ich bin so nah dran, vor Erregung zu platzen, dass ich mich nicht länger zurückhalten kann. Ich schaukele meine Hüften hin und her, als Dušan plötzlich anhält und seine Finger herauszieht.

Ich protestiere mit einem Stöhnen, während er sich zurückzieht und sich auf seine Fersen auf das Bett setzt und mich mit seinen Blicken auffrisst. Sein Schwanz ist so aufrecht und groß, die verdickte Spitze ist mit einem Lusttropfen überzogen.

„Was ist los?", frage ich. „Warum hast du aufgehört?"

Er nimmt meine Hand und zieht mich mit sich, damit ich aufrecht sitze. Er legt sich rücklings auf das Bett und verschränkt die Hände hinter seinen Kopf. „Du bist zu nah dran", sagt er zu mir.

„Und? Was ist daran falsch?" Ich schürze meine Lippen. Er ist nicht resistent gegen die Anziehungskraft, die wir haben, die unsichtbare Chemie, die zwischen uns summt, die uns zu schicksalsbestimmten Gefährten macht.

„Heute Abend geht es um so viel mehr. Sag mir, was ich tun soll", befiehlt er.

„Ich möchte, dass du mich kommen lässt, mich schreien lässt und den wachsenden Schmerz in meinem Körper, weil ich euch alle so sehr brauche, linderst."

„Dann sag mir, ich soll dich ficken."

Ich mag seine Dominanz mehr, als ich je gedacht hätte.

„Willst du mich ficken?", frage ich, meine Stimme leise und zittrig. Ich will das, brauche das. Also zögere ich nicht, lege ein Bein über seinen Schoß, um auf ihm zu sitzen, wobei seine Erektion über meinen Eingang streicht. Er ist so glatt und heiß und er hebt die Hände, um nach meinen Brüsten zu greifen. Es ist leicht, mich auf seine Erektion zu schieben. Ich bin so nass, dass ich über ihn gleite, mein Inneres presst sich um ihn herum zusammen, während ich auf ihn sinke.

Während seine Augen zurückrollen und ein herrliches Stöhnen sich in seinem Hals aufbaut, finde ich meinen Mut, dies wirklich für meine Befriedigung zu tun. Während ich ihn in mich lasse, fühle ich, wie ich mich ausdehne. Ich zittere, als er meine Taille greift und seine Hüften hochschiebt und sich weiter hineindrängt.

Ich schreie vor Schmerz und Lust. Aber er kann sich nicht davon abhalten, in mich hineinzupumpen, und dann reite ich ihn, Lucien und Bardhyl starren auf meine hüpfenden Brüste.

Gänsehaut streicht über meinen Körper, die Reibung, die Dušan erzeugt, verbrennt mich von innen.

„Das ist so verdammt heiß", knurrt Lucien.

Bardhyl steht am Ende des Bettes, direkt neben uns, und er reibt seinen Schwanz.

Ich drehe mich nach vorne, eine Hand thront auf der Matratze, die andere greift nach Bardhyls Schwanz. Stahl mit Seide überzogen, er ist so hart und dick. Ich neige meinen Kopf zu ihm und er kommt näher, um mir den Zugang zu erleichtern. Er führt seinen Schwanz in meinen Mund, und er schmeckt salzig und seltsam süß. Ich hätte fast Lust, ihm einen Streich spielen.

Aber Dušan hämmert so hart in mich hinein,

dass mir nichts anderes einfällt, das über unseren verrückten Sex hinausgeht.

Bardhyl drängt sich tiefer in meinen Mund und ich sauge an ihm. In dem Moment umklammern Hände meinen Hintern, und ich brauche eine Sekunde, um zu erkennen, dass Lucien jetzt hinter mir ist. Ich weiß genau, wo das hier hinführen wird.

Dušan verlangsamt sich, als Luciens Finger über meinen Hintern gleiten und er sie mit meinen Säften beschichtet.

„Babe, du bist so nass und bereit für mich." Er gleitet mit einem Finger in meinen Hintern und meine Muskeln pressen sich zusammen. „So eng. Lass mich einfach rein, okay?"

Ich antworte nicht, weil ich an Bardhyl lutsche. Aber als ich spüre, wie Luciens Spitze in meinen Hintern eindringt, versteife ich mich.

Dušan streichelt meine Brüste und kneift meine Nippel. Ein elektrisches Summen läuft mir den Rücken runter.

Lucien stößt langsam in mich hinein, arbeitet sich ohne jegliche Eile voran, und das weiß ich zu schätzen.

Sie sind so zärtlich mit mir, wenn sie es sein müssen, und sie wissen, wie viel Druck sie ausüben können, wenn sie wild sind.

Als mich alle drei Männer vollständig ausfüllen, überflutet mich meine Nässe. Sie fangen an, alle in einem Rhythmus zu stoßen. Ich poche und schmerze vor Verlangen. Sie halten mich hoch und ficken mich, während ich meine Hände in der Decke vergrabe, und Feuer flammt auf meiner Haut auf. Ich habe mich noch nie so ausgefüllt gefühlt, so richtig, so gewollt.

„Du bist wunderschön", stöhnt Dušan, seine Hüften hämmern in mich, sein Schwanz schiebt sich an meinen Schamlippen vorbei.

Luciens Finger massieren meine Arschbacken, während er mich von hinten nimmt. Die Reibung, die er in mir entzündet, bringt ein anderes Maß an Rausch mit sich. Bardhyls Schwanz füllt meinen Mund aus, seine große Hand auf meinem Rücken.

Ein Stöhnen steigt in meiner Kehle auf, und ein Zittern beginnt tief in mir. Dann explodiere ich mit einem Orgasmus, der wie der mächtigste Sturm über mich einschlägt. Er fegt durch mich hindurch und reißt alles mit sich, bevor ich weiß, was mich getroffen hat. Ich zucke und mein Körper verkrampft sich. Die Männer knurren und zischen.

Noch während ich auf meinem Höhepunkt schwebe, erreichen sie ihre Orgasmen und überfluteten mich mit ihrem Samen, die Spitzen ihrer Schwänze schwellen an, verknoten und verbinden mich mit ihnen. Dušans und Luciens Schwänze pressen sich eng und fest gegen meine inneren Wände.

Bardhyl heult und Wärme läuft in meinem Mund über, als er kommt. Ich schlucke alles, akzeptiere ihn in mir und liebe, wie wir in diesem perfekten Moment eins sind. Und nun ist jeder von ihnen auch ein bisschen ein Teil von mir.

Die Hitze flammt über mir auf, während sich die Muskeln der Jungs anspannen. Mein Geschlecht drückt sich zusammen, während ich aus dem Himmel zurück auf die Erde schwebe.

Bardhyl zieht sich aus mir und fällt neben uns auf die Knie, seine Augen glasig, während er vor explosiver Erregung brüllt. „Oh, Cupcake, dein Mund ist sündhaft und lecker." Seine Lippen sind auf meiner Schulter, lecken mich, knabbern an meiner Haut, seine Hand findet eine Brust.

Eine plötzliche, eruptive Kraft kommt aus dem Nichts und fegt über meinen Körper. Eine dunkle, alles verzehrende Wolfs-Energie, die ich noch nie zuvor gespürt habe. Es stürzt durch mich und drängt vorwärts. Die Kombination aus vibrierenden Körpern und den Männern, die mich ausfüllen, tut etwas in mir. Meine Wölfin reibt sich in mir und ihr süßer Geruch verschlingt mich. Es ist überwältigend, bis zu dem Punkt, an dem ich meine Alphas nicht mehr riechen kann.

Ein Schmerz durchdringt mich.

Die Männer sind mit mir verbunden. Aber ich wandle mich, und in diesem Moment entsteht ein Hauch von Panik. Kann ich mich wandeln, während zwei verknotete Schwänze in mir eingeklemmt sind?

Ich wimmere vor Angst, dass ich das nicht tun

kann, dass meine Wölfin mich überwältigen und uns alle in diesem perfekten Moment der Ekstase töten wird.

Die Bilder unserer toten Körper verfolgen mich, während Energie über meinen Rücken sprudelt und durch mich kriecht, von meinem Kopf bis zu meinen Zehen und überall dazwischen.

Dušan zischt vor Lust unter mir, während Luciens Hand meinen Hintern ergreift, nur Bardhyl macht kein Geräusch. Als ich ihn ansehe, sehe ich, dass er kreidebleich ist. Er fühlt es auch …

Er will aufstehen, doch Dušan knurrt: „Brich unsere Verbindung nicht ab." Seine Stimme vertieft sich und natürlich hat er die Energie zwischen uns gespürt. Wie könnte er es nicht?

Ist das der Moment, in dem ich mich wandle? Ist das jetzt das Ende oder ein Neuanfang?

18

MEIRA

Bardhyl findet meinen Mund und er küsst mich innig. Gänsehaut breitet sich über meinem Körper aus, während feurige Energieblitze vor meinen Augen und in meinem Kopf pulsieren.

Es gerät immer schneller außer Kontrolle. Hitze hüllt uns ein, und für diese wenigen Momente habe ich das Gefühl, mit meinen Männern zwischen den Sternen zu schweben, an einem Ort, an dem niemand außer uns existiert. Aber ich kann das ungute Gefühl nicht abschütteln, das meine Muskeln anspannt, da dies der Moment sein könnte, in dem ich mich wandle.

Meine Alphas knurren, als würden ihre Wölfe auf meine Macht reagieren. Vielleicht tun sie es. Mein Herz pocht wild und Hitze verbrennt mich. Schweißtropfen rollen meinen Rücken hinunter, und plötzlich lindert sich der Druck ihrer Knoten in mir.

Doch Bardhyls Zunge ist weiterhin mit meiner verflochten und unser Kuss ist hypnotisch.

Ich atme all ihre Gerüche ein. Ich fühle sie … aber was zwischen uns ist, ist so viel mehr als nur physisch. Ganz sacht streichelt Fell gegen mich, als ob sie in ihren Wolfsformen direkt neben mir wären. Ich öffne meine Augen. Alle drei sind immer noch menschlich.

Helles Licht blitzt hinter meinen Augen.

Plötzlich bricht etwas in mir.

Knack.

Es hört sich so an, als ob Knochen splittern, aber es gibt keinen Schmerz, nur das konstante, nervige Licht hinter meinen Augen, das mich blendet. Es erinnert mich auf eine seltsame Weise an den Mond …

Meine Wölfin rollt in mir herum, aktiver als je zuvor. Sie breitet sich durch mich aus und nimmt mich ein.

Ich öffne mich für sie.

Es ist sicher, herauszukommen. Schließe dich uns an.

Ein schneller scharfer Schmerz schlängelt sich durch meine Brust und ich zerspringe. Ich schreie, der Schmerz schwillt an, als würde jemand Säure über meine Haut gießen.

Ich heule auf, dann werde ich ohnmächtig.

***

. . .

Ich fühle Kälte auf meiner Stirn und brauche ein paar Sekunden, um zur Besinnung zu kommen und mich an alles zu erinnern.

Die Alphas.

Wahnsinnig herrlicher Sex.

Und etwas hat sich in mir geändert.

Meine Wölfin.

Ich reiße meine Augen auf, schieße hoch und sitze aufrecht im Bett. Dušan sitzt neben mir und hält ein feuchtes Handtuch in der Hand. Lucien liegt mir zu Füßen, während Bardhyl auf meiner anderen Seite ist. Sie starren mich alle mit Schock im Gesicht an.

Ich werfe einen Blick auf eine Decke, die mich bis zur Taille bedeckt, aber ich bin ein Mensch und kein Fell ist in Sicht.

„Was ist los?", frage ich, verwirrt über das, was am Ende unseres gemeinsamen Abenteuers passiert ist.

„Du bist bewusstlos geworden, Cupcake."

Ich blicke auf Bardhyl, der in der Nähe bleibt, immer noch nackt, wie die anderen auch. Er greift nach vorne und schiebt das verschwitzte Haar weg, das mir an der Seite des Gesichts klebt. Seine Berührung ist zart und warm und lockt mich, mich näher zu ihm zu lehnen und wieder meine Augen zu schließen.

Aber ich schüttele den Drang ab und muss es verstehen.

„Habe ich mich gewandelt? Es fühlte sich an, als ob ich es vielleicht getan hätte?"

Zuerst antwortet keiner von ihnen, und als ich Dušans Blick treffe, schüttelt er den Kopf. „Du bist eine Göttin, Meira. Die Energie, die dein Körper ausgestoßen hat, hat unvorstellbare Kraft in unsere Körper geschickt. Deine Wölfin war knapp unter der Oberfläche. Ich habe sie gefühlt, zu ihr gerufen. Aber sie ist nicht erschienen."

Ich weiß nicht, wie ich mich fühlen soll. Traurig. Enttäuscht. Verängstigt. Verwirrung kriecht durch mich hindurch, während ich versuche, alles zusammenzusetzen und die anderen Emotionen zu vertreiben.

„Der Mond", sage ich und springe schnell aus dem Bett und schiebe mich an den Jungs vorbei, wobei die Decke um meinen Körper herabrutscht. Nackt laufe ich zum Fenster und schiebe den schweren Vorhang zur Seite, um nach draußen zu starren. Die ersten zarten Strahlen des Sonnenlichts scheinen vom Horizont nach oben und färben den Himmel in orangen und roten Tönen. Über den Wäldern in der Ferne hängen Schatten.

Ich suche den Himmel nach dem Mond ab.

„Hast du etwas gehört?", flüstert Dušan hinter mir, die Hitze seines Körpers breitet sich über mich aus.

„Es ist nur ein Halbmond", sage ich. „Es war so komisch. In einem Moment waren wir alle zusammen im Bett, dann fegte eine seltsame Macht über mich hinweg, als würde meine Wölfin herauskommen. Ich hätte schwören können, dass sie es tun würde, und ich spürte, wie der Mond mich rief. Was ist schiefgelaufen?"

Seine großen Hände legen sich auf meine Hüften und ziehen mich vom Fenster weg. Er bringt mich dazu, ihn anzuschauen. „Die Macht eines Wolfs kommt vom Mond, aber er muss nicht voll sein, um uns zu beeinflussen. Der Legende nach wurde die erste Wölfin während eines Jägermondes geboren. Ein Rudel normaler Wölfe hatte eine Frau brutal angegriffen. Sie klammerte sich nach dem brutalen Angriff gerade noch so ans Leben. Aber der einzige Weg, sie zu retten, war mit dem Segen des Mondes. Ihre Energie mischte sich mit den Energien der Wölfe aus deren Speichel und Blut, das in ihren Körper eingedrungen war. Beim nächsten Vollmond wandelte sie sich zum ersten Mal in das, was wir heute sind. Sie ist die Erste unserer Art. Geschichten besagen, dass sie Kinder von neun verschiedenen Männern hatte, und sie breiteten sich auf der ganzen Welt aus, um das Land zu bevölkern."

Ich blinzle zu ihm. „Ist das eine wahre Geschichte?"

Er zuckt mit den Schultern. „Es ist ein Herkunftsmythos, aber auch wenn die Details unklar sind, werden wir bei Vollmonden stärker und werden animalischer. Alle Wunden, die wir haben, heilen sofort in diesen Nächten. Aber unsere Wandlungen werden nicht von den Mondphasen beeinflusst."

„Warum hat mein Wandel dann nicht funktioniert?" Ich atme die Worte aus, kaum mehr als ein Flüstern. Ich habe einen Kloß im Hals und es fühlt sich so an, als würde ich immer darum kämpfen, meinen Kopf über Wasser zu behalten. Egal, was ich mache, nichts verschafft mir eine Atempause.

Dušan legt eine Hand auf meine Wange und zieht mich näher. „Wir sind so nah dran, meine Schöne. Morgen werden wir uns alle wieder verbinden und die Energie zwischen uns aufbauen. Und wir machen es immer wieder, bis sie rauskommt. Gemeinsam bringen wir deine Wölfin dazu, sicher aufzutauchen."

Zweifel tanzen in meinem Kopf, während ich mich an den stechenden Schmerz erinnere, der mich durchschnitten hat, als ich dachte, dass sie herauskommen würde. Etwas hielt sie zurück. „Was wäre, wenn—"

„Nein", beharrt Dušan. „Ich konnte sie praktisch berühren. In der nächsten Woche verwandelst du dich."

Sein Selbstvertrauen ist herzerwärmend, und ich möchte unbedingt glauben, dass er recht hat. Ich schaue Lucien und Bardhyl an, die am Bett stehen und uns ansehen und etwas erwarten, das ich nicht geben kann. Ich habe das Gefühl, dass ich sie im Stich gelassen habe, doch Dušan hat so viel Hoffnung in seinen Augen, dass ich den Mund halte.

Seine langsamen, kreisenden Bewegungen auf meinem Rücken lindern die Sorgen vorerst. „Komm. Wir ziehen uns alle an und gehen. Wir werden bald zu Hause ankommen und alles wird wieder gut werden."

Entweder hat er sich selbst davon überzeugt, dass ich bereits gerettet bin, oder er leistet erstaunliche Arbeit darin, so zu tun, als hätte er keine Zweifel.

Mein Herz donnert in meinen Ohren, während Kälte durch mich sickert. Aber ich spreche meine Ängste nicht aus. Stattdessen antworte ich mit einem gezwungenen Lächeln.

In meinem Kopf rufen meine Gedanken immer wieder: *Bitte lass meine Wölfin rauskommen. Lass sie mich dabei nicht umbringen.*

Dušan

Die Mittagssonne strahlt auf uns herab. Wir laufen schon seit dem Morgengrauen. Wir stoßen auf keine einsamen Wölfe oder Rudel, und die wenigen Untoten, denen wir begegnet sind, waren zu weit entfernt, um uns einzuholen.

„Wenn wir zurückkommen, stimme ich dafür, dass wir alle ein Gruppenbad in unserem Pool machen", schlägt Lucien mit dem Blick auf Meira vor.

Sie ist wunderschön, fesselnd - und zutiefst verängstigt. Sie lächelt fröhlich, aber sie tut nur so. Ich sehe es in der Anspannung um ihren Mund, ich rieche es in ihrem Schweiß, der schwerer ist als es sonst bei unserem Schritttempo der Fall wäre. Ihre Brust hebt und senkt sich wie das Rauschen des reißenden Flusses.

„Einverstanden. So wird es sein", antwortet Bardhyl. „Meira, ich werde dir das Entenschwimmen beibringen. Selbst wenn du nicht schwimmen kannst, wird das helfen."

Meira gibt ihm einen verwirrten Blick und ihr leichtes Lachen ist echt. Sie liebt diese Männer wirklich und sie bringen eine spielerische Seite in ihr hervor, die ich liebe.

„Ich kann mir dieses Entenschwimmen nicht vorstellen", antwortet sie. „Treiben sie nicht einfach auf dem Wasser und treten ihre Beine darunter?"

„Lucien hat es mir einmal beigebracht."

Lucien kichert und schlägt mit einer Hand auf Bardhyls Rücken. „Es ist keine verdammte Ente. Das hab ich dir schon mal gesagt, Kumpel. Es heißt Schmetterlings-Brustschwimmen und ist einer der am schwierigsten zu erlernenden und zu beherrschenden Stile."

Bardhyl lacht spöttisch, aber er behauptet, er könne alles tun, bevor er es versucht hat.

„Schwimmen Schmetterlinge überhaupt?", fragt Meira, ihre Stirn gerunzelt.

„Es ist nur die Technik, die Armbewegungen im Wasser zeigen ihre Flügel", erkläre ich. „Aber ich stimme zu, Schwimmen könnte helfen, deine Ausdauer zu stärken und aufzubauen, wenn deine Wölfin herauskommt."

Sie blickt von Lucien und Bardhyl zu mir. „Ich stimme einer Poolparty zu und bin mir sicher, dass ich diese Schwimmtechnik problemlos lernen werde." Ihre Augen fordern Bardhyl heraus.

Die drei brechen in Geschwätz aus, aber ich habe Schwierigkeiten, mich auf etwas anderes als die Ereignisse der letzten Nacht zu konzentrieren.

Ihre Hoffnung zerbrach, als sie entdeckte, dass sie sich nicht gewandelt hatte. Es war herzzerreißend zu sehen, wie ihre Miene in sich zusammenfiel. Ich würde nicht leugnen, dass ich die Hoffnung hatte, dass sie letzte Nacht ihre erste Wandlung erleben würde. Die Energie sträubte alle Haare auf meinem Körper ab, mein Wolf sprang hektisch in mir herum, freute sich auf ihre Freilassung.

Aber es ist nichts passiert ... warum zum Teufel nicht?

Ich sage nichts über meine Sorgen. Erst wenn ich Zeit hatte, mir ihre Blutergebnisse anzusehen und zu verstehen, welcher Teil des Puzzles fehlt.

Wir sind nicht weit von der Anlage entfernt, und diese Wälder sind mir jetzt bekannt. Ich könnte nicht glücklicher sein, von meinem Rudel und der Sicherheit unserer Mauern umgeben zu sein. Ich werde mich um Mad und seinen Schwachsinn kümmern, nachdem ich Meira geheilt habe. Das ist meine Priorität.

Ich höre ihnen zu, wie sie über das Schwimmen quatschen, und mir ist klar, dass es vielleicht besser funktionieren wird, sie mit meinen beiden engsten Rudelmitgliedern und Freunden zu teilen, als ich erwartet habe. Obwohl es einige Nächte geben wird, wo ich sie komplett für mich haben wollen werde und kein verdammtes Teilen stattfinden wird.

Die Bäume werden lichter, je näher wir dem Gelände kommen, und schon sehe ich die Spitze der alten Festung in der Ferne. Ich muss unwillkürlich lächeln. Ich hätte nie gedacht, dass ich so glücklich wäre, zu Hause zu sein.

Ein plötzlicher starker Duft von nassem Hundefell und frisch gepflügtem Boden wird mit der Brise, die an uns vorbeiweht, herangetragen. Meine Nackenhaare stehen zu Berge. Wölfe.

Bardhyl und Lucien bleiben stehen, Meira zwischen ihnen.

Totenstille legt sich über den Wald.

Ich werfe meinen Männern einen besorgten Blick zu. „Behaltet sie nahe bei euch."

Ich rieche es wieder und schnüffle in der Luft und bestätige, dass es Ash-Wölfe sind. Bevor ich antworten kann, lenkt eine Bewegung rechts meine Aufmerksamkeit auf sich.

„Dušan", befiehlt ein Mann mit vertrauter Stimme. Als der Fremde aus den Schatten des Waldes tritt, erkenne ich Danu, einen Beta. Ich habe vielleicht schon ein oder zweimal mit ihm gesprochen. Mein Rudel wächst wöchentlich und ich versuche, die Runde zu machen, um mich mit allen vertraut zu machen, aber er ist ein neuer Rekrut. Er steht sechs Meter entfernt, groß und schlaksig mit kurzen goldenen Haaren. Er starrt uns fassungslos an.

„Ist dir etwas passiert?", frage ich und überbrücke die Distanz zwischen uns.

Er reagiert nicht, sieht aber ängstlich aus, seine Schultern hängen nach vorne, Panik leuchtet in seinem Blick auf.

Ein tiefes Knurren hallt in meinem Kopf nach, dass etwas nicht stimmt.

Eine unerwartete Explosion donnernder Schritte trommelt hinter mir wie ein Sturm.

Ich schwenke herum, um ein Dutzend Ash-Wölfe in menschlicher Form zu entdecken, die von überall zu uns rennen. Mitglieder, mit denen ich eine Mahlzeit genossen habe, mit denen ich ein Bier geteilt habe ... Wut verzerrt ihre Gesichtszüge. Ich bin verdammt verwirrt darüber, was hier vor sich geht, und ich reagiere zu langsam.

Bardhyl peitscht herum, aber ein Beta ist auf seinen Rücken gesprungen, der andere hat seine Beine unter ihm weggetreten. Er knurrt, seine Arme fliegen herum, als er das Gleichgewicht verliert und seine Knie auf den Boden schlagen. Der Beta auf seinem Rücken haut ihm eine Spritze in den Nacken. Der Wikinger stößt sie mit einem wilden Armschwingen zur Seite und bringt sie zu Fall. Er umklammert die Seite seines Halses und stolpert, bevor er auf die Knie und dann flach auf sein Gesicht fällt.

Verdammt!

Ich stürze auf sie zu und brülle, mein Puls auf Hochtouren, während Lucien Meira in Sicherheit bringt. Sie stolpert, um zu entkommen, ihre Augen schreckensgeweitet.

Aber es ist zu spät. Andere greifen Lucien an und stoßen sie zu Boden. Er greift einen von ihnen an, aber drei weitere springen auf ihn. Meira springt verzweifelt auf ihre Füße und hebt einen Ast als Waffe hoch.

Ich greife an und schlinge meinen Arm um Meiras Hüfte und reiße sie an meine Seite.

„Was zur Hölle ist los?", murmelt sie.

Ich gehe von dem Dutzend Ash-Wölfe zurück, Mitglieder, die mir gegenüber loyal sein sollten. Lucien liegt auf dem Boden, begraben unter drei

Männern, Bardhyl wurde ohnmächtig von den Drogen, die sie ihm injiziert haben.

Eis füllt meine Adern.

„Du wirst mit deinem Leben für diesen Betrug bezahlen", knurre ich und mir ist vollkommen bewusst, dass wir in einen Hinterhalt geraten sind. Wie lange haben sie hier auf unsere Rückkehr gewartet?

Meira drückt sich gegen meine Seite. Ich reiße jeden dieser Scheißer auseinander, wenn sie sie berühren.

Ich schaue in ihre Gesichter und merke mir jeden für den Zeitpunkt, wenn ich sie mir vorknöpfen werde. Ich sehe Rein – einen jüngeren Mann, den ich vor den Untoten gerettet und in unsere Anlage gebracht habe. Er hatte seine Familie an die Kreaturen verloren. Seine Aufmerksamkeit gleitet von mir auf die Wälder zu meiner Seite.

Ich fahre herum und meine Kehle ist wie zugeschnürt.

Mad.

Mein verdammter Stiefbruder kommt aus den schattigen Wäldern. Seine eisblauen Augen bohren sich in mich, weißblondes Haar flattert im Wind. Er ist makellos in eine gebügelte Hose und Stiefel gekleidet und ... ist das mein weißes Hemd mit Knopfleiste? Wut brennt durch mich.

„Was zur Hölle hast du getan?" Ich schiebe Meira hinter mich und hebe mein Kinn hoch, meine

Hände ballen sich zu Fäusten. Ich möchte ihm das höhnische Grinsen aus dem Gesicht schlagen.

Ich hätte ihn in dem Moment töten sollen, als er in die Anlage zurückkehrte. Ich hätte wissen müssen, dass er Verbündete haben würde. Hätte klüger sein sollen, aber es war meine Priorität, meine Schicksalsgefährtin zu finden. Es war auch eine tödliche Ablenkung.

„Bruder, du hast dir aber viel Zeit gelassen, zurückzukehren. Ich bin froh, dass du das Miststück zurückgebracht hast."

Ich spucke auf den Boden zwischen uns. „Ich breche dir jeden Knochen, wenn du sie anfasst."

Aber es ist zu spät. Ich sehe unser Schicksal in seinem hasserfüllten Grinsen, in dem wir von Wölfen gefangen worden sind, die mich verraten haben. Mir dreht es den Magen um beim Gedanken, was Mad ihnen angeboten haben muss, um sie auf seine Seite zu ziehen. Das Versprechen der Immunität gegen die Untoten?

Meira wird mir plötzlich aus dem Arm gerissen, ihre Schreie klingen in der Luft.

Ich drehe mich um und stürze den beiden Männern hinterher, die sie mit sich zerren. Sie schreit, sie reißt einen Arm aus dem Griff ihrer Entführer und streckt mir ihre Hand entgegen. Der Schrecken auf ihrem Gesicht brennt sich für alle Ewigkeit in mir ein.

Mein Wolf wütet, möchte freigelassen werden,

um sie zu zerstören. Alles, was ich sehe, ist rot und ihren Tod, während ich zu ihr renne, nur wenige Zentimeter davon entfernt, sie zurückzuholen.

„Dušan!", ruft Meira mir zu, ihr Blick auf etwas hinter mir gerichtet.

In diesem Moment trifft mich ein harter Schlag in den Rücken und schickt mich auf alle Viere. Ich versuche aufzustehen, aber Mad würgt meinen Hals mit eisernem Arm und hält mich unten.

„Sie gehört nicht mehr dir", flüstert er mir ins Ohr, seine Stimme rau und überflutet von ironischer Heiterkeit.

Mordszenen spielen sich in meinem Kopf ab. Wie sehr ich es genießen, ihn umzubringen. Ich zittere vor Wut und wehre mich gegen ihn. Aber alles löst sich auf, als ich sehe, wie Rein Meira eine Nadel seitlich in den Hals rammt.

Ihre Schreie zerreißen mich.

Ich explodiere, mein Wolf drängt darauf, aus mir herauszureißen.

Der scharfe Stich einer Nadel, die in meinen Nacken gestochen wird, kommt schnell, ebenso wie das Kribbeln, das durch meine Gliedmaßen strömt. Dann trifft die Taubheit mich.

Mad schlägt mir eine Faust auf die Schulter, so wie ich es bei ihm in der Rudel-Festung auch getan habe. Ich breche nach vorne zusammen. Mein Herz hämmert, als ich zu Boden stürze, und die Vernichtung nährt meine Wut.

Die Welt steht seitwärts, während ich auf dem Boden liege. Meira ist auf Händen und Knien und schnappt nach Luft, als würde sie ersticken.

Mein Mund öffnet sich, aber es kommt nur ein gurgelndes Geräusch heraus.

Sie schreit vor Qual, ihr Rücken wölbt sich. Die Haut zerreißt und Fell zeigt sich, ihre Knochen dehnen sich aus, ihr Kiefer verlängert sich.

Die Wandlung beginnt.

Oh, scheiße!

Mit letzter Kraft drücke ich mich auf meine Beine. Die Welt dreht sich und ich kann meinen Körper nicht einmal fühlen. Adrenalin übernimmt mich und ich klammere mich an diesem Moment fest. Ich muss zu ihr gelangen. Mich mit ihrer Energie verbinden, um ihr bei der Wandlung zu helfen.

Meira!

Ihr Blick findet mich, und hinter diesen Wolfsaugen sehe ich mein kleines wunderschönes Mädchen. Ihre Panik ruft zu mir und feuert die Angst an, die sich um mein Herz zieht, dass sie die Veränderung nicht überleben wird, dass ihre Wölfin sie töten wird.

Leise knurrend schiebe ich meine tauben Beine voran, damit ich sie durch ihre erste Wandlung führen kann. Ein Schritt, und jemand schlägt mir auf den Hinterkopf. Sterne tanzen vor meinen Augen.

Ich brülle und falle wie ein Sack zu Boden. Ich bin so verdammt nutzlos und es bringt mich fast um, ihre Schreie zu hören.

Schatten umwölken die Ränder meines Sichtfelds. Die Dunkelheit greift nach mir, aber ich kämpfe gegen das an, was immer Mad mir injiziert hat. Ich spanne mich an und drücke stärker gegen das Gift in meinen Adern.

Ich halte mich an Meiras Blick fest, obwohl meine Muskeln mir den Dienst verweigern.

Sie zuckt zurück und bekämpft die Wandlung. Mad und seine Lakaien stehen herum und beobachten sie. Sie ist mitten in der Wandlung, ihre Schreie schneiden mich wie Klingen in meinem Hals. Die erste Wandlung ist grausam und verdammt grauenhaft. Ich will sie nur in meine Arme nehmen, während sie sich wandelt. Um das mit ihr durchzustehen.

Das Feuer in mir wächst unkontrolliert. Alles, was wir getan haben, um ihr zu helfen, war umsonst.

Ihre zerfetzte Kleidung liegt zu ihren Füßen und sie schüttelt und richtet sich in ihrer Wolfsform auf ... ein gelbbraunes, rötliches Fell, runde Ohren in dunklerer Farbe. Sie ist keine große Wölfin, aber sie ist spektakulär. Ihre Augen sind blass mit nur einem Hauch von Bronze, aber ich kann kein Zeichen von meiner Meira mehr in ihnen sehen.

Mein Herz zerbricht in zwei Hälften, die Qual schneidet in mein Inneres, und alles, woran ich denken kann, ist ihr Lächeln, ihr Lachen, ihr Körper, der an meinen liegt. Die Freude, die sie mir gebracht hat, wird mich ruinieren. Ich kann nicht ohne sie an meiner Seite weitermachen.

Bitte lass nicht zu, dass die Wölfin meine süße Meira getötet hat.

Sekunden sind alles, was sie braucht, um ihre Umgebung zu erfassen und die Luft zu schnuppern.

Sie knurrt die beiden Männer an, die sich auf sie stürzen.

Die Lefzen zurückgezogen, knurrt sie diese mit immenser Wildheit an und wendet sich mit einer Aggression zu ihnen, die nur mit Bardhyls vergleichbar ist. Sie ist nicht wie Meira.

Die Wölfin geht auf Rein los und reißt ihm mit einem brutalen Biss den halben Bauch raus.

Eine Sekunde später fällt sie über die anderen her.

Schreie erklingen und ein wilder Kampf beginnt.

Wenn der Wolf sie komplett übernommen hat und sie verloren ist, wird sie uns alle töten. Wenn ich es irgendwie schaffen kann, das hier zu überleben, schwöre ich bei meinem Leben, dass ich jedes einzelne verdammte Arschloch umbringen werde, das sich an diesem Tag gegen uns gestellt hat.

Für dich, Meira, werde ich diese Welt niederbrennen.

DANKE, DASS SIE VON WÖLFEN BESESSEN LESEN

Bewertungen sind super wichtig für Autoren und helfen anderen Lesern besser zu entscheiden, welche Bücher Sie lesen werden.

Holen Sie sich eine Kopie von **Von Wölfen Besessen** noch heute!

Entdecken Sie mehr Bücher von Mila Young und finden Sie Ihr, und sie lebten glücklich bis ans Ende ihrer Tage!

Fangen Sie an zu lesen.

Von Wölfen Besessen

Es gibt kein Weglaufen mehr...
... dieses Mal bin ich bereit, bis zum bitteren Ende zu kämpfen. Meinem und ihrem.

Meinetwegen wurden meine drei Gefährten von unserem Feind gefangen genommen, und ich bin wieder ganz allein.
Aber ich kann nicht zulassen, dass der Verrat ihres Feindes ihr Schicksal sein wird. Nicht für mich, nicht für die Zukunft, die wir dachten, dass wir sie haben würden.
Meine einzige Möglichkeit ist es, diesen Kampf zu ihm zu bringen. Ich lasse mich das Monster in mir

annehmen, vor dem ich mich mein ganzes Leben gefürchtet hatte.
Der Feind glaubt, ich bin der Schlüssel zu seinem größten Problem...
Den Untoten.
Ich kann nicht der Schlüssel sein. Ich muss zurückkehren. Ich muss meine Männer retten. Um jeden Preis.
Mir läuft die Zeit davon. Mein Leben für die der Alphas.
Ich habe nur eine Option. Das ist eine leichte Entscheidung. Und mein Monster stimmt zu. Wir wollen Blut und dieses Mal gehe ich nicht, bis der Feind bezahlt hat.

ÜBER MILA YOUNG

Mila Young geht alles mit dem Eifer und der Tapferkeit ihrer Märchenhelden an, deren Geschichten sie beim Heranwachsen begleiten haben. Sie erlegt Monster, real und imaginär, als gäbe es kein Morgen. Tagsüber herrscht sie über eine Tastatur als Marketing Koryphäe. Nachts kämpft sie mit ihrem mächtigen Stift-Schwert, erschafft Märchen Neuerzählungen und sexy Geschichten mit einem Happy End. In ihrer Freizeit liebt sie es, eine mächtige Kriegerin vorzugeben, spaziert mit ihren Hunden am Strand, kuschelt mit ihren Katzen und verschlingt jedes Fantasymärchen, das sie in die Finger bekommen kann.

Für weitere Informationen...
milayoungarc@gmail.com

Milton Keynes UK
Ingram Content Group UK Ltd.
UKHW010732241123
433194UK00001B/51